贾祖璋科学小品菁华
——花鸟鱼虫兽

贾祖璋 ◎ 著
贾柏松　尤　廉 ◎ 选编

福建省学会研究会科普与学术交流专项基金资助

图书在版编目（CIP）数据

贾祖璋科学小品菁华·花鸟鱼虫兽/贾祖璋著；贾柏松，尤廉选编.
—福州：福建科学技术出版社，2012.11（2019.4 重印）
ISBN 978-7-5335-4082-1

Ⅰ.①贾… Ⅱ.①贾…②贾…③尤… Ⅲ.①科学小品 - 作品集 - 中国 - 当代　Ⅳ.① I267.3

中国版本图书馆 CIP 数据核字（2012）第 066325 号

书　　名	贾祖璋科学小品菁华·花鸟鱼虫兽
著　　者	贾祖璋
选　　编	贾柏松　尤廉
出版发行	海峡出版发行集团 福建科学技术出版社
社　　址	福州市东水路 76 号（邮编 350001）
网　　址	www.fjstp.com
经　　销	福建新华发行（集团）有限责任公司
印　　刷	天津画中画印刷有限公司
开　　本	700 毫米 ×1000 毫米　1/16
印　　张	17
图　　文	272 码
版　　次	2012 年 11 月第 1 版
印　　次	2019 年 4 月第 3 次印刷
书　　号	ISBN 978-7-5335-4082-1
定　　价	68.00 元

书中如有印装质量问题，可直接向本社调换

序

◎ 林思翔

贾祖璋先生是位著名的科普作家、生物学家和编辑家,他长期在福建生活工作,曾任福建省科普作家协会首任理事长,一生创作了大量的科普作品。前些年,福建科学技术出版社曾出版《贾祖璋全集》(5卷),先后荣获第十三届中国图书奖、第五届全国优秀科普作品奖荣誉奖和第六届国家图书奖荣誉奖。贾柏松和尤廉俩先生此次从贾祖璋多年的作品中精选出有关花鸟鱼虫兽的精华文章结集成此书,以使更多人了解贾祖璋及其代表作品。真应该感谢编者和出版社同志为繁荣科普创作事业做了一件好事。

贾祖璋的科普作品百读不厌,因为它言之有物,文辞华美,耐读、好读。就这本书而言,读后有三点收获。

一是获得科学知识。科普作品首先姓"科",科学性是第一位。贾祖璋先生拥有广博的生物学知识,因此,书中介绍的每种生物,都由浅入深,由表及里,条理清楚,讲述明白,读后让你对这种生物的特征、功用、属种乃至前世今生的历史掌故都有所了解。比如在《梅》一文中,作者先从"岁寒三友"讲起,引出"梅妻鹤子"和"望梅止渴"的典故,接着分别叙述梅花、梅子,然后讲梅的形态、种类以及观赏和实用价值。而且还引用了多首古人咏梅的诗词,读后令人对梅的方方面面有个总体的印象。在《花儿为什么这样红》一文中,作者围绕人们关心的花的颜色何以是"红"这个问题展开论述,作者从花的物质基础花青素讲起,接着讲光波对花色的影响,然后又讲了进化论的原理和昆虫的作用,最后再讲到人工选择对花色形成的意义。娓娓道来,由浅入深,读后令人不仅了解了"花儿为什么这样红"的科学道理,还明白了如何培育不同花色植物的方法。

二是受到文学熏陶。贾祖璋先生作品中有许多堪称美文的名篇。与其说科学小品,不如说是优美散文,是科学与文学联姻的典范篇章,读后给人以文学的滋养。在《我爱桃花》一文中,作者写道:"我爱桃花,爱它庭心墙角,篱边宅旁,山陵原野,湖畔路侧,不择地宜,随处安身。爱它临窗映

户,陪伴了我整个童年。爱它最接近人,人人都认识它,熟悉它。"寥寥几笔就把这位"童年朋友"的适应性说得清清楚楚。接着作者写道:"我爱桃花,爱它是春的使者。桃红柳绿,便是最通俗的描写春景的字眼。'一曲桃园树,平沙十里春。'(明·方九功)。云蒸霞蔚,红雨成阵,烂熳春光,凭它装点。"如果说前面一段是写实,写桃花的生活习性的话,那后面一段则是写"虚"的,虚也不虚,写出了桃花装点大自然的功用。这些优美的文字,虽有形容成分,但人们并不觉得虚无缥缈,而是感到这位"春的使者"的可爱可亲,从而与作者产生共鸣,萌生爱桃花之情。

贾祖璋先生是把科学小品当作散文来写,文中经常引用相关的古诗文,不仅增添文采,且十分贴切、自然。在讲秋菊时,作者先引屈原《离骚》名句:"朝饮木兰之坠露兮,夕餐秋菊之落英",进而引晋代陶渊明"采菊东篱下,悠然见南山……"诗句,用文学的美感和名人爱菊故事唤起人们对菊的喜爱,而后再讲菊的特征和栽培方法。先"软"后"硬",这样人们就容易接受了。《含笑说含笑》一文更是围绕苏轼等多位古人有关诗句展开的,从人的喜悦神态讲到花树的品种,巧妙地回答了"而今只有花含笑,笑道秦皇欲学仙"(苏轼句)。把文学与科学揉在一起,使人们在欣赏美文的同时也了解了相关的植物知识。还有一些文章,作者直接用古人诗句作为题目更引人注目,如讲牡丹时用李白名句:"云想衣裳花想容",讲菊花时用陶渊明名句:"秋菊有佳色",讲桂花时用毛主席名句"吴刚捧出桂花酒",这些名人名句,一下子就把人吸引住了,令人非读下去不可。

三是感受严谨学风。贾祖璋先生能写出如此优美的科学小品,在于他广博的科学知识和扎实的文学功底,而这些都缘于他刻苦好学和严谨治学。文如其人,从他的作品中我们也能感受到这一点。在《南州六月荔枝丹》中,他对白居易在《荔枝图序》中讲到的"壳如红缯,膜如紫绡"就提出了质疑,他认为,缯是丝织物,丝织物滑润,荔枝壳却是粗糙的,荔枝壳表面有细小块状裂片,好像龟甲,有的还尖锐如刺。至于"膜如紫绡",他认为白居易是把壳内壁的花纹当作膜的花纹了,因为膜是白色的。北宋诗人黄庭坚误把兰花与古代的"兰"等同起来,贾祖璋先生经过考证也予以指出。贾祖璋先生这种一丝不苟的严谨的科学态度难能可贵,值得科普作家认真学习。

(作者系中国科普作家协会理事,福建省科普作家协会理事长)

2012.9.2

目录

花

梅/3

秋菊有佳色/8

濯清涟而不妖/14

红豆之话/18

睡莲/22

云想衣裳花想容/25

水仙/30

芙蓉生在秋江上/33

含笑说含笑/37

吴刚捧出桂花酒/40

花儿为什么这样红/45

南州六月荔枝丹/48

兰和兰花/51

我爱桃花/55

银花玉雪香/58

山茶花开春未归/61

石榴半吐红巾蹙/65

杜鹃啼处花成血/68

鸟

燕/75

黄鸟/91

画眉/102

翡翠/106

杜鹃/113

孔雀/123

雁/132

鸳鸯/145

秧鸡/154

啄木鸟/160

白丝翎羽丹砂顶/162

布谷处处催春种/165

鸟类面面观/168

鱼

鱼类的体形与运动/179

鱼类的色彩与发音/186

哑动物的鸣声/189

金鱼/191

鲫鱼/193

极乐鱼/195

是花是鱼两不知
　　——桃花鱼小记/197

释"缘木求鱼"/202

虫

萤火虫/207

蚕/210

春蚕到死丝方尽/214

蝉/216

蝶/220

蚯蚓/225

蜻蜓/228

蟋蟀和金铃子/231

从恐龙时代繁衍到现代的小动物/233

蜘蛛/236

苍蝇/239

兽

狐/243

虎/247

猪/250

熊的堂兄弟罴/252

熊猫真面目/254

熊猫与猫熊/257

白猴婚配议/259

梅

岁寒三友

在朔风凛冽,雪飘霜凝的暮冬春初,除了常青的松竹等树以外,各种植物,不是茎叶全都凋败枯萎,就是枝桠髭濯,矗立寒空,显现衰颓寂寞的神情。花与绿叶,是生命的表现,可以温暖人心,激发热烈的情感,令人感到慰藉。梅在这个季节吐放幽艳的花朵,清芬的芳香,正给人以一种苏醒的感觉。它与松竹的绿叶,同为这时候点缀自然的美景,都有不怕风雪摧残的刚毅精神,被称为"岁寒三友",洵属当之而无愧。

幽香淡淡影疏疏,雪虐风饕只自如;正是花中巢许辈,人间富贵不关渠。(陆游《梅花》)

古代社会，以节操相尚，隐逸为重。陆放翁这一首诗，正说明了他们喜爱梅花的一种理由。又如范成大说："梅，天下尤物，无问智愚贤不肖，莫敢有异议。学圃之士，必先种梅，且不厌多，他花有无多少，皆不系重轻。"更可见他对于梅花的推重。

和菊与陶渊明的关系相同，提起梅花，就容易令人联想到林和靖。林和靖名逋，北宋人，隐居杭州西湖的孤山。不娶妻，没有子女，孑然一身，养着鹤，种了无数梅花，号称"梅妻鹤子"。他有好几首咏梅的诗，为人所传诵：

众芳摇落独暄妍，占尽春风向小园。疏影横斜水清浅，暗香浮动月黄昏。霜禽欲下先偷眼，粉蝶如知合断魂，幸有微吟可相狎，不须檀板共金樽。（《山园小梅》三首录一）

陆游、范成大都是南宋人，他们爱重梅花，自然不无受林逋的影响。从此以后，爱梅便成为风尚，于是竟有人说："诗句中有'梅花'二字，便觉有清意。"

但关于梅的早期记载，只是注意它的果实，如：

标有梅，其实七兮。
标有梅，顷筐塈（取）之。
　　　　（《诗经·召南》）
桃诸梅诸。
瓜桃李梅。
　　　　（《礼记·内则》）

等是。曹操行军失道，得不到饮水，就和士兵们说："前有大梅林，饶子（梅子很多），甘酸可以解渴。"（《世说新语》）果然望梅竟止了渴，也只说果实的功用。到了南北朝，陆凯特地从江南折了一枝梅花，托人带给他住在西北的好友范晔，并且附了一首诗道：

折花逢驿使，
寄与陇头人，

江南无所有，

聊赠一枝春。

这"一枝春"三字，可算是最初对梅花所下的赞语。虽然远在春秋时代，越国的使者已经执梅花以遗梁王，(《说苑》) 但当时表示什么意思，却无法推测。至于与陆凯同时代的人，对于梅花还是抱轻视的态度，从他们的诗歌中可以看出：

中庭杂树多，偏为梅咨嗟。问君何独然？念其霜中能作花，露中能作实；摇荡春风媚春日，念尔零落逐寒风，徒有霜华无霜质。(鲍照《梅花落》)

梅性本轻荡，世人相凌贱；故作负霜花，欲使罗绮见；但愿深相知，千摧非所恋。(吴均《梅花》)

自从唐代起，对梅花逐渐注意欣赏，不再以轻荡相凌贱。到了宋代，就愈为人所重视。这个梅花观念的变迁，符合人类文化演进的步伐。人类草昧初开时，生活艰苦，对自然只能以利用为主。后来生活逐渐优裕，才有余闲欣赏自然。看到梅花容易散落，于是对它有轻荡的印象；进一步突出它先百花凌寒开放的精神，就成为天下的尤物。

梅的形态

梅是蔷薇科的落叶乔木，高可达二三丈。叶片卵形、倒卵形或广椭圆形，叶端尖锐，边缘有不整齐的细锯齿。先叶开花，花梗极短。萼表面绛紫色，里面黄绿色；下部连合，上部5裂，裂片卵形。花瓣5枚，圆形，色白或红。雄蕊多数。雌蕊上位，子房单一。据记载，有一种所谓品字梅，一花能结3个果实，并生在一起，呈品字形，这是子房分化而成的。

单瓣的梅花，花瓣5枚，与萼片互生；间或6瓣或7瓣，萼片数也随着增加。重瓣花可分1次的、2次的和3次的3种。一次的比单瓣花多1圈花瓣，花瓣数6到15枚，有的花瓣形小而顶端着生花药，这是雄蕊变成花瓣的遗迹。2次的是3圈花瓣，花瓣数16到35枚。3次的是4圈花瓣，花瓣数从理论讲，可达75枚；但梅花的花托小，无法着生过多的花瓣；所以根据实际观察，最多不过

50余枚。

梅是虫媒花，梅花芬香浓烈，是为了招引当时出现比较稀少的蜂蝶的一种适应现象。

观赏的梅与实用的梅

前面已经讲过，关于梅的记载，最初是着眼于它的果实，后来才注意到它的花的观赏价值。在诗人墨客之间，尽管说它怎么清高，它的果实，却还是有多种的用途。所以梅是花卉，也是果树，由于栽培目的不同，也就有许多不同的品种。

青梅 苏州等处的栽培种。果实圆形而尖，青色而未完全成熟时，就可采食，肉质爽脆，旧记载有所谓消梅的，云"实圆，松脆，多液无滓"，大概就是这一种。

红梅 杭州等处的栽培种。果实圆形，色青红相间。

杏梅 果大形扁，色黄，向阳的一面红色。

绿萼梅 梅花的萼原本绛紫色，这种却是绿色，枝梗也不带红色而为绿色。花瓣白色，有素淡清雅的风韵。单瓣、重瓣都有。

鸳鸯梅 结实多双，故名。花重瓣，色红，又名多叶红梅。

紫梅 花色紫红，枝叶也带紫色。

水仙梅 花瓣6枚，色白形大，香气甚烈，有似水仙花，故名。

其中前3种以实用为主，后4种以观赏为主。产梅的著名地点，如苏州的邓尉，杭州的西溪等，都是为生产梅子而栽培的。梅子味酸，可鲜食，蜜渍，并制乌梅供药用。青梅立夏就采摘，对调剂水果市场，有特殊作用。

梅树老时，枝干樛曲，藓苔满身，树心朽腐，内生空洞。所以梅供观赏，不仅因为它花有清香和艳色，又因为它还有苍老奇特的姿态。范成大的《梅谱》说："古梅会稽最多，四明、吴兴间有之。其枝樛曲万状，苔藓鳞皴，封满花身；又有苔须垂于枝间，或长数寸，风至绿丝飘飘可玩"。所谓苔须，是一种地衣，即松萝一类的植物。

现在盆栽的梅桩，都模拟古梅的姿态。《群芳谱》说："长干之南七里许曰华岩寺，寺僧莳花为业，而梅尤富。……率以丝缚虬枝，盘曲可爱，桃本者（用桃树做砧木的）三、四年辄樛矣。不善缚则抽条蔓引，不如不缚者为佳。"现代的都市，尺地寸金，栽培古梅，绝不可能，所以梅桩，虽有人曾谥之为"病梅",在园艺上,总还有一定的价值。

从国花谈起

数年前,曾有人倡议以梅为国花,说是梅可以象征我国的民族精神,一时颇引起热烈的讨论。从"国花"这两个字,倒令人联想起一个关于梅花的故事:

南唐张泌、潘佑、徐铉、汤悦,俱有才名。后主于宫中作红罗亭,四面栽红梅,欲以艳曲记之,佑应令云:"楼上春寒三四面,桃李不须夸烂漫,已失了东风一半。"(《鹤林玉露》)

在这故事的末尾,作者了加了一点说明:"时已失淮南,故佑以词讽谏云。"不过这首词,终究有什么用呢?李后主不是终于不仅是"失了东风一半"吗?现在,不知也有诗人歌咏红梅没有?高洁风雅的梅花,竟然牵涉国家兴亡的大事,也未免太巧了。

(写于1933年1月,原载《生物素描》,开明书店1936年出版)

秋菊有佳色

爱菊的缘故

　　自来认为菊凌霜放花，不畏寒，不随万卉同枯，有高洁的风格。用以拟人，好比是卓然独立、坚操笃行的君子。秋天的花，并不限于菊，如木芙蓉，色尤艳丽，但总比不上菊那样受人推重。这大概与历史传统有关。《离骚》有"朝饮木兰之坠露兮，夕餐秋菊之落英"的名句，屈原是一位操行高洁的大诗人，后人仰慕他，也便爱及他曾经歌咏的"秋菊"。还有晋代的隐逸诗人陶渊明，特别爱菊，他对于菊是这样说的：

采菊东篱下，悠然见南山，山气日夕佳，飞鸟相与还。（《饮酒》五）

秋菊有佳色，裛露掇其英，泛此忘忧物，远我遗世情。（《饮酒》七）

芳菊开林耀，青松冠岩列，怀此贞秀姿，卓为霜下杰。（《和郭主簿》）

他的生活是：

九月九日无酒，坐宅边丛菊中，采摘盈把。望见白衣人至，乃王弘送酒，即便就酌。（《续晋阳秋》）

因为陶渊明爱菊，后人便认为渊明和菊同样可爱。又渊明是隐逸之士，于是菊也成为隐逸之花。北宋周敦颐曾以咏叹的口吻说："噫！菊之爱，陶后鲜有闻！"这是说渊明爱过的菊，便无人够得上去爱它，于是菊便愈觉可爱了。

再如说："九月九日，佩茱萸，食蓬饵，饮菊花酒，令人长寿。"（《西京杂记》）"南阳有菊水，其旁悉芳菊，水极甘馨。中有三十家，不复穿井，即饮此水，上寿百二十三十。"（《荆州记》）这是从它的药用作用出发，却流于迷信。又如说："菊有正色（指黄色），具中之德，君子法之。"（宋濂《菊轩铭》）那更是道学家的迂腐之谈了。

菊花的颜色和姿态，丰富多彩，变化百出，足以供人观赏。在学术上，作为遗传变异的研究资料，也有价值。这是现代爱菊的理由。

植物学上的菊

菊在植物学上，属于双子叶植物的菊科。菊科是植物界中最高等的一群，花的构造最进步，种类最多。整个菊科，现在已知共有15000余种；而菊的一属，也有140余种。栽培的菊起源于我国，大概由两种野生种培育而成：

一种是原菊(Chrysanthemun sinense Sab. var.japonense Makino)，产于我国和日本。多年生草本，茎高0.6~1米，稍稍木质化，枝分杈少，有短柔毛。叶敷白粉，里面生短毛。概形比家菊瘦小。秋季开头状花，只有一圈舌状花，白色或紫。大花品种，都由这一种培养而成。

一种是小原菊(Ch.indicum L.)，茎高可至1.2~1.5米，分枝多，有短柔毛。

叶薄而缺刻尖锐，两面都不敷白粉。10月下旬开小头状花，花径1.2~1.5厘米，黄色。小花品种都起源于这一种。

另一种香叶菊(Ch.lavandulifolium Makino)，是我国最常见的一种野菊，旧名苦薏。叶质薄，缺刻略深。花小色黄。与栽培种有何关系，未详。

现在栽培的菊花，颜色有黄、白、红、紫和各种杂彩。花的大小不一，径12厘米以上的为大菊，8~12厘米的为中菊，8厘米以下的为小菊。花瓣数有单复的分别。（严格说，菊花都是单瓣，因为一朵菊花，是一个头状花序，是由无数朵花集合而成的。所谓复瓣，只是生舌状花冠的花较多而已。）花瓣的形状，有平瓣（羽毛）、匙瓣（马蹄）、管瓣等种，其中阔狭、粗细、长短，更是种种不同。花瓣的姿态，有的卷抱花心，有的纷披下垂，有的俯仰伸缩，极不整齐。养花的人，根据花色和姿态的不同，随意命名，相沿下来，有数百种之多。原菊花色朴素，形状简单，怎样能变化发育成这样富丽繁缛的菊花呢？

菊花变异的原因

各种动植物，在饲养栽培的过程中，经常会发生变异。经过人工选择，积年累月，便成为现在所有的各种不同的品种。达尔文《饲养下动植物的变异》一书，对此有详细的说明。变异有不显著的彷徨变异和显著的突然变异，更有由杂交造成的杂种变异。对于菊花，也有关于这方面的一些旧记载，如：

白菊一、二年多有变黄者，予在三水，植大白菊百余株，次年尽变为黄花。[史正志《菊谱》（1175年）]

闻于莳花者云，花之形色变异如牡丹之类，岁取其变者以为新，今此菊亦疑所变也。……人力勤，土又膏沃，花亦为之屡变。[范成大《范村菊谱》（1186年）]

这都肯定了菊花的变异，范成大并且指出人力和营养分是变异的原因。又《广群芳谱》（1708年）说：

有他处讨来名花根接者，明年花开必变，即以原花枝梗，横埋肥地中，

> 每节自然出苗，收起近中蘖者，则花本不变。

这显然知道接穗和砧木发生的新苗，能分别保持原有的特性。
《广群芳谱》又有关于杂种变异的记载：

> 秋菊枯后，将枯花堆放脾土上，令略着土，不必埋，时以肥沃之，明年春季，自然出苗。收种，其花色多变，或黄或白，或红紫，更变至有出人所不识名者，甚为奇绝。

这是当时不了解其中有自然杂交种子，因而会出现这种奇绝的现象。不过，种子繁殖的方法，早在宋代已为人所注意，如周密(1232—1308年)的《癸辛杂识别集》就说：

> 凡菊之佳品，候其枯，斫取节花枝置篱下。至明年收灯后，以肥膏地，至二月，即以枯花撒之。盖花中自有细子，俟其苗，至社日，乃一一分种。

周密已经知道"有细子"，而利用它来培养佳品。只是"分种"的结果如何，可惜没有详说。

据现代研究，无性繁殖（扦插或嫁接），也能出现芽条变异，获得新种，但机会不多。用种子繁殖，则变异较多。菊花不自花授粉，便于人工杂交。选定交配的花朵，花心周围的花瓣剪短1/3~1/2，使花心的小花朵多受阳光，能充分成熟。然后用毛笔蘸取预定作父本的花粉，涂刷在母本花朵的花心上。为了防止自然杂交，交配前3日起到交配后3日止，宜用蜡纸袋把花套住。如遇天雨或寒冷，最好移放在温室里。两个月后，种子成熟，可把花枝剪下，倒挂室内，让它干燥。最后揉取种子，妥善保存。春分前后，播种于花钵内，上覆杂草，随时浇水。约经两星期，见有新芽，就可把草除去。以后施肥移植，与一般栽培法相同。秋季开花时，可选取花色花容美丽新奇的植株，留待明年继续栽培。经过两三年，形质固定，这就成为新品种了。

菊花品种史的考察

关于菊的最早记载，当推《礼记·月令》的"季秋之月，鞠有黄华"。

直至初唐，对于菊花，还只说它"金英"、"黄花"，至于花的形状大小，也没有说到有多么变异。大概都还离野菊的样子不远。到唐代中叶，才有咏白菊的诗歌，词意显示出白色是当时新出现的，而且还比较稀少：

家家菊尽黄，梁国独如霜。（刘禹锡《和令狐相公玩白菊花》）
满园花菊郁金黄，中有孤丛色似霜。（白居易《重阳席上赋白菊花》）
陶诗只采黄金实，郢曲新传白雪英。素色不同篱下发，繁花疑自月中生。（李商隐《和马郎中移白菊花见示》）

同时又有紫菊的字样，出现于诗篇中，如：

紫英黄萼，照耀丹墀。（萧颖士《菊荣篇》）
紫艳半开篱菊静。（赵嘏《长安晚秋》）
紫菊丛丛色。（杜荀鹤）

等是。宋代韩琦有《和崔象之紫菊》诗云：

紫菊披风散晓霞，年年霜晚赏奇葩，嘉名自合开仙府，丽色何妨夺锦纱。

这种紫菊的色彩，竟用晓霞锦纱来比拟，想必已经相当艳丽了。

宋代以前，关于菊花，虽然有各种异名，但尚没有品种的名称。只有"甘菊"一名，那是供食用的，与观赏无关。也是韩琦，才在观赏菊类中第一次提出"金铃菊"那样的品种名：

黄金缀菊铃，兖地独驰名。（《重九席上赋金铃菊》）

可见这是兖州地方当时新出现的一种菊花，不知哪一位根据它形小色黄的特征，取下这个适切的名称。当时培养菊花，想必已很普遍，而新种出现，亦必时有所闻。所以苏轼曾说："洛人善接花，岁出新枝，而菊品尤多。"

范成大在《范村菊谱》里说："余尝怪古人之于菊，虽赋咏嗟叹，尝见于文词，而未尝说其花瑰异如吾谱中所记者，疑古之品未若今日之富也。"正确反映了菊花品种历史发展的过程。他当时所见所闻的种类，如"东阳人家菊图，多至七十种。淳熙丙午(1186年)范村所植，止得三十五种。"这35种，他有详细的记载：黄色最多，计20种，白、紫、红色各5种。花的姿态和花瓣形状，变异很多。与范氏同时的罗愿在《尔雅翼》（1174年）中说："近世谱菊者有八十一种，有黄、白、绯及色如桃花者。"可见当时的菊花，已经品种不少。

以后继续有撰写菊谱的人，明·王象晋的《群芳谱》（1621年），综合各家菊谱，得黄色92种，白色73，紫色32，红色35，粉红22，异品17，同类5，合计至276种。清·康熙四十七年(1708年)汪灏等所撰的《广群芳谱》又增加42种，合计在300种以上。到现在又200多年，其间又产生了多少新的品种，目前栽培的是多少种，还待有人研究整理。

（写于1933年10月，原题《菊》，原载《生物素描》，开明书店1936年出版。1981年4月修改，并改题《秋菊有佳色》）

濯清涟而不妖

讲到荷花，便记忆起幼年时爱玩盆荷的情景。盆栽的荷花，花儿并不多；但从初种时起，看它那浮在水面的小小"荷钱"（小荷叶），便已十分可爱。把荷钱揿下水去，叶面现出丝绒似的白光；放了手，它随即倔强地露出水面，一点水湿也不会沾着。假如把水滴上去，叶面就出现一个个灵活地滚动的亮晶晶的小水珠；小水珠多了，便汇合成一个大水珠。大水珠没有小水珠那样圆整灵活，叶片无法承担它的重量，便从叶缘流去，后来生出较大的叶片，亭亭地直立水上，因为叶片中心稍稍凹陷，滴上水去，不再能形成小水珠，而只是全都聚集在中心。等到重量无法承受时，叶片自然倾侧，水就流去，假如用小勺斟起水来，缓缓地倾泻叶上，那就水珠四散，仿佛是"大珠小珠落玉盘"了。

还有那多刺的叶柄，把它折成几分长的一段一段时，有细丝会让它们连在一起,好像一串佛珠。或是单单折取一长段,因为里面有管状空隙,插入水中,可以吹出水泡。

荷花为什么要生不沾水的叶片和多刺中空的叶柄呢?这该用科学的道理来解释。

用植物学的眼光来看,荷花的一切构造,都是为了适应水中生活。它有根状分节的茎,横卧水底,节上生根,梢头几节,肥大成藕。内部也有数条管状空隙,和叶柄、花梗的管状空隙相通,便于流通空气。不然,埋没水底,就难免窒息了。把藕折断,也有抽不断的细丝,俗语"藕断丝连",便由此而来。细丝是它体内运输营养液的一种导管,即螺纹导管的外壁。藕所以肥大,因为它含有多量淀粉,便于度过寒冬,到来年春天再萌发新芽。因此荷花不必专靠种子来繁殖。

荷叶从地下茎的节上生出,初生时,叶片卷曲呈梭子状,侧向,下半紧贴叶柄。展开以后,叶柄就位于叶片下面的中心,成为伞形。春季初生的荷线,因为叶柄细弱,不能直立,所以只能浮在水面。叶色翠绿,上面看似平滑,其实密生着无数细毛。一般植物,气孔都生在叶片下面,下面少受阳光照射和风的吹拂,空气出入时,水分损失较少。荷花一类水生植物,不愁水少,但叶片下面贴近水面,气孔容易堵塞,所以都生在上面,而上面也要防止雨水来堵塞它,这就是密生细毛的缘故。开头讲的叶面滴水的游戏,也可算是一种粗浅的科学实验。如果借助放大镜等器械作进一步观察,那就更好。至于叶柄生刺,那是显而易见的,是为了防御动物食害。

荷花也从地下茎的节上生出,往往一花一叶并生。叫做"藕",就是花

叶成双，就是"偶"的意思。花梗的形状和构造，完全和叶柄相同。萼片形小，早落，不常为人注意。花瓣通常16片，外方几片形大而色淡。专供观赏的品种，花大而瓣多。雄蕊多数，环生在杯状花托的下面。花托上面呈蜂窝状，雌蕊就分别生在这些窝内；花柱短小，柱头分泌黏液，便于受粉。

花谢以后，花托长大，成为莲蓬，也叫莲房。莲蓬里面一颗颗的莲子，就是子房发育成的果实，外面黑色的硬壳是果皮。中药铺出售的"石莲子"，是带壳的整个果实；南货店出售的莲子，壳已剥去，那是种子了，可吃的部分是两片肥厚的子叶。子叶之间有绿色的幼芽，俗称莲心，味苦。在植物界中，像莲心这样在种子里面就已经有发育完全的绿色幼芽，那是少有的。莲蓬组织疏松，干枯以后，浮水不沉，当它野生的时候，有随水漂流、散布种子的作用。在植物学上，经常被引用为说明植物利用水力散布种子的例子。

荷花以淡红色的为最常见，白色的也多。紫色和杂彩的比较少。专供取藕或采莲子充作食用的品种，以白花的为佳。供观赏用的，有千叶红、千叶白（叶指花瓣）、墨荷、锦边莲等品种。寻常的荷花都是花梗顶上只生花一朵。有所谓并头莲的，花托分裂为二，宛似两朵花并生在一起。还有三裂的叫做一品莲，四裂的叫做四面莲，都很少见。又有所谓重台莲的，是花托上部又生一个花托而成的。

《尔雅》一书，在2000多年前，已对荷花的各个部分都赋与一个名称，显然当时对它的观察已经相当仔细。我们不妨用现代的植物学知识来把它分析说明一下：

荷，芙蕖　郭璞注："别名芙蓉，江上呼荷。"这是总名，一共三个，"芙蕖"一名，现已少用。

其茎茄　"茎"是叶柄和花梗，现在已不用"茄"这个名称。

其叶蕸　"蕸"与"茄"相同，过于古奥，现已不用。

其本蔤　郭注："茎下白在泥中者。"这"蔤"或"白"是地下茎没有肥大成藕的部分，称它为"本"，是茎的意思，倒很正确。

其华菡萏　"华"是古"花"字，就是说，荷花叫做菡萏。有人解释作未开的荷花，也已通行。

其实莲　郭注："'莲'谓房也。"就是说莲是莲房，即莲蓬。但现在已通行把莲作莲子解。

其根藕　这一句似应在"其本蔤"之前。把它当作"根"，是错误的，当然我们不能用现代的眼光去要求古人。至于真正的根,却漏而未说。

其中的 郭注:"莲中子也。"这是指整个带壳的莲子,即果实。至于去壳的莲子,即种子,则没有特定的名称,与现在把两者混称为莲子相同。

的中薏 郭注:"中心苦。""薏"是"中心苦"的绿色幼芽,这样,对可供食用的子叶,也缺少一个名称。

比《尔雅》时代更早的《诗经》,已经说到:"隰有荷华。""彼泽之陂,有蒲与荷。"好像还是描写野生的状态。屈原《离骚》说:"制芰荷以为衣兮,集芙蓉以为裳。"想必当时楚国已经盛产荷花,而且已有栽培。荷花繁生于较为温暖的地方,所以讲到荷花,往往提起江南。例如那首有名的汉乐府,"江南可采莲,莲叶何田田。鱼戏莲叶东,鱼戏莲叶西,鱼戏莲叶南,鱼戏莲叶北。"就是写的江南景色。

荷花与佛教有密切的关系,例如佛坐以莲花为饰,叫做莲坐。修行人埋葬处,往往传说发生莲花等都是。宋代周敦颐那篇有名的《爱莲说》,说莲"出淤泥而不染,濯清涟而不妖",就有点佛教思想的痕迹,这也可以算作宋代理学家沾染佛教哲学影响的一个旁证吧!

(写于1935年5月,原题《荷花》,原载《生物素描》,开明书店1936年出版。1986年3月改题《濯清涟而不妖》)

红豆之话

只因为王维这首"红豆生南国,春来发几枝?愿君多采撷,此物最相思"的《相思》诗吧,红豆在中国文学上一直成为常用的资料。旧文人不仅喜欢在作品里面使用"红豆"字眼,而且对于"红豆"实物也看作珍珠宝石一类的爱玩装饰之品。前几天偶然在图书馆里看到一本俞友清自费印刷的《红豆集》,恰好充分表现了这一类思想。本来在科学家的心目中,一草一木都可以作为研究的对象。像俞君这样爱好红豆,搜寻采访,数年如一日,未尝不是业余科学家的一种作风。但从这本《红豆集》的内容看来,俞君耗费的时间、精力和经济,未免多半是浪费的。这本书也有200页篇幅,还有铜版的"红豆标本"和"红豆树"的插图,但文字方面,除了各处红豆树的采访录、几则《红豆闲话》和通信录(包括中山大学农学院推广部和金陵大学农学院植物学系的信件)、一二篇序文和其他少数几篇短文外,大半都少科学价值。有一点文学资料,也嫌过于低级庸俗。

按照这书的资料,稍加补充,很可以写成一篇比较有系统的文章或是一本小书。先把关于红豆的旧记载,依照年代先后,整理一下;再把现在已经

知道的红豆,应用植物学的记载方法,把它们的形态和生态都记录下来;照片不够清晰,最好附以细致精确的线条图。几株有历史价值的红豆树,更应该鉴定它是哪一种红豆,用文字、照片和图画,详细记载下来。那就可以把目前知道的有关红豆的新旧知识,说得比较有条有理而且有点科学意义了。

据了解,关于红豆的旧记载,名称有相思子、红豆和海红豆等,树形有乔木和藤本两种,颜色有纯红和半红半黑的不同。由于说明简略,又有些混杂不清,应该分析整理,认清它们记载的究竟是哪一些植物。

晋干宝《搜神记》:"大夫韩冯妻美,宋康王夺之。冯自杀,妻投台下死。王怒,令冢相望。宿昔有文梓木生二冢之端,根交于下,枝错其中。宋王哀之,因号其木曰相思树。"这是连理的梓树,李时珍已经给它说明了,所以这虽然是最早出现的以"相思"为名的树木,但与"红豆"无关。

梁任昉《述异记》:"战国时,诸侯苦秦之难,有民从征,戍秦不返,其妻思之而卒。既葬,冢上生木,枝叶皆向夫所在而倾,因谓之相思木。"这只是一种枝叶偏向某一方向的树木,没有说明树名,但也不是红豆。

同时江淹有《相思子颂》:"竦枝碧涧,卧根石林,日月断色,雾雨恒阴。绿秀八照,丹实四临,公子不至,山客徒寻。"这是"相思子"三字的首次记载,又说"丹实四照",有点像是"红豆"了。

再后,唐陈藏器开始把它作为药物记载于《本草拾遗》中说是"生岭南,树高丈余,子赤黑间者佳。"王维那首《相思》诗,系在《本草拾遗》之后;在王维之前,不知是否有人用过"红豆"字样。

还有多种记载,列举于次:

李珣《海药本草》：徐表《南州记》："海红豆生南海人家园圃中，大树而生叶圆，有荚。近时蜀中种之亦成。"按：徐表亦作徐衷，汉代人，"海红豆"这一名称，出现在"红豆"之前。

段公路《北户录》："相思子有蔓生者，与龙脑相宜，能令香不耗。"

《本草纲目》李时珍曰："相思子生岭南，树高丈余，白色，其叶似槐，其花似皂荚，其荚似扁豆，其子大如小豆，半截红色，半截黑色，彼人以嵌首饰。"

又，李时珍曰："按《古诗话》云：'相思子圆而红。故老言：昔有人没于边，其妻思之，哭于树下而卒，因以名之'。"（按此说系脱胎于《述异记》）

又，李时珍曰："〔海红豆〕树高二三丈，叶似梨而圆。"（按此说系根据《南州记》）

《秘传花经》："红豆树出岭南，枝叶似槐，而材可作琵琶槽。秋间发花，一穗十蕊，累累下垂，其色妍如桃杏。结实似细皂角，来春三月则荚枯子老，内生小豆，鲜红坚实，永久不坏。市人取嵌骰子，或贮银囊，俗皆用以为吉利之物。"

尚有方以智《物理小识》、屈大均《广东新语》的记载，因为手头无书，未能录出。

《图书集成草木典》卷三百零九有相思子图，是一株小乔木，单叶，卵圆形，互生而略呈对生状。枝端生半黑的尖圆形的豆，每三四粒集成一簇。这图笔触幼稚，似不正确。吴其浚《植物名实图考》卷三十五的相思子图，是灌木状的，羽状复叶，有长荚，每三四荚集成一束；与《图书集成》的图完全不同。

还有《图书集成》卷三百十一的海红豆图，是一株乔木，羽状复叶，有圆形的荚。《植物名实图考》卷三十五的海红豆图，与《图书集成》的图完全相同，一定是临摹下来的。

以上已列举了关于红豆的几种旧的记载，应该分析归纳一下，考定它们是现在植物分类学上的一些什么植物。依据日本植物学者牧野富太郎的意见，《北户录》和《本草纲目》的相思子，以及《秘传花镜》的相思子，是指学名 *Abrus precatorius* L.那一种植物。《植物学大辞典》页七百所载的相思子，就是根据这一说的。《本草拾遗》的记载和《植物名实图考》的图我认为也是指的这一种。这种植物，茎木质蔓生；羽状复叶，小叶长椭圆形，先端稍呈截形；蝶形花冠，淡红色；种子圆状椭圆形，朱红色，脐部黑色，或有白斑，坚质硬，每荚生4~6粒。原产印度，也见于南洋和我国台、粤等地。俞君书中说，药肆中的红豆半红半黑，便是这一种。

牧野又认为《本草纲目》的海红豆（按：似可包括《益部方物略记》的红豆），《物理小识》和《广东新语》的相思木和鸡翅木以及《秘传花镜》的红豆树，是指学名 Adenthera pavonina L. 那一种植物。在俞君书中，金陵大学称它为大红豆，中山大学称它为红豆。它是乔木，羽状复叶，小叶长椭圆形；花黄色，花冠整齐，与前一种花呈蝶形的不同；种子扁形，鲜红色，光滑而坚硬。产于印度、马来西亚、菲律宾和我国的广东等处。

江苏所产的红豆，在俞君书中已有金陵大学指明为戴氏红豆（Ormosia taiana Chiao),并把Ormosia属的特征详细说明了。而且指出这一属在国内记载的已有12种。中山大学则称这一属为大红豆，而指它的种名为O.mollis Dunn，其实这个种名就是金陵大学所说的花梨木（O.henryi Prain），与江苏所产的红豆并非同种（参阅拙著《中国植物图鉴》1458页）。以上说已知的红豆有12种，在李顺卿的《中国森林植物学》（英文本）记载着9种，3种未载，戴氏红豆即居其一，大概因为它出产稀少，与森林无关的缘故①。俞君书对这种植物的茎叶花果都没有正确的记载，未免可惜。这种戴氏红豆及其他11种红豆，有那几种是曾见于旧记载的，也可以探究一下，但不在这里作纸上空谈了。

总之，所谓红豆或相思子，包括豆科中3属不同的植物。其中两属在我国只各产1种，而Ormosis一属则在10种以上②。这3属在分类系统上，位置相距甚远，但种子质地坚硬，色泽美丽，完全相同，所以古人就把它们混淆在一起了。还有一个共同点，就是它们都生长在热带和亚热带的温暖地区，像戴氏红豆这样生长到江苏江阴，已接近北纬32°，是难得的。江阴的红豆树宜采取天然纪念物的办法加以保护，这样的保护，与俞君那样作为珍玩的意义，并不完全相同。

（写于1937年3月，原载《科学大众》1937年6月创刊号，原题《红豆》，1986年1月修改）

---

① 当时未知戴氏红豆还有一个学名是O. hosiei Hemsl. et Wils.，如果李氏是用这个学名来记载的，那末这里便说得不够正确。可惜书已遗失，一时无法查核。又当时认为红豆都产于浙江以南区域，江苏产的一定是一个特殊种类；现知戴氏红豆也分布桂、鄂、川、陕等地，并非稀有种类。

② 现知我国产红豆约35种。（1986年1月注）。

睡莲

庭园中，常常栽植莲花。在溽暑天气，水面绿叶田田，红花艳艳，偶然微风吹来，便有阵阵清香，沁人心脾。还有莲花的同科植物睡莲，形态较小，体质柔弱，叶和花朵通常都浮在水面，与莲花比较，有雅洁的风趣。睡莲的属名 Nymphaea，意思是"水中的女神"，正表示出了这种植物特有的神韵。

我国睡莲的名称，最初见于唐代段成式的《酉阳杂俎》："南海有睡莲，夜则花低入水。"明代王圻的《三才图会》，有同样的记载："南海有睡莲，晓起朝日，夜低入水。"托名嵇含的《南方草木状》说："花之美者有水莲，如莲而茎紫，柔而无刺。"也很像在描写睡莲。水莲这个名称，与英文名 Water lily 或 Pond lily，有点相似。依据日本的记载，又叫做午时莲和子午莲。《尤溪县志》说："腾云山在十七都，山麓池水清澈，产午时莲。"这大概就是午时莲这个名称的出处。至于子午莲这个名称，尚没有知道它的来历。

普通的睡莲产于我国和亚洲东部其他地方，通常只有野生种而不供栽培。根茎粗短，直立水底泥中，外被暗褐色的绵毛。下生须根，向上丛生叶柄。叶柄随水的深浅而长短不同。叶片浮水面，圆形，径约3寸，基部切入，微呈箭形。表面绿色有光泽，里面红紫色。花径约寸半，与叶同样浮在水面，微有香气。萼4片，绿色，形状狭长。花瓣20至30片，白色。雄蕊多数，生在外围的往往变形成花瓣。花后结生坛状的蒴，沉没水中而生长。成熟时自行裂开，散出多数种子，漂浮水面，可以分布到远方。

我国栽培的睡莲，种类很多，都是外国输入的。旧记载有金莲、碧莲等等名称，但是否指睡莲，没有法子证实。睡莲白、黄、红、紫各色都有，五色缤纷。仿佛使我们真的见到了古人所说的金莲、碧莲等等奇种。

以下叙述几种比较常见的睡莲：

小睡莲，是在法国从上述的普通睡莲培养成功的一个变种。叶广卵形，直径不过寸半；表面黄绿色，散布褐色斑点，里面红色。花浅黄色，直径约有一寸半。可以栽植于小形的水盆里，娇小可爱。

白睡莲，叶呈圆形，边缘有锯齿；表面暗绿色，里面叶脉隆起，微生软毛。花色纯白，大形，花瓣狭长；药比花丝长。午后2时许开花。种子可食。原产于非洲。

红睡莲，叶圆心脏形，带赤褐色，径达尺半。花挺露水上；深红紫色，

径约8寸。开花习性与他种睡莲不同，每日晚上8时开放，翌晨11时闭合，经过三四日而萎谢。原产于印度，不耐寒冷。

黄睡莲，叶圆形，有红褐色斑。花色鲜黄。一名加利亚睡莲，大概原产于非洲。

紫睡莲，叶带心脏形，径达尺余。花蓝紫色。非洲原产。

炎热的夏天，一泓清流，数片绿叶，点缀着几朵雅淡幽静的鲜花，可以使人得到清凉的感觉。

（写于1947年7月，选自《生物学碎锦》，福建科学技术出版社1980年出版）

云想衣裳花想容

牡丹在植物学上是毛茛科植物。毛茛科大部是草本或木质蔓生植物，唯独牡丹是小小的灌木。牡丹跟芍药可说是亲兄弟，花和叶的形态都很相像，所以古时又叫牡丹做木芍药。

牡丹的茎一般高约2米，在南方栽培的，高可达3米。叶片是不规则的二回或三回羽状复叶，长达20~25厘米。叶面鲜绿色，叶背有白粉，嫩时一般带红色。花单生于枝顶。萼片5瓣，绿色。花瓣原本也是5片，经过栽培，一部分雄蕊转变成花瓣，就成了重瓣花。瓣数较少的，古时称为多叶；瓣数很多的，古时称为千叶；有的花心突起，称为楼子。花后结生蓇葖，内含数个肉质的大形种子。

牡丹原产甘肃、陕西等省，现在秦岭里面还有出产，正如欧阳修的《洛阳牡丹记》里所说的："丹延以西及褒斜道中尤多，与荆棘无异，土人皆取以为薪。"

牡丹最初以药用植物记载于《本草经》，到唐代才成为一种重要的牡丹。《本草经》虽然托名于神农，大概是汉魏之间张机、华佗等人记录而成的，所以关于牡丹的最早记载是在公元三四世纪时代。唐·段成式《酉阳杂俎》说："检隋朝《种植法》，七十卷中，初不记说牡丹，则知隋朝花药所无也。"但韦绚的《刘宾客嘉话录》说："北齐杨子华有画牡丹。"又谢康乐说："永嘉水际竹间多牡丹。"这样似乎南北朝时期牡丹就已成为观赏植物了。

达尔文在《动植物在家养状况下的变异》一书中说："牡丹在中国已经栽培了1400年。"从19世纪70年代上推到1 400年前，那就是公元5世纪，即南北朝初年，大概他也以谢康乐的记载为准的。

李白的"云想衣裳花想容，春风拂槛露华浓，若非群玉山头见，会向瑶台月下逢"等三首著名的《清平调》所歌咏的，是红、紫、浅红和白，四枝不同颜色的牡丹。可见当时已经过相当时期的栽培，所以颜色方面会在原有的红色以外，出现了三种的变异。

庭前芍药妖无格，池上芙蕖净少情。唯有牡丹真国色，花开时节动京城。（刘禹锡《赏牡丹》）

帝城春欲暮，喧喧车马度，共道牡丹时，相随买花去。贵贱无常价，酬值看花数。……家家习为俗，人人迷不悟。（白居易《买花》）

从以上这些诗篇里，可以看出唐代帝都长安栽培牡丹的盛况。

唐代的牡丹还没有说到黄色和重瓣，也没有各个品种的名称。到了宋代，牡丹的集中栽培又转移到了洛阳，花的形色也有了很大的变异。欧阳修著《洛阳牡丹记》，记载了24个品种，有黄、红、紫、白各种颜色。例如：

姚黄，是一种千叶黄花，姚姓人家栽培所成，到那时还不满十年，极稀少，每年不过几朵花。

牛家黄，也是一种千叶黄花，牛姓人家栽培所成，比姚黄稍小一些。

魏花，是一种千叶肉红色花，五代时砍柴的人从寿安山中掘来卖给宰相魏仁溥家。魏家衰落后移栽各处，一朵花的花瓣有700片之多。

左花，是一种千叶紫花，也叫做平头紫，因为它的花瓣是一样平的。

欧阳修从这几种花出现的先后，给我们指出了花色变异和重瓣花出现的历史。他是这样说的：

> 初姚黄未出时，牛黄为第一；牛黄未出时，魏花为第一；魏花未出时，左花为第一。左花之前，唯有苏家红，贺家红，林家红之类，皆单叶花，当时为第一。自多叶、千叶花出后，此花黜矣，今人不复种也。

欧阳修之后，有周师厚著《洛阳花木记》一书，列举牡丹的名色达109种。又著《洛阳牡丹记》（现在仅题鄞江周氏撰），记载了46个品种，对于每一种花的形态，描写得更为仔细。例如指出姚黄的特点是"色极鲜洁，精采射人"。魏花的特点是"面大如盘，中堆积碎叶，突起，圆整如复钟状"。

北宋亡后，四川天彭（彭县）成为栽培牡丹的中心区域。陆游有《天彭牡丹谱》，记载了天彭特有的红花21种，紫花5种，黄花4种，白花3种，还有一种特殊的碧花，叫做欧碧，一共34种。据说全部近100种，这34种是最著名的。当时"彭人谓花之多叶者京花，单叶者川花"，说明四川最初栽培的，还是不甚美丽的单瓣品种。

明·薛凤翔著《亳州牡丹表》，列举了神品40种，名品82种，灵品4种，逸品26种，能品40种，具品75种，共计267种的名称。又著《亳州牡丹史》，描述了150余个品种的形态和习性，特别指明花芽（称为胎）的形态和颜色。这时有了绿色的"绿花"和近于黑色的"黑剪绒"等品种，色彩比宋代更多了。

后来王象晋著《群芳谱》，采录并选录欧阳修《洛阳牡丹记》、鄞江周氏《洛阳牡丹记》、陆游《天彭牡丹谱》和薛凤翔《亳州牡丹史》的品种名，共计185种。假使把所有的品种名称全部汇集起来，应有四五百种之多。达尔文说我国的牡丹有两三百个品种，不知他是根据什么记载的。

薛凤翔的《亳州牡丹史》记载一种"金玉交辉"，说是"曹州所出，为第一品"。又有"忍济红"和"平实红"两种，也产于曹州。这可见现在牡丹的主要产地菏泽，在明代就已开始栽培。菏泽栽培牡丹，跟别处栽培各种农作物一样普遍，运销各地，远达广州。广州因为天气过暖，本地栽植的牡丹不容易开花。每年都从北方运去，新春时节就可供观赏。

北京中山公园栽培的牡丹共有600多株，有一部分也是从菏泽运来的。品种有姚黄、魏紫、赵粉、昆山夜光、蓝田玉、宋白、豆绿等40多种。魏紫就是魏花，原本说是肉红色，但在欧阳修的诗里，已经叫它做"魏紫"。"赵

粉"等品种名未见于清代以前的花谱中，大概是清代以来才出现的。

繁殖牡丹不外分根、嫁接、播种三种方法。分根只能选出已经发生变异的根株，没有促进变异的功用。嫁接和播种容易创造新的品种。

欧阳修说："不接则不佳……姚黄一接头，值钱五千"，这也只是保存固有的优良性状。至如郾江周氏《洛阳牡丹记》说到"胜魏""都胜"两个品种都像魏花：胜魏比魏花颜色稍深一些，都胜比魏花大而带紫红色。它们怎样起源的呢？大概魏花嫁接在红花本上就成为胜魏，嫁接在紫花本上就成为都胜。在七八百年前，我们已经知道嫁接可以造成无性杂种，引起花色的变异，这是一种可贵的科学资料。

薛凤翔《牡丹八书》（上述《亳州牡丹表》和《亳州牡丹史》是这部书的两个部分）说："凡接花须于秋分之后，择其壮而嫩者为母。"高濂《遵生八笺》说：接穗要选"择千叶好花嫩枝头有三五眼者"。砧木和接穗都要选择幼嫩的，这也符合米丘林所说的年幼个体本性没有固定，互相嫁接容易引起变异的原理。古人在实际经验里边，掌握了这些符合科学原理的技术，所以他们在栽培上，就获得了显著的成就。

还有一种方法，可以把牡丹接在芍药的根上。这样，因为是异种植物的嫁接，也有引起变异的可能。这样嫁接，还有一种好处，就是接穗成活以后，基部自行生根，后来芍药根死去，牡丹就会独立生活。假使地下发生新的萌蘖，更可以应用分根法来移植。这对于扩大良种的繁殖，颇为有利。

又据说可以把牡丹接在椿树上，使它成为大树，一枝牡丹，开花可达数千朵。这是远缘植物的嫁接，是否能够接活，可以试验一下，而且要进行这样的试验也很便当。

牡丹一般于开花以后，就把花梗剪去，不让它结子，免得多耗费养分，以保持年年有繁盛的花朵。但古人也早已知道应用种子来繁殖，那就必须让它结子。所用的种子，假使是经过自然杂交发育成的，当然容易引起变异。古人没有谈到这一点，但实际上一定是利用了这一点的。

薛凤翔的《牡丹八书》说：子"喜嫩不喜老，七月望后，八月初旬，以色黄为时，黑则老矣。大都以熟至九分，即当剪摘"。为什么不要用老熟的种子来播种呢？据说嫩的种子播种以后容易萌发，又容易引起花色的变异。大概种子尚未老熟，含有的养分比较少，萌发以后，势必很早就吸收外界的养分，生活条件的改变，会影响到新陈代谢的功能，这就容易引起变异了。

由于能掌握各种合于科学原理的方法，所以能够创造出很多的牡丹品种。有时候，新品种的产生显得极为迅速，如欧阳修在《洛阳牡丹图》这首诗里说：

我昔所记数十种，于今十年半忘之，开图若见故人面，其间数种昔未窥。客言近岁花特异，往往变出呈新枝。……只从左紫名初驰，四十年间花百变。

从培养牡丹的技术看来，我们很早已经做到了：

色红可使紫，叶（花瓣）单可使千，花小可使大，子少可使繁。天赋有定质，我力能使迁。（陈璪：《接花》）

这样的认识，跟米丘林所说的"我们不能等待自然的恩赐，我们的目的是向自然去索取"，正是所见略同。

但是说"我力能使迁"的这位作者，只是叙述别人的成就，他自己却并不相信，反而说：

自矜接花手，可夺造化工，用智固巧矣，天时可易欤？我欲春采菊，我欲冬赏桃，汝不能栽接，汝巧亦徒劳。

这正反映了他并没有亲自培养牡丹和其他花卉，否则十年、四十年，花就百变，怎么能说"巧亦徒劳"呢。

至于"春采菊，冬赏桃"，可惜这位作者没有生活在现代，未能一饱眼福。其实冬赏牡丹，在古代就已经有了，如明·谢在杭的《五杂俎》说：

常有不时之花，然皆藏土窖中，四周以火逼之，故隆冬时即有牡丹花。

当然把花催开，并没有根本改变花的本性，但总也是"夺造化工"的一个方面吧！

（写于1957年3月，原题《牡丹》，1986年3月改题，选自《花与文学》，福建科学技术出版社1989年出版）

水仙

水仙有青翠光润的叶片,亭亭直立的花葶,疏落有致的花序,冰清玉洁的花瓣,鹅黄粉晕的花心,芬芳清幽的馨香。种植又很简单,把它放在清洁的瓷盆里,填一些石子,盛一点清水,给予相当的温暖,晒晒太阳,过不了多久,就会开出花来。而且开花的时期,又在万卉凋落的隆冬季节,这就愈加令人感到异常可爱了。

原来水仙生着葱头那样的鳞茎,是由一段缩短的茎外包多数贮藏养分的变形叶片而成的。最外一层鳞叶紫褐色,内部各层都是白色。因为鳞叶里面贮藏着养分,所以只靠清水就能抽叶开花。

水仙种在地上的时候,秋季从老的鳞茎抽生新叶,春季开花结实,夏季叶和花葶一齐枯萎。它的生长期间跟大蒜相同。

水仙是我国原产的植物。《南阳诗注》:"此花外白中黄,茎干虚通如葱。本生武当山谷间,土人谓之天葱"。现在见到的水仙一般都是人工栽培的,不知湖北等处是否还有野生的水仙。

栽培水仙最有名的地方是福建漳州。因为那里天气温暖,水仙生长得好，所以鳞茎有拳头那样大。一个鳞茎一般能长出四五个花葶（俗称为箭）。中央的花葶通常最大，是鳞茎中心的顶芽发育而成的。两旁的稍小一些，是接近顶芽的腋芽所形成的。更外边的更小，往往只抽叶，不开花。

江苏崇明也栽培水仙，这种水仙的鳞茎好像一个小型的洋葱，只能抽生一个或两个花葶。种在磁盆里，姿态没有漳州水仙那样好。

依据旧记载，江苏嘉定和浙江杭州都栽培水仙，例如：

水仙江南处处有之，惟吴中嘉定种为最，花簇叶上，他种则隐叶内耳。（《群芳谱》）

杭州近江处，园丁种之成林，以土近咸卤，故花茂。（同上）

裙长带裹寒偏耐，玉质金香密更奇。见画如花花似画，西兴渡口晚晴时。（元张伯淳《题赵子固水仙图》）

这两处地方不知现在是否还继续栽培。至于说"花簇叶上"，那不是品种的关系。水仙在自然生态里，一般都是花葶长2尺余，叶片则更长些。用清水来培养，假使开始培养的时期早（例如10月），室内温度高，又少晒太阳，叶片就抽得长，花就隐在叶下。反之，开始培养的时期迟（例如12月），室内温度不十分高，太阳又晒得多，叶片就发育得慢，花就挺在叶上。《群芳谱》记载说："初起叶时，以砖压住，不仅即透，则他日花出叶上。"这个方法似乎只适用于栽种在泥土里的，是否可行，须待试验证实。

有一种所谓"蟹爪水仙"，叶片短小而屈曲，花葶也比较细而短。这也不是一个特殊的品种，是把鳞茎的小半边切去，不伤害中心的幼芽，然后使伤口向上，平放在水盆里，让它抽生出叶片和花葶来。大概经过切伤，鳞茎的养分减少，叶片和花葶便出现变异的形态了。

旧时关于水仙的栽培，有几句口诀，叫做：

"六月不在土，七月不在房，栽向东篱下，寒花朵朵香"。

就是说，当夏季茎叶枯萎时，要把鳞茎从土里掘起，等待秋季，再把它种在向阳的地方。具体的种植法是：

五月收根，用小便浸一宿，晒干，拌湿土，悬当火烟所及处。八月取出，瓣瓣分开，用猪粪拌土种之。植后不可缺水。（《群芳谱》）

和土晒半月方种。……复以肥土，白酒糟和土浇之则茂。（同上）

花
鸟
鱼
虫
兽

一般供观赏用的鳞茎，夏季从土里掘起以后，就可以一直干放着。这时便于贩运到远方。冬季盆养时，先把鳞茎在水里浸一天，剥去紫褐色的外皮，放在阴暗的地方，让它生齐了根，然后再正式种在水盆里，这样生长会比较快。

水仙的花葶上端有一片膜质的苞片，苞片里缴生4朵到8朵的花。每朵花有花瓣6片，倒卵形，白色，近于透明，所以旧时把水仙花叫做玉玲珑。因为它没有萼和花冠的区别，所以正确的名称，应该叫做花被。花被的下部结合成细长的筒形，就叫做花筒。花筒的口上有一圈黄色指环状的突起，叫做副花冠。水仙的另一个别名叫做"金盏银台"，就是指这黄色的副花冠和白色的花被。明代陈淳有一首《水仙》诗："玉面婵娟小，檀心馥郁多。盈盈仙骨在，端欲去凌波。"把水仙花的姿态，形容得很逼真。

水仙也有重瓣的，叫做"千叶水仙"或"百叶水仙"（这里"叶"指花瓣）。"花片卷皱密蹙，一片之中，下轻黄而上淡白，如染一截者"（宋·杨万里《咏千叶水仙》序）。这些多出来的花瓣是雄蕊变成的，这时副花冠不再是连成一圈，而是分离成尖形的小片，紧复住新生花瓣的基部。不仔细观察，就会误认做"如染一截者"。

单瓣的水仙有6枚雄蕊，3长3短，长的3枚和一枚花柱透露在花筒口缘。柱头3裂。子房绿色，三棱形，位于花筒下方，这在植物学上就叫做子房下位花。开花以后，为了使养分集中到地下去发育新的鳞茎，所以总是把花葶摘去。只有希望得到变种时，才让它结生果实。果实是蒴，含多数种子。由种子萌发而成的幼苗，生长缓慢，要经过四五年才会开花。

水仙栽培的历史已经很长久。上文引述了杨万里的《咏千叶水仙》序，可见"千叶水仙"的育成也至少已经700余年了。但是水仙的花形为什么变化不多，花色又只有白色的一种，并没有菊花、山茶、牡丹等等那样丰富多彩呢？虽然一般芳香的花，大都雅淡朴素，如茉莉、白兰花、晚香玉都是这样。我们能否应用遗传学的理论创造出一种彩色水仙来？

（原载1958年1月22日《光明日报》）

芙蓉生在秋江上

有一年秋季,在闽南,住在小楼上一间方不盈丈、只有一扇狭长西窗的小室里。偶然临窗西望,几间小屋之外的水沟旁,却有一团鲜艳的红花,原来是一枝亭亭如盖的木芙蓉。虽然它并不就在窗下,竟然也给这间狭窄的居室顿添生气。中学读书时,音乐教室前面也有几丛木芙蓉,但都是灌木,现在第一次遥遥望见这株小树,便倍觉可爱。过去也知道明·王世懋的《学圃余疏》(1587年)曾说过:"芙蓉入江西,俱成大树,人从楼上观。吾地(江苏)如榛荆状。"今天才亲眼证实了他的话,虽然地点并不是江西。

司马相如《上林赋》有"华枫枰栌"之句,晋·张揖说,"华,皮可以为索。"后人就根据皮的用途,认为华就是木芙蓉。如果这个说法凿实,那么这可算是关于木芙蓉最早的记载。(当然,说华就是桦木,应更有理一些。)

梁·江淹有一篇《木莲颂》,说"迸采泉壑,腾光渊丘,缃丽碧𪩘,红艳桂洲。"莲与芙蓉同义,后人也就认为它是指木芙蓉。如白居易咏木芙蓉的诗,便说:"水莲花尽木莲开。"但薜荔也叫木莲,木兰科植物也有木

莲,都比作木芙蓉解为常用。

至于木芙蓉这个名称,出处在哪里,也尚待探考。唐代李嘉祐(719—781年)、韩愈(768—824年)等已都有木芙蓉的诗篇,可见这个名称,一定在他们之前,早已有了。

木芙蓉开花于秋冬之交,与菊花同样表现岁寒晚节的精神,因而又称作拒霜花,为诗人所歌咏。如梅尧臣、王安石都有拒霜花诗,王诗就赞美它:"落尽群花独自芳,红英浑欲拒亚霜。"而苏轼的诗说:"千林扫作一番黄,只有芙蓉独自芳。唤作拒霜知未称,细思却是最宜霜。"由拒霜想到宜霜,特出新意,耐人寻味。

木芙蓉是锦葵科植物,与木槿、扶桑类缘最近,但叶形和花容与蜀葵最为相似。茎直立分枝,与叶都被星芒状毛;成乔木状的小树时,高可达四、五米;每年从地下萌生新条而成灌木状时,高仅二三米。叶呈掌状,3~7裂,裂片三角状卵形而尖,边缘有钝锯齿。花生于枝梢,有线形的小苞10片;萼钟状,5裂;花瓣5片;雄蕊多数,合生成筒状;花柱长,柱头呈五星状。蒴果略呈球形,有硬毛。种子多数,肾脏形,也有毛。

日本南部有野生的木芙蓉,我国却还没有野生种的记载。野生种花单瓣而粉红色,栽培的多重瓣。唐·李德裕的《平泉山居草木记》有"己未岁（839年）得会稽之百叶木芙蓉，又得钟陵之同心木芙蓉"的记载，"百叶"就是重瓣，可见重瓣木芙蓉已有千余年的历史。"同心"意义不详，可能是指并蒂，但现在却未有所闻。明·王象晋的《群芳谱》（1621年）有四面花的名称，大概就是这一种。同书还提到大红千瓣、白千瓣、半白半红千瓣等品种，都是现在常见的。

梅尧臣有一首《咏王宗说园黄木芙蓉》诗，说它"玉蕊圻蒸粟，金房落晚霞"。南宋·戴复古也有诗句："就中一种芙蓉别，只染鹅黄学道妆。"这应是稀有的品种。后来王世懋的《学圃余疏》只说："客言曾见有黄者"，他自己就没有见到过。《群芳谱》也说："黄色者种贵难得。"不知现在是否还有。

宋祁的《益部方物略记》（1059年）记录一种"添色拒霜花，生彭汉蜀州。花常多叶，始开白色，明日稍红，又明日则若桃花然"。南宋末年吴怿的《种艺必用》说："邛州有弄色木芙蓉，初日白，明日鹅黄，又明日浅红，又明日深红，比落微紫色。又谓之文官花。"这两则记载都是错误的。唐·李嘉祐已经知道："平明露滴垂红脸，似有朝开暮落悲。"（《秋朝木芙蓉》）木芙蓉跟木槿一样，是朝开暮落的花，不可能一朵花变色达三四天之久。大概与吴怿同时的刘圻父，形容花色为"晓妆如玉暮如霞"。《学圃余疏》说："三醉者，一日间凡三换色，亦奇"。《群芳谱》说："醉芙蓉朝白，午红，晚大红者，佳甚。"这些，观察都是正确的。又元·蒲道源有《转观芙蓉》一诗说："未甘白纻居寒素，也着绯衣入品流"，看来也是在描写它由白而红，变换颜色。《群芳谱》则称它为转观花。总之，添色拒霜花，弄色木芙蓉，三醉，醉芙蓉，转观芙蓉或转观花，名称虽然不同，却是同一品种。宋祁对添色拒霜花还写了几句《赞》："自浓而淡，花之常态，今顾反之，亦不之怪。"把它与一般花色的变化作了比较，那倒是有科学意义的。

历史上栽培木芙蓉最盛的地方有四川成都，据说五代后蜀时（10世纪中叶），曾于"城上遍种芙蓉，每至秋，四十里如锦绣，高下相照，因名锦城"。（《成都记》）也有人称它为芙蓉城。这虽然出于当时统治者的个人嗜好，也可算是利用隙地，绿化环境的一种措施吧。

木芙蓉最宜于临水栽植，花时水光照映，愈觉鲜艳。如"芙蓉生在秋江上，不向东风怨未开。"（唐·高蟾"溪边野芙蓉，花水相媚好。"（苏轼）"袅袅芙蓉风，池光弄花影。"（范成大）等诗句，都描写了它临水的

风韵。柳宗元有诗云:"盈盈湘西岸,秋至风露繁。丽影别寒水,秾芳委前轩。"(《湘岸移木芙蓉植龙兴精舍》)湖南有洞庭湖及湘江等河流,水滨岸际,都是适宜于木芙蓉生长的地方。毛主席《答友人》七律结句:"芙蓉国里尽朝晖",有人就认为这"芙蓉"是指木芙蓉。

郭沫若同志正是主张这一说的。他说:"主席告诉我们,'芙蓉国'是湖南的异称。"接着引录五代末谭用之《秋宿湘江遇雨》诗全文,诗中有"秋风万里芙蓉国"之句,他说:"这首诗虽然不怎么好,但它却点出了'芙蓉国'的故事。'芙蓉'……有人说是指荷花,但在我看来就是木芙蓉。因为谭诗写的是秋天,正是木芙蓉盛开的时节……如果是荷花,在秋季便已经凋败了。"

还有赵朴初同志的解释,则是:"芙蓉即荷花,请想想看,清晨的日光('朝晖')遍照着满地的芙蓉,这该是多么光辉美丽的世界啊!"

以上两说,应以赵说为是。湖南是以出产"湘莲"著名的,虽然也盛产木芙蓉,但遍地荷花,因此而称它为"芙蓉国",应是更为名副其实。谭用之在"湘上阴云锁梦魂"之中,见到"秋风万里芙蓉国,暮雨千家薜荔村"这一派萧瑟凄凉的景象,正因为荷花已经凋败枯萎。如果他是在描写鲜艳盛开的木芙蓉,那么,与"暮雨千家薜荔村"的感情,怎样统一起来呢?毛主席对于谭诗,正是"反其意而用之",这就从正面反映出芙蓉国里"映日荷花别样红"的光辉美丽的本来面目,抒发了革命乐观主义的精神。所以我们可以肯定,芙蓉国里的"芙蓉",是"荷花",而不是"木芙蓉"。

(写于1979年11月)

含笑说含笑

说起含笑,就会记忆起北宋·丁谓那两句传诵的诗:"草解忘忧忧底事,花名含笑笑何人?"邓润甫诗也说:"自有嫣然态,风前欲笑人。"还有苏轼的诗:"而今只有花含笑,笑道秦皇欲学仙,"更是寓有深意,耐人寻味。

但是,既名含笑,应是只表示内心的喜悦,不会是取笑他人。含笑的神态,仿佛是一个腼腆含羞、怕见生人的小孩。因此,形容它为:"半开微吐长怀宝,欲说还休竟俯眉。"(杨万里《含笑花》)"笑靥含羞藏叶底,为谁娇?"(宋·无名氏《杨柳枝》)倒是更为恰当。

这样腼腆的笑容是天真的、可爱的。欣赏含笑,将会使我们同样含笑,我们就以含笑的心情来谈谈含笑是怎样一种花卉吧。

丁谓（962—1033年）的诗，是关于含笑最早的记载。稍后于丁谓的蔡襄（1012—1067年），有《寄南海李龙图求素馨含笑花》一诗，说是：

二草曾观岭外图，开时尝与暑风俱。使君已自怜清福，分得新条过海无？

蔡襄这首诗假如是在福建写的，那么当时含笑还只产于广东，连福建这样温暖的地区，也还没有栽培。

李纲（1083—1140年）有一篇《含笑花赋》，是为了当时含笑移植到杭州，作为宫廷玩赏而写的。这篇赋留下含笑北移的史迹，也反映了宋高宗赵构贪图享受，生活腐化的一个侧面。

现在，绿化美化大地，改善环境，增进健康，已成为人民共同的需要。不论含笑，还是其他各种花木，都不再是宫廷禁物，而是人人都应爱护的园艺佳卉了。

含笑的可爱，还在于它芬芳馨香，幽幽袭人。"一桼不曾容易发，清香何以偏人间？"（杨万里《含笑花二首》）"予山居无事，每晚凉坐山亭中，忽闻香风一阵，满室郁然，知是含笑开矣。"（陈善《扪虱新话》）这跟走进山林，尚不知兰花所在，一缕幽香，早扑鼻而来，正复相同。

过去认为含笑有大小两种，又有白花、紫花之分。清·李调元《南越笔记》（约1777年）说："古诗云：'大笑何如小笑香，紫花那似白花妆？'"两句诗把四种含笑全都说到了。杨万里诗也说："秋来二笑再芬芳，紫笑何如白笑强？"陆游有《闻傅氏庄紫笑花开急棹小舟观之》一诗：

日长无奈清愁处，醉里来寻紫笑香。漫道闲人无一事，逢春也作蜜蜂忙。

大概当时浙江还少有紫笑，所以他竟要蜜蜂似的赶忙去观赏。但陆游不是陈善，自称闲人，却是反话。陆游晚年虽然长期闲居山阴故乡，但他是"心在天山，身老沧州"。"夜阑卧听风吹雨，铁马冰河入梦来。"临终还念念不忘"但悲不见九州同"。陆游是爱国诗人，为国家大事而"作蜜蜂忙"，才是他的心愿。

现在通常栽培的含笑，是一种常绿灌木，高可二三米，盆栽的则较小。叶片椭圆形，表面光亮，可长10厘米。花单生于叶腋，花瓣6片，长椭圆形，黄绿色，有的边缘匀染紫色或红色；花径二三厘米，不全开，因而称为含笑。原产我国南部，粤北尚有野生。看来所谓小含笑、白含笑、紫含笑，实际上都是这一种。

含笑花的香味近似香蕉，旧时称它为瓜香，如宋·徐致中诗说："瓜香浓欲烂，莲荅碧初匀。"又许仲启诗："一点瓜香破醉眠，误他诗客枉流涎，"更深刻描写了对于这种香味的感受。

大含笑是常绿乔木，高可达12米。叶片椭圆矩形，顶端尖，不像小含笑那样圆钝，长可达17厘米。花单生，花瓣9片，三轮排列，卵圆形至假卵形，白色；花径12厘米，极芳香。也产于广东，栽培较少。

清·檀萃的《滇海虞衡志》（1799年）说："含笑花土名羊皮袋，花如山栀子，开时满树，香满一院，耐二月之久。"山中动野生的常被樵采，致成灌木状。栽培的可以长大成拱。这是云南产的大含笑，与广东产的不是同种。

含笑和它的同类植物，都是名卉，又都是重要的香料植物，可以窨茶，又可以提取香精。在这百花齐放的时代，它们将会得到普遍的栽植和爱护。

（写于1980年4月）

吴刚捧出桂花酒

问讯吴刚何所有?
吴刚捧出桂花酒。
(毛主席《蝶恋花·答李淑一》)

吴刚这个故事,出在唐·段成式所写的《酉阳杂俎》一书里:

旧言月中有桂,有蟾蜍。故异书言,月桂高五百丈,下有一人常斫之,树创随合。人姓吴名刚,西河人,学仙有过,谪令伐树。

段成式只是记录古旧的传说,所以与他同时代的李商隐以及比他早的梁代庾肩吾的诗,都已说到与这个故事有关的斫树人和桂花:

月中桂树高多少？
试问西河斫树人。

请视今移处，
何如月里生？

中秋季节，天高气爽，月光愈觉皎洁。同时，桂花盛放，芳馨四溢，静夜中，阵阵清香，更仿佛是从缕缕月光洒下来的。因此，把月面阴影比拟作一株巨大的桂花树，倒也是一个可以允许的联想。

联想也是玄想，于是诗人可让"吴刚捧出桂花酒"，可问桂花生在地上比生在月里感觉怎么样。还有白居易，竟向嫦娥建议，要不要把月宫布置得更葱郁一些：

遥知天上桂花孤，
试问嫦娥更要无？
月宫幸有闲田地，
何不中央种两株！

杜甫则与白居易相反，他不体谅吴刚朝朝暮暮，费力徒劳，已经辛苦了近千年（指汉代到唐代），还是要：

斫却月中桂，
清光应更多。

杜甫和白居易对于同一传说，同一现象，有不同的想法，虽然空幻飘缈，不着实际，却也显得思路活跃，新颖有趣。比之看惯了，听久了，认熟了，习以为常，囿于陈规，因循守旧，人云亦云，是颇有意义的。思路活跃，不僵化，就能随时随地产生疑问，发现问题，设想方案，提出办法。精神境界是这样，实际生活也是这样。在诗人是玄想，应用到科学研究上是思维方法，它将有助于有所发现，有所发明，有所创造。

这样，我们就从天上回到人间，把诗意变成科学，来看一看桂花是怎样

一种植物吧。

桂花又叫木犀，由于木材灰褐色，纹理直或微斜，与犀角的纹理相似而得名。在分类上，属于木犀科。我国原产，分布长江流域及其以南各地，西北直至甘肃。山野自生的叫做山桂或岩桂，浙江天台产的特称天竺桂。常绿乔木，高可达10米，栽培的一般高三四米。北方不能室外越冬，只供盆栽。

桂花叶片对生，椭圆形，先端尖，边缘有锯齿，老叶有的无齿而呈波曲状；革质，绿色有光泽，背面色淡。花簇生于叶腋，花柄细而短；萼绿色，细小而四裂；花冠深四裂，裂片椭圆形至倒卵形，稍稍凹陷成浅匙状；雄蕊二枚，雌蕊一枚，都很细小。

桂花因花色和开花习性不同，分为四个品种：

1. 银桂 以花朵白色而得名，也有微带黄色的。叶片较薄，叶缘不向背面反卷。

2. 金桂 花朵深黄色，香气较淡。叶片厚，深绿色，叶缘反卷。

3. 丹桂 花朵橙黄色，香气最浓。叶片最厚，深绿色，侧脉显著，叶缘反卷。这三种都只在秋季开花。

4. 四季桂 又叫月月桂，以长年开花而得名。花小，径五六毫米（前三种是六七毫米），色白或淡黄，香气较淡。叶片薄，叶缘只微微反卷，常被栽培成灌木状。

唐·李德裕《平泉山居草木记》说：

> 有剡溪之红桂，钟山之月桂，曲阿之山桂，永嘉之紫桂，剡中之真红桂。

所说月桂，只是桂花的别称，并不表示什么特殊性状。山桂就是岩桂，岩桂这个名称见于后来宋·罗从彦《和延年岩桂》一诗。红桂和真红桂与丹桂同义，而丹桂一名则最早见于晋·王嘉《拾遗记》：

> 岱舆山……有丹桂、紫桂、白桂，皆直上百寻，可为舟航，谓之文桂之舟。

但这是仙山岱舆可作舟航的桂树，而不是一般的桂花，所以把红桂叫做丹桂，跟银桂、金桂、四季桂等名称的起源一样，还待探求。紫桂是不是桂花，只能存疑。

桂花的果实是核果。由于它雌雄异株，栽培的多雄株，所以果实不常见到。山野自生的有雌株，结生的果实比黄豆略大，卵圆形，成熟时皮色黝黑。过去叫它做桂子，并认为有时会从月亮里面散落下来：

江东诸处，每至四五月后，尝于衢路拾得桂子，大如豸里豆，破之辛香。故老相传，是月中下也。（唐·陈藏器《本草拾遗》）

垂拱四年(686)三月，雨桂子于台州，旬余乃止。（《唐书·五行志》）

杭州灵隐山多桂，寺僧曰："月中种也。"至今中秋夜往往子坠，寺僧亦曾拾得。（宋·钱易《南部新书》）另据记载，从天上落下来的桂子，"其圆如珠，其色有白者、黄者、黑者。"所说形状和颜色，并不完全像桂子，当然都是无稽之谈罢了。

桂花不仅可供观赏，也有实用价值。它是一种重要的芳香植物，可以浸酒，窨茶，制糕点，并提炼香精。提炼香精是一种现代工业，我国桂花资源丰富，应充分利用。

采取桂花，捡去杂质，先用盐渍，再拌白糖，便可长期贮存。桂花的芳香带甜味，因此最适用于制糕点和糖果。

明邝王王番《便民图纂》说："桂花点茶，香生一室。"不过，他所说的，只是采取鲜花，与茶叶一起泡饮。现在跟制茉莉花茶一样，制成桂花茶，为花茶增加一个新品种，除一般饮用外，并可供出口之用。

桂花浸酒，便是桂花酒。毛主席诗词的注释家，为了找寻出典，望文做，引屈原《九歌·东皇太一》的"奠桂酒兮椒浆"来解释桂花酒，显然错误。王逸注："桂酒，切桂置酒中也。"桂花细碎，何必再切？这"桂"不是桂花，是"桂皮"，是樟科植物肉桂等树的树皮。因为是树皮，所以才需要切碎。月宫里只有桂花，并无其他桂树，叫吴刚到哪里去找桂皮来制桂酒？桂酒和桂花酒，虽然同有"桂"名，却不可混作一谈。

桂花酒是一个通俗名称，尽可不必找寻什么出处。如果要找，也应向农书或医书如《本草纲目》等里边去找，可惜手头却没有这一类普通的书。偶然看到一则记载，倒可供注释家的参考：

> 同昌公主出降（出嫁），……其酒有凝露浆，桂花醑。（唐·苏鹗《杜阳杂编》）

醑，美酒之意，桂花醑就是桂花酒。至迟，唐代已有桂花酒了。

月宫的桂花酒可慰忠魂，人间的桂花酒我们也将分外珍重。湖南是不是可以生产一种桂花酒——应是名酒而不是一般的酒——来永久纪念杨开慧、柳直荀烈士呢。

（写于1980年7月）

花儿为什么这样红

花朵的红色是热情的色彩，它强烈，奔放，激动，令人精神振奋。红紫烂漫的春天，多么活力充沛，生气蓬勃。"花儿为什么这样红？"是我们对它的赞叹和歌颂，同时也不妨对它作一科学的解释。

"花儿为什么这样红？"首先有它的物质基础。不论是红花还是红叶，它们的细胞液里都含有由葡萄糖变成的花青素。当它是酸性的时候，呈现红色，酸性愈强，颜色愈红。当它是碱性的时候，呈现蓝色，碱性较强，成为蓝黑色，如墨菊、黑牡丹等是。而当它是中性的时候，则是紫色。万紫千红，红蓝交辉，都是花青素在不同的酸碱反应中所显示出来的。

还有"战地黄花分外香"的菊花，"金英翠萼带春寒"的迎春花，都呈黄色。菊科植物除了黄花以外，还多橙色的花。橙色与柑橘、南瓜等果实的颜色相似，而最典型的是胡萝卜，所以表现这种色彩的色素，就被称为胡萝卜素。

至于白花，那是因为细胞液不含色素的缘故。有些白花，例如菊花，萎谢之前微染红色，表示它这时也含有少量的花青素了。变色的一个特殊例子

是添色木芙蓉，早晨初开白色，中午淡红，下午深红，一日三变，愈开愈美丽。又如八仙花，初开白色微绿，经过几天，变成淡红，或带微蓝，它不像添色木芙蓉那样朝开暮落。至于一般的花，大都初开时浓艳，后渐淡褪。

"花儿为什么这样红？"还需要用物理学原理来解释。太阳光经过三棱镜或水滴的折射，会分成红、橙、黄、绿、青、蓝、紫七种颜色。这七种颜色的光波长短不同，红光波长，紫光波短。酸性的花青素会把红色的长光波反射出来，送到我们的眼帘，我们便感觉到是鲜艳的红花。同样，中性的花青素反射紫色的光波，碱性的花青素反射蓝色的光波，胡萝卜素有不同的成分，便分别反射黄色光波或橙色光波。白花不含色素，但组织里面含有空气，会把光波全部反射出来。

有的花瓣，表面有较多的细微而排列整齐的玻璃球似的突起，看起来好像丝绒，能够像金刚石那样强烈地反射光线，色彩就更为鲜艳，如某些月季花就是。

"花儿为什么这样红？"还有它生理上的需要。光波长短不同，所含热量也不同：红、橙、黄光波长，含热量多；蓝、紫光波短，含热量少。花的组织，尤其是花瓣，一般都比较柔嫩。在野生状态，红、橙、黄花都生长在阳光强烈的地方，反射了含热量多的长光波，不致引起灼伤，有保护的作用。蓝花都生长在树林下、草丛间，反射短光波，吸收微弱的含热量多的长光波，对它的生理作用有利。白花也多阴性植物，有些夜间开放，反射了全部的光波，是另一种适应措施。自然界少有黑色的花，只有少数的花偶然有黑色的斑点，因为黑色吸收全部的光波，热量过多，容易受到伤害。

"花儿为什么这样红？"从进化的观点来考察，它有一个发展的过程。

裸子植物的花是原始的形态,都带绿色,而花药和花粉则呈黄色。在光谱里面,与绿色邻接的,长波一端是黄、橙和红,短波一端是青、蓝和紫。我们可以说,花色以绿色为起点,向长波一端发展,由黄而橙,最后出现红色;向短波一端发展,是蓝色和紫色。红色就是最晚出现的花色,在进化途程中居于顶峰,最鲜艳,最耀眼。

"花儿为什么这样红?"从达尔文的自然选择学说来看,昆虫起到了重要的作用。亿万年前,裸子植物在地球上出现的时候,昆虫还不多。花色素淡,传粉授精,依靠风力,全部是风媒花。后来出现了被子植物,昆虫也繁生起来。被子植物的花有了花被,更分化为萼和花冠(花被和花冠通称花瓣)。花瓣不再是绿色,而是比较显眼的黄色、白色或其他颜色。形状也大了。有的生有蜜腺,分泌蜜汁;有的散发芳香,这就成为虫媒花。"蜂争粉蕊蝶分香",昆虫给花完成传粉授精的作用。

昆虫采蜜传粉,有一特殊的习性,就是经常只采访同一种植物的花朵。这个习性有利于保证同一种植物间的异花传粉,繁殖后代。这样可以固定种的特征,包括花的颜色。我们可以设想,假如当初有一种植物,花色微红,由于其中红色比较显著的花朵,容易受到昆虫的注意,获得传粉的机会较多,经过无数代的选择,在悠长的岁月中,昆虫就给这种植物创造出纯一、显著、鲜艳的红色花朵。昆虫参与自然选择的作用,造成各种不同的植物,也造成各种不同的花色。

"花儿为什么这样红?"最后要归功于人工选择。自然选择进程缓慢,需要经过很长的时间才能显示它的作用。人工选择大大加快了它的进程,能够在较短的时间内取得显著成果。例如牡丹,由自然选择费了亿万年造成的野生原种,花是单瓣的,花色也只有粉红的一种。经过人工栽培,仅就北宋中叶(11世纪)那一个时期来说吧,几十年工夫,就由单瓣创造出多叶、千叶(重瓣)、楼子(花心突起)、并蒂等各种不同的姿态;由粉红创造出深红、肉红、紫色、墨紫、黄色、白色等各种不同的美丽色彩。再如大丽花,原产墨西哥,只有8个红色花瓣。自从美洲发现以后,才开始人工栽培,现在已有上千种形状、颜色不同的品种。又如虞美人,经过培养,已有红、黄、橙、白各种颜色,却从来没有出现过蓝色。上一世纪末,美国的著名园艺育种家蒲班克,发现一株花瓣上好似有一层烟雾的虞美人,特意培养,到本世纪初,便育成了各种深浅不同的蓝色虞美人,为花卉园艺增添了新的品种。

(原载1979年6月《光明日报》)

南州六月荔枝丹

幼年时只知道荔枝干的壳和肉都是棕褐色的。上了小学,老师讲授白居易的《荔枝图序》,读到"壳如红缯,膜如紫绡,瓤肉莹白如冰雪,浆液甘酸如醴酪",实在无法理解,荔枝哪里会是红色的!荔枝肉像冰雪那样洁白,不是更奇怪吗?向老师提出疑问,老师也没有见过鲜荔枝,无法说明白,只好不了了之。假如是现在,老师纵然没有见过鲜荔枝,也可以找出科学的资料,给有点钻牛角尖的小学生解释明白吧。

白居易用比喻的笔法来描写荔枝的形态,的确也还有不足之处。缯是丝织物,丝织物滑润,荔枝壳却是粗糙的。用果树学的术语来说,荔枝壳表面有细小的块状裂片,好像龟甲,特称龟裂片。裂片中央有突起部分,有的尖锐如刺,这叫做片峰。裂片大小疏密,片峰尖平,因品种的不同而各异。

成熟的荔枝,大多数是深红色或紫色。生在树头,从远处当然看不清它壳面的构造,只有红色映入眼帘,因而把它比作"绛囊"、"红星"、"珊瑚珠",都很逼真。至于整株树以至成片的树林,那就成为"飞焰欲横天"、"红云几万重"的绚丽景色了。荔枝的成熟期,广东是4月下旬到

7月,福建是6月下旬到8月,都以7月为盛期。"南州六月荔枝丹"指的是阴历6月,正当阳历7月。荔枝也有淡红色的,如广东产的"三月红"和"挂绿"等。又有黄荔,淡黄色而略带淡红。

荔枝呈心脏形、卵圆形或圆形,通常蒂部大,顶端稍小。蒂部周围微微突起,称为果肩;有的一边高,一边低。顶端叫果顶,浑圆或尖圆。两侧从果顶到蒂部有一条沟,叫做缝合线,显隐随品种而不同。旧记载中还有一些稀奇的品种,如细长如指形的"龙牙"、圆小如珠的"珍珠",因为缺少经济价值,现在已经绝种了。

荔枝大小,通常是直径3.4厘米,重10多克到20多克。60年代,广东调查得知,有鹅蛋荔和丁香大荔,重达40至50克。还有四川合江产的"楠木叶",《四川果树良种图谱》说它重19克左右,《中国果树栽培学》则说大的重60克。

所谓"膜如紫绡",是指壳内紧贴壳的内壁的白色薄膜。说它"如紫绡",是把壳内壁的花纹误作膜的花纹了。明代徐𤊹有一首《咏荔枝膜》诗,描写吃荔枝时把壳和膜扔在地上,好似"盈盈荷瓣风前落,片片桃花雨后娇",是夸张的说法。

荔枝的肉大多数白色半透明,说它"莹白如冰雪",完全正确。有的则微带黄色。从植物学的观点看,它不是果肉,而是种子外面的一层膜发育而成的,应称作假种皮。真正的果肉倒是前面说的连同果壳扔掉的那一层膜。荔枝肉的细胞壁特别薄,所以入口一般都不留渣滓,味甜微酸,适宜于生食。有的纯甜,早熟品种则酸味较强。荔枝晒干或烘干,肉就变成红褐色,完全失去洁白的面貌。

荔枝不耐贮藏,正如白居易说的:"一日而色变,二日而香变,三日而味变,四五日外,色香味尽去矣。"现经研究证实,温度保持在1～5℃,可贮藏30天左右。还应进一步设法延长贮藏期,以利于长途运输。因为荔枝不耐贮藏,古代宫廷想吃荔枝,就要派人兼程飞骑从南方远送长安或洛阳,给人民造成许多痛苦。唐明皇为了宠幸杨贵妃,就干过这样的事。唐代杜牧诗云:"长安回望绣成堆,山顶千门次第开。一骑红尘妃子笑,无人知是荔枝来。"就是对这件事的嘲讽。

荔枝的核就是种子,长圆形,表面光滑,棕褐色,少数品种为绿色。优良的荔枝,种子发育不全,形状很小,有似丁香,也叫焦核。现在海南岛有无核荔枝,核就更加退化了。

荔枝花期是2月初到4月初，早晚随品种而不同。广东有双季荔枝，一年开花两次。又有四季荔枝，一年开花四次之多。花形小，绿白色，不耀眼。花分雌雄，仅极少数品种有完全花。雌雄花往往不同时开放，宜选择适当的品种混栽在一起，以增加授粉的机会。一个荔枝花序，生花可有一二千朵，但结实总在一百以下，所以有"荔枝十花一子"的谚语。荔枝花多，花期又长，是一种重要的蜜源植物。

荔枝原产于我国，是我国的特产。海南岛和廉江有野生的荔枝林，可为我国是原产地的明证。据记载，南越王尉佗曾向汉高祖进贡荔枝，足见当时广东已有荔枝。它的栽培历史，就从那个时候算起，也已在两千年以上了。唐代对四川荔枝多有记述。自从蔡襄的《荔枝谱》(1059年)成书以后，福建荔枝也为人所重视。广西和云南也产荔枝，却很少有人说起。

古代讲荔枝的书，包括蔡襄的在内，现在知道的共有13种，以记福建所产的为多，尚存8种；记载广东所产的仅存1种。清初陈鼎一谱，则对川、粤、闽三省所产都有记载。蔡谱不仅是我国，也是世界的果树志中，著作年代最早的一部。内容包括荔枝的产地、生态、功用、加工、运销以及有关荔枝的史事，并记载了荔枝的32个品种。其中"陈紫"一种现在仍然广为栽培。"宋公荔枝"现名"宋家香"，有老树一株，尚生长在莆田宋氏祠堂里，依然每年开花结实。这株千年古树弥足珍惜。

荔枝是亚热带果树，性喜温暖，遇到微霜就会受害。所以成都、福州是它生长的北限。汉武帝曾筑扶荔宫，把荔枝移植到长安，没有栽活，迁怒于养护的人，竟然对他们施以极刑。宋徽宗时，福建以小株结实者置瓦器中，航海至阙下，移植宣和殿。徽宗写诗吹嘘说："密移造化出闽山，禁御新栽荔枝丹。"实际上不过当年成熟一次而已。明代文征明有《新荔篇》诗，说常熟顾氏种活了几株，"仙人本是海山姿，从此江乡亦萌蘖。"但究竟活了多少年，并无下文。现在科学发达，使荔枝北移，将来也许不是完全不可能的事。

我国幅员广阔，不同地区有不同的特产。因地制宜，努力发展本地区的特产，是切合实际的做法。盛产荔枝的地区，应该大力发展荔枝的生产。苏轼有诗云："罗浮山下四时春，卢桔杨梅次第新。日啖荔枝三百颗，不妨长作岭南人。"但日啖三百颗，究竟能有几人呢？社会主义现代化的荔枝生产，应该能够逐步满足广大人民的生活需要。

（选自《生物学碎锦》，福建科学技术出版社1980年出版）

兰和兰花

　　一般讲到兰花，总要引用《易经》的"同心之言，其臭如兰"，《离骚》的"纫秋兰以为佩"，"余既滋兰之九畹兮，又树蕙之百畮"，以及"国香"、"王者香"等等旧记载来称誉它，并用以说明兰花观赏栽培历史的悠久。其实这完全是误解，是把现在的"兰花"与古代所说的"兰"混为一谈了。

　　现在的兰花是北宋诗人黄庭坚首先记载的。清初《广群芳谱》一书说："兰花蕙花，一类二种……皆非古之所谓兰草蕙草也……今以兰花蕙花合为一谱；兰草蕙草附录于后，以备参考。"这样区分，完全正确。但谱内记载的资料，仍不免互相混淆。

　　古代的兰，有兰草、蕙草和泽兰三种，都是菊科植物。

　　兰草简称为兰。多年生草本，高1.2~1.6米，叶椭圆形而尖，有锯齿，基部有裂片。秋季生小头状花，伞房状排列，花冠管状，淡紫色。叶片干燥后散发芳香。

兰草别名为"蕳（音间）"，见于《诗经》："方秉蕳兮"。传云："蕳，兰也。"盛宏之《荆州记》又叫它做都梁香；"都梁县（今湖南省武冈县）有山，山下有水清浅，其中生兰草，因名为都梁香。"

前面说起的"国香"，出于《左传》。"王者香"则是孔子说的，见于东汉蔡邕所著的《琴操》："《猗兰操》者，孔子所作为也。……自卫返鲁，过隐谷之中，见芗（香）兰独茂，喟然叹曰：'夫兰当为王者香。'"

旧《辞源》引录这段文字，末尾附加一句"后因称兰花为'王者香'"。画蛇添足，就让孔子看到的"兰"变成了"兰花"。当然称兰花为"国香"和"王者香"，久已习非成是；但应该知道它实际是张冠李戴，那才是科学的态度。

孔子又有"如入芝兰之室，久而不闻其香"（《孔子家语·六本》），"芝兰生于深林，不以无人而不芳"（同上《在厄》）的话。"芝"同"芷"，"芝兰"就是香兰。看来孔子对于兰颇有兴趣。后世有"陶渊明爱菊"、"林和靖好梅"的说法，却没有人说"孔子爱兰"，应是兰并非观赏植物之故。

蕙和蕙草的名称，见于《楚辞》和《名医别录》。《楚辞》除了说："又树蕙之百晦"之外，又有"光风转蕙泛崇兰些"（《招魂》）等语。《名医别录》则说："薰草一名蕙草，即香草。""薰草"也简称为"薰"，《左传》所谓"一薰一莸（臭牡丹），十年犹有臭"就是，《开宝本草》称它为零陵香，以湘水发源处的零陵（今广西全县）所产为最著而得名。

泽兰，《神家本草经》说："一名虎兰，一名龙枣。"吴普的注解是："一名水香……生下地水旁。叶如兰，二月生，香，赤节，四叶相值枝节间。"叶卵圆形，无裂片；花白色，可与兰草区别。苏轼词："山下兰芽短浸溪"（《浣溪沙·游蕲溪》），大概就是指的这一种。

前面说过，最初记载兰花的是黄庭坚，他在《书幽芳亭》一文中说："一干一华（花）而香有余者，兰；一干五七华而香不足者，蕙。"简单几笔，把现在的兰和蕙的特征都勾勒出来了。不过他虽然认识这两种兰花，但还是误认它们就是古代所说的兰。后来朱熹在《楚辞辨证》一文中，才把古代的兰与黄庭坚所说的兰明确区分开来，他说："兰蕙二物，《本草》言之甚详。……其与人家所种叶类茅而花有两种如黄说者，皆不相似。大抵古之所谓香草，必其花叶皆香而燥湿不变，故可刈而为佩。若今之所谓兰蕙，则

其花虽香,而叶乃无气;其香虽美,而质弱易萎;皆非可刈而佩者也。"朱熹是一位唯心的理学家,但他识别兰蕙,倒是实事求是的。

从此以后,所谓兰蕙,就都指兰科植物,而菊科的兰蕙,就很少有人注意到了。

朱熹逝世(1200年)后33年,即南宋理宗绍定六年(1233年),赵时庚著《金漳兰谱》,记载兰的品种22个。其中"弱脚"一种,说是"独头兰","一干一花",显然是"春兰"。另一种"名弟",说是"新长叶则旧叶随换,人多不种",那应是形似兰花的其他植物。余下的20种都是"建兰",现在著名的品种"鱼鲛(音枕)"也已在其中,足见当时栽培历史已相当久远。

首先明确记载兰花栽培的,也是黄庭坚,他说:"余居保安僧舍,开牖于东西,西养蕙而东养兰。"这"兰"应是"春兰";"蕙"却不知是指"蕙兰",还是也包括"建兰",这里无从悬揣。

梅兰竹菊是中国画的主要题材。《绘图宝鉴》说,汤正仲"水仙、兰亦佳。"这应是有关画兰最早的记载。汤正仲是十二三世纪之交的人,生卒年代稍后于朱熹。有关兰花的绘画,应是兰花栽培起源的一个旁证,不知美术工作者能提供其他资料否?

兰花主要有春兰、蕙兰和建兰三种。

春兰以早春开花而得名,也叫草兰或山兰。花茎短,只生一朵间或二朵花。叶细狭,弯曲下垂。产于浙江、安徽、湖南、四川、甘肃南部和云南。

蕙兰简称蕙，俗称九节兰，因为一茎有花多至九朵的；又叫夏兰，以花期后于春兰，初夏才开而得名。植株稍大，叶长，也弯曲下垂。产地同春兰。

建兰花六七朵，秋开。叶宽而直，深绿色。性喜温暖，分布福建、广东、云南等地。

中国画里的兰花都是春兰和蕙兰，因为它们叶片细长弯曲，花朵绢秀，有潇洒飘逸之致。

与建兰相似的，尚有墨兰、寒兰和台兰。

墨兰，花5~10朵，颜色深，有紫褐色斑纹。花期早，春节前就开，所以又叫报岁兰，香气较淡，叶片阔于建兰，长达100厘米。分布闽、台、粤等地。

寒兰，花五至七朵，花瓣稍狭，有白、黄、桃红、青、紫等色，芳香，花茎细。分布浙江南部及江西、福建、台湾等地。

台兰也叫小蜜蜂兰。花多至20余朵，深紫色，无香味。花期同墨兰和寒兰。分布浙江、湖北、湖南、四川等省。

兰草是菊科植物，兰花是兰科植物。菊科，在双子叶植物中所占的分类位置最高；兰科同样是单子叶植物中最高等的一科。同名为兰，同占最高的分类位置，真是一个巧合。

（原载1982年3月《知识就是力量》）

我爱桃花

友人来信，嘱写一篇《春风桃李》，一个多么好，多么生动有趣，而且意义深长的题目。但文思拙滞，命题作文，不知怎样下笔才好。无奈，只能自己出个题目，内容单纯一些，叫做《我爱桃花》。

我爱桃花，爱它庭心墙角，篱边宅旁，山陵原野，湖畔路侧，不择地宜，随处安身。爱它临窗映户，陪伴了我整个童年。爱它最接近人，人人都认识它，熟悉它。

我爱桃花，爱它是我国土生土长的植物。虽然西方学者误认它原产波斯（伊朗），把它定名为"波斯桃"。但这正足以证明，大概早在汉代，它便已沿着丝绸之路从我国传播到了西亚。

我爱桃花，爱它是春的使者。桃红柳绿，便是最通俗的描写春景的字眼。"一曲桃园树，平沙十里春"，（明·方九功）云蒸霞蔚，红雨成阵，烂漫春光，凭它装点。

我爱桃花，爱它多姿多态，多种多类，色彩形态，富有变化。爱它有绛桃、绯桃、碧桃、二色桃、日月桃、鸳鸯桃、寿星桃，种类繁多，不可胜数。

"重门深锁无人见，惟有碧桃千树花。"（唐·朗士元）这是碧桃一名的首次记载。明·杨基《写生碧桃花歌》："枝上白云吹不散，阶前明月照疑空"，说的是白花。宋·范成大《咏绯碧两桃花》诗："碧城香雾赤城霞"，好像说碧桃花真是碧色的。明·王象晋《群芳谱》："千叶桃，一名碧桃。"现在也把专供观赏的重瓣桃花，不论花色红白深浅，不论树形高矮大小，都叫做碧桃。花并非碧色，为什么叫做碧桃，希望有人能够给予解释。

我爱桃花，爱它有花又有实。这是桃李梅杏，苹果梨子等蔷薇科果树的通性，而桃子的形状、色彩、大小、时令，变化特多。它有五月桃、六月白、水蜜桃、肥城桃、黄金桃、蟠桃、油桃、冬桃，和花一样，也是种类繁多，不可胜数。

蟠桃是一个别致的名称。东方朔《十洲记》"东海有山名度索山，有大桃树，屈盘数千里，曰蟠桃。"由于树形屈蟠，所以叫做蟠桃。后来把扁形的桃子叫做蟠桃，却不知是什么意思了？这名称首先见于《洛阳花木记》，"蟠桃一名饼子桃。"《群芳谱》不载蟠桃，只记饼子桃和方桃，方桃大概也是蟠桃的异名。

水蜜桃、肥城桃等等都是形大色美，琼浆玉液，甘甜适口，为人喜爱的佳果。但不耐贮藏，供应期短，是一大缺憾。油桃皮坚肉硬，冬桃果小迟熟，都较耐贮藏，能否让它们跟水蜜桃等优良品种杂交，创造出"水蜜油桃""水蜜冬桃"等新的品种来呢？不知果树园艺学家试验过没有？

我爱桃花，爱它生长迅速，容易栽培。白居易《种桃歌》"食桃种其核，一年核生芽，二年长枝叶，三年桃有花。忆昨五六岁，灼灼盛芳华"。宋·陆佃《埤雅》"谚曰：'白头种桃'。'桃三李四，梅子十二'。"直到现在，还是流传这些谚语。

关于种桃，还有一个故事。宋代诗人石曼卿在海州做官时，那里山高路险，树木稀少。他教人把桃核裹上泥土，投掷山上，几年以后，满山都是桃树，花时烂漫如锦。现在飞机造林，也用裹泥的种子，而这裹泥的方法，在我国已有将近一千年的历史了。石曼卿不仅是一位诗人，也是一位提倡绿化，并且有所发明的人。

我爱桃花，爱它的果实被称为寿桃，可用以祝贺长寿。只是桃树生长迅速，衰老也早，仅有一二十年寿命。短命的桃树，长寿的桃子，多么矛盾。这又只好用神话来解释了。相传也是东方朔的著作《神异经》说："东方有树，高五十丈，名曰桃，其子径三尺二寸，和核煮食之，令人益寿。"这大概是寿桃的出处吧。

寿桃也叫做蟠桃，现在所用寿桃，都是有尖嘴的水蜜桃一类的桃子，并不是前面讲过的那种扁平形的蟠桃。这样寿桃为什么又叫蟠桃，又是一个不可解的问题了。

我爱桃花，爱它是文学上的重要题材。"桃之夭夭，灼灼其华。"三千年前的诗人已经歌颂了它。"山桃红花满上头，蜀江春水拍山流。"唐代诗人刘禹锡描绘的这一幅春山春水的画幅，桃花呈现多么生动艳丽的色彩。隐逸诗人陶渊明那篇《桃花源记》，塑造了千余年间封建社会所祈求的一个理想乐园。他如崔护的"人面桃花相映红"的故事，刘晨阮肇遇仙的传说等等，都是桃花给我们的文学遗产。

我爱桃花，但我并未能栽培桃花，研究桃花，歌咏桃花，甚至几十年来欣赏桃花的机缘也很难遇见。桃花有知，必将感到多么口惠而实不至啊！

（1981年1月初稿，1981年6月载香港《大公报》，1986年3月修改）

银花玉雪香

1912年春季,我第一天上高等小学堂读书,踏进校门,小天井中间是石砌的走道,西侧一枝红梅,残英无几,嫩叶新绿。东侧一枝干径近尺的玉兰,高耸半空,洁白玉润的花朵,辉耀在阳光中,蝶舞蜂鸣,芬芳满庭。第一次见到这花,留下深刻的印象。

在校读书三年,毕业后数年,又回校执教三年,欣赏它前后六年之久。后来到过不少地方,都未能再见到玉兰。1938年春季,这校舍,连同这株玉兰,全给日寇焚毁,花如有知,亦应恨恨。50年代居住北京,才在颐和园和大觉寺重又欣赏到它。

玉兰是落叶大乔木,高可达16米;树冠卵形,枝条疏生,芽和嫩枝有毛。叶片倒卵形,全缘,长10~18厘米;上面亮绿色,疏生短柔毛。下面淡绿色,仅脉上有毛。花先叶开放,花被9片,矩圆倒卵形,长8~10厘米,白色芳香;花径12~15厘米;雄蕊多数,螺旋状排列。果实为褐色的蓇葖,聚生成圆筒形，长8~12厘米。种子红色。

河南、山东、江苏、浙江、安徽、江西等省都栽种玉兰，间有野生。青岛公园内有玉兰园，是观赏胜地。北京大概已经是它露地栽植的北限。玉兰花期早，美丽而芳香，宜推广繁殖，作为城市园林，风景胜地绿化、美化、香化的重要树种。

繁殖玉兰，应用播种、扦插、压条、嫁接等方法都可以。秋季采摘种子，可立即播种，也可沙藏到翌年春天再播种。幼苗要注意遮阴；在北方，冬季要壅土或包草防寒。

夏季剪取带踵嫩枝扦插，不到两个月就会生根，翌年春天便可移植。压条春季进行，嫁接用靠接法，以木笔为砧木，接后三个多月，即可切离成一小苗。

玉兰有一个变种，花被外面紫色，内面和雌雄蕊鲜红色，叫做紫花玉兰。较为少见，又更美丽，尤足珍贵。

用作砧木的木笔，以花蕾形似笔尖而得名（玉兰的花蕾同样是笔尖形，但较为粗大），也叫辛夷。它是落叶灌木，高2~3米，小枝无毛。叶片倒卵形或矩圆倒卵形，全缘，先端尖；长10~18厘米；上面暗绿色，疏生细毛，下面淡绿色，脉上有毛，与玉兰叶相似。花被9片，外层3片是萼，形小而色绿，早落；里层6片是花冠，矩圆倒卵形，长8~10厘米；外面紫色，内面白色。另有小花和深紫色的变种。原产湖北等地，栽培比玉兰为普遍。

一般植物分类学书籍，都说木笔又叫木兰，胡先骕《经济植物手册》则说玉兰又叫木兰，命名互相歧出。《楚辞》有"朝饮木兰之坠露兮""辛夷车兮结桂旗"等语；各种"本草"，从《神农本草经》到《本草纲目》都分条记载木兰和辛夷（木笔），显然被认作两种不同的植物。因此把木笔（辛夷）叫做木兰，并无根据。

直到南宋还没有玉兰这个名称。胡仔《苕溪渔隐丛话》说：韩愈"《感春》诗：'辛夷花高开最先'，洪庆善注云：'辛夷高数丈……北人呼为木笔；其花最早，南人呼为迎春'。余观木笔迎春，自是两种：木笔色紫，迎春色白；木笔丛生，二月方开，迎春树高，立春已开。然则辛夷乃此花耳"。韩诗没有说明花色，所以难以断定所说的辛夷究竟指哪一种植物。洪注首先记载"迎春"这一花名，是有用的资料；但认为辛夷或木笔便是迎春，却未必正确。胡仔指出树高、花白、早开三个特征，符合玉兰的形性。但胡认为迎春就是辛夷，木笔是另一种植物，则与木笔便是辛夷的传统观念

花

鸟

鱼

虫

兽

不符。

明代才出现"玉兰"这个名称，如王世懋《学圃余疏》说："玉兰早于辛夷，故宋人名以迎春。今广中尚存此名。千干万蕊，不叶而花，当其盛时，可称玉树。树有极大者，笼盖一庭"。大概因为当时已经熟悉玉兰，所以才能正确认识迎春。

比王世懋早一个世纪的名画家沈周，以及比王世懋长60多岁的文征明，都有"玉兰"诗，可以说沈周是现在知道的最早歌咏玉兰的人。

翠条多力引风长，点破银花玉雪香。……（沈周《题玉兰》）

绰约新妆玉有辉，素娥千队雪成围。我知姑射真仙子，天遣霓裳试羽衣。……（文征明《玉兰》）

王世懋的哥哥王世贞，在《弇山园记》中说：他种有十株玉兰，"花时交映，如雪山琼岛"。足见当时是重视玉兰，广为栽培的。

花鸟画中玉兰也是一个重要题材，像《玉堂富贵》那样通俗而又世俗的画面，不知起源于什么时期？

一些有关玉兰的文献，都没有提及木兰，因而说玉兰又叫木兰，也是没有根据的。在植物分类学上，玉兰和木笔都是木兰科木兰属植物，但古代的所谓木兰，既不是木笔，也不是玉兰，究竟是一种什么植物，尚难确指。如果中药铺里尚有"木兰"这一味药物，那就可以依据实物或调查产地来确定它的名称，望中药学者赐教。

木笔花蕾含柠檬醛、丁香油酚、维生素A等成分，辛温解表，可治急慢性鼻窦炎、头痛等症。根可治肝硬化腹水。树皮、叶和花都可提炼香精。

玉兰花蕾民间也供药用。花可提炼香精。花瓣也可拖面油炸作点心。种子可榨油。

（写于1984年11月，原载1985年第2期《花卉》，1986年3月修改）

山茶花开春未归

我认识山茶，跟玉兰一样，也是进高等小学堂读书那一天。就在玉兰树那个小天井东边，有一条面东的走廊，和一间所谓花厅，与东墙和南墙，围成一个方形的小庭院。东墙下一座小假山，丛生一些金丝桃，还矗立一株高高的黄杨树。南墙脚下一座花坛，一丛南天竹，果实鲜红，粒粒可数。走廊与花厅交角处，一株小的茶树，高与檐齐。单瓣花，娇小粉艳，娟秀俏丽，给这个翠绿幽静的庭院，增添了一缕活泼的生气。

山茶原产何地，已不可考。现在山东青岛崂山尚有野生植株，俗名耐冬。下清宫道观里有一大树，几可一人合抱。这种山茶，苏、浙、皖、闽等省栽培较多。四川也有栽培，所以过去称为蜀茶。日本也早有栽培，从日本回输到我国，在福建曾叫它作"洋种"。

云南栽培另一种山茶，特称南山茶，又叫滇茶，与蜀茶相对。树高可达十余米；叶片表面深绿色，无光泽，网状脉显著，叶缘锯齿细锐，子房密被短柔毛。蜀茶树形较小；叶片表面亮绿色，网状脉不显著，叶缘锯齿圆钝；

子房无毛。

山茶的名称，最早见于唐·段成式的《酉阳杂俎》：

山茶叶如茶树，高丈余。花大盈寸，色如绯，十二月开。
山茶树似海石榴，出桂州，蜀地亦有。

有人认为段氏说的"海石榴"，是山茶的旧名，但没有确实的证据，暂不采用这一说法。

宋代，山茶极受重视，很多诗人都歌咏它：

山茶花开春未归，春归正值花盛时。苍然老树皆谁种，照耀万朵红相围。(曾巩《山茶花》)
古殿山花丛百围，故国曾见色依依……冰雪纷纭真性在，根株老大众园稀。(苏辙《宛丘开元寺殿下山茶一株……》)
叶厚有棱犀甲健，花深少态鹤头丹。(苏轼《和子由开元寺山茶旧无花今岁盛开》)

曾诗描写了一树繁花，艳丽灿烂的盛况，与苏辙诗相同，歌咏的对象都是老树。宛丘是现在河南的淮阳，它的西北，相距不远，就是著名的花乡鄢陵，现在鄢陵山茶已不能露地越冬，淮阳大概不会再有山茶老树，这是古今气候不同的缘故。至于苏轼的那两句诗，则是描写山茶花叶形态的名句。

山茶花期长，品种不同，前后连续，大抵从十一月到翌年四五月，可有半年之久。南宋大诗人陆游有两首诗都赞颂了这一耐久的特性：

东园三日雨兼风，桃李飘零扫地空。惟有山茶偏耐久，绿丛又放数枝红。(《山茶一树自冬至清明后着花不已》)
雪里开花到春晚，世间耐久孰如君。(《山茶》)

在宋代的咏物诗里，可以见到一些山茶品种的名称：

浅为玉茗深都胜，大白山茶小海红。名誉漫多朋援少，年年身在雷霜中。(陶弼《山茶》)

这首诗举出山茶的四个品种名，色有红白，形有大小的区别。

> 山茶本晚出，旧不闻图经。花深嫌少态，曾入苏公评。迩来亦变怪，纷然著名称。黄香开最早，与菊为辈朋。粉红更妖娆，玉环带春醒，伟哉红百叶，花重枝不胜。尤爱南山茶，花开一尺盈。月丹又其亚，不减红带鞓。吐丝心抽须，锯齿咋剪棱。白茶亦数品，玉磬尤晶明。桃叶何处来？派别疑武陵。愈出愈奇怪，一见一叹惊。

这首诗里，黄香、粉红、红百叶、月丹、吐丝、锯齿、玉磬、桃叶八个名称，可确定是品种名。分析一下，计黄色一种，红色三种，白色一种，花蕊特长露出花心一种，叶形较狭一种。至如"玉环"可理解为用杨妃的醉态来形容粉红这个品种的妖娆，也可理解为是一个品种名。"红带鞓"可作同样的解释。

近千年前就有的这种黄香山茶，《本草纲目》引《格古论》只说"或云亦有黄色者。"《群芳谱》也说："或云亦有黄者，"都只记录传闻，并未见到实物。王世懋《学圃余疏》说："黄山茶、白山茶、红白茶梅皆九月开，二山茶花大而多韵，亦茶中之贵品。"以其名贵，所以见者不多。近年来在广西发现了野生种，国内外正在兴起培养金花茶的热潮，过不了多久，黄山茶当不再是稀有之物了。如果有人能够重新发现那种黄香山茶，那就更好。

明《景泰图经》最早记载云南栽培山茶的事迹，其次是《云南通志》：

> 有山茶一株，产于天王庙前，其花开于冬月，有粉红、大红、纯白三色相间。

云南茶花奇甲天下，明晋安谢肇淛谓其品七十有二；豫章邓渼纪其十德，为诗百韵，赵璧作谱近百种，以深红、软枝、分心、卷瓣为上。

除了赵璧的《茶花谱》外，还有张志淳的《永昌二芳记》，上卷记茶花36种，中卷记杜鹃花20种，下卷记有关的故事和诗文。

这两部明代茶花谱，记载的大部分是滇茶。清代也有两部茶花谱，一是笔名朴静子在漳州做官时写的，自序题康熙己亥（1719年）。上卷记花品43

种，其中多日本"洋种"。中卷诗词，下卷讲种植方法。

还有江都李祖望道光二十六年(1846年)撰的一部，大概没有刊行，只在他的《锲不舍斋文集》里留下一篇序文。书分两编：上编说明花名意义及其形状和色彩，下编依据时令讲解培养方法。

上述四部茶花谱，都已失传，现存旧式茶花谱只有方树梅1930年写的一本《云南茶花小志》，对旧传72种花名作了考证，并辑录有关的诗词歌赋。

1958年出版的已故植物学家俞德浚著的《云南茶花图志》，是我国关于茶花的第一部科学著作。它叙述了滇茶的栽植历史，一般性状和繁殖、管理方法，又重点描述20个园艺品种的特性，附有彩图和检索表两种，便于识别各个品种。内容丰富，切于实用。

蜀茶品种较多，浙、闽、川三省都有近百种。与滇茶一样，品种分类，依据花瓣多少，可分单瓣、半重瓣和重瓣三类。依据花瓣形状，可分文武二类：花瓣平直，排列整齐的是文瓣，品种有宝珠、玛瑙、十八学士等。花瓣皱褶，排列不整齐的是武瓣，品种有鹤顶红、黑牡丹、粉牡丹等。

浙江瑞安大罗山，有一株山茶（蜀茶）高8米余，胸围1.5米，树龄估计为1200年，远比昆明西山太华寺500岁的滇茶为长寿。

现在花农都采用短穗扦插的方法繁殖蜀茶，因而蜀茶苗木数量激增，这是好的。但各地园林仍然只注意盆栽，不重视露地栽植，使原本可以长成大树的山茶，盘屈于盆盎之中，未能畅遂生机，应是一件憾事。种几株，像苏州拙政园那样，建一座十八曼陀罗（山茶的别名）馆来欣赏它；种一株，使几百年、千余年后的子子孙孙尚能观赏，那该多好啊！

（写于1986年12月1日，原载《花与文学》，福建科学技术出版社1989年出版）

石榴半吐红巾蹙

苏轼有一首《贺新郎》词,《宋六十名家词》给它加了一个长长的题目,说明这首词的本事。它的下半阕是这样写的:

石榴半吐红巾蹙。待浮花浪蕊都尽,伴君幽独。秾艳一枝细看取,芳意千重似束。又恐被秋风惊绿。若待得君来向此,花前对酒不忍触。共粉泪,两簌簌。

我们不去探索这首词的本事是什么,寓意怎样,来一个突出重点,断章取义,这半阕应看作是一段很好的描绘石榴花的文字。

石榴花外有瓶状的花托,口缘是几枚厚实的萼片,护卫着几片或一丛微现皱缩的花瓣,那样子的确是一簇半隐半现的揉熟的红巾。春花都已凋谢的

时令，它来陪伴感到寂寞的人了。鲜艳浓重的色彩，值得深深爱惜，多数雄蕊和花瓣簇拥在一起，多么情深。这把石榴花的神韵都显示出来了；所以俞平伯说，"'秾艳一枝'句与上'红巾蹙'句，并深得形容之妙。"但不免担忧，到了秋天，便将花谢而只剩绿叶。即使盼得离人回来共同观赏，却也不敢去触动它，生怕花瓣跟眼泪一样的落下来。这结尾的思想情感是只有旧时代才有的，花谢花落是常事，何必用眼泪来形容它呢！

石榴原产近东和中亚，是一种古老的果树，著名的巴比伦空中花园已有栽培。在我国相传是张骞从安石国带回来的，所以最初叫做安石榴。石榴花色美丽，尤其是重瓣品种，烂漫满树，而且花期长，适于作为观赏植物。这样，石榴就有果石榴和花石榴两大类。

《群芳谱》记载，花石榴有：

饼子榴，花大，不结实。
番花榴，出山东，花大于饼子。

这两种都没有说明颜色，想必是红色的。另有：

千瓣白、千瓣粉红、千瓣黄、千瓣大红；
重台，色更深红；
黄榴，色微黄带白，花比常榴差大。

这种黄榴大概是单瓣的，与前面的千瓣黄不同。
《花镜》记载，

有并蒂花者，又有红花白缘、白花红缘者。

现在，北京称红色重瓣石榴为红穿心花，白色为白穿心花，红白相间为杂色穿心花。又有黄色的叫殷红花，"殷红"原本是"深红"的意思，这里却作"黄色"解，宜注意。黄瓣红白边叫古铜锤。花径都可达8厘米。
河南鄢陵还沿有千瓣白和千瓣红的名称。
看来花石榴的品种，不论过去和现在都不甚多。而且不像牡丹、菊花等等，每一个品种都有一个经人精心构思而成的适切的名称，却只是直接应用颜色和花瓣数等来命名，显得并不重视。现在花石榴有多少品种，应该怎样命名，是花卉园艺工作者可以调查研究的一件工作。

《群芳谱》还记载：

海榴，来自海外，树高二尺。

火石榴，其花如火，树甚小，栽之盆，颇可玩，四季石榴，四时开花(秋)结实，实方绽，旋复开花(果实生了，接着又开花)。

现在对盆栽的小石榴总称为四季石榴，也叫月季石榴或月月石榴。它有重瓣花的花石榴和单瓣花的果石榴两类(果石榴也只供观赏用，味酸不可食)。《群芳谱》里的海榴和火石榴可以看作是同一品种的两个名称，就是现在小石榴中的花石榴；而四季石榴则是现在小石榴中的果石榴。还有一种果实近于黑色的，特称墨榴，较为稀少而珍贵。

在北京，石榴不能露地越冬，都种在木桶里，便于冬季贮藏在地窖里。株高仅二米余，树龄却有一二百年的。果石榴同样栽培供观赏用。

河南鄢陵可以露天栽培，株高能有四五米。南方各地可以长成为更大的树。

花石榴花期长，从端午到十月，有半年之久。在南方，冬季也能开花。成长快，又容易繁殖，是绿化美化环境绝好的树种。过去是庭院间常见的一种花木，现在城市的园林、街道间，可注意广泛栽植。

（写于1984年2月，原载1984年第1期《花鸟世界》）

杜鹃啼处花成血

20年代,我写《鸟与文学》时,完成的第一篇稿子是《杜鹃》,由于古代有杜鹃花是杜鹃鸟啼血渍成的传说,所以那篇文章也涉及了杜鹃花,说到《花镜》记载了杜鹃花栽培的方法,"上海等处……初春严寒季节,和牡丹同样,用温室促成开花,与梅花、水仙相映成趣。"这算是近今较早介绍杜鹃花的一段文字。

当然,在我国,杜鹃花的栽培,起源很早。据《续仙传》记载:

鹤林寺在润州(今江苏省镇江市),有杜鹃花高丈余,每至春月烂漫。僧相传云,贞元中(唐德宗,785-804年),有僧自天台移栽之。

足见至迟唐代已有栽植。栽植的事实,也见于诗人的歌咏:

本是山头物，今为砌下芳。（白居易）

一园红艳醉坡陀，自地连梢簇茜罗。（韩偓《净兴寺杜鹃花》）

现在鹤林寺有一杜鹃楼，楼前杜鹃花一丛，高一米余。已经不是旧物，但枝叶茂盛，花以千数，依然烂漫可观。

杜鹃花有许多别名，见于唐代的就有山石榴、山榴、山踯躅、踯躅和红踯躅五个，有诗为证：

山石榴一名山踯躅，一名杜鹃花，杜鹃啼时花扑扑。（白居易《山石榴寄元九》）

山榴花似结红巾。（白居易《题孤山寺山石榴花》）

五度溪头踯躅红。（张籍《寄李渤》）

敕赐一窠红踯躅，谢恩未了奏花开。（王建《宫词》）

宋代起还有映山红和石岩的名称，见于洪迈等人的记载：

润州鹤林寺杜鹃，乃今映山红，又名红踯躅。在江东弥山亘野，殆与榛莽相似。（南宋洪迈《容斋随笔》）

近时又谓先敷叶、后着花者为石岩以别之。然前人但谓之红踯躅，不知石岩之名起于何时，今江南在在皆称石岩。（明·朱国桢《涌幢小品》引《嘉泰志》）

花之红者曰杜鹃，叶细花小、色鲜瓣密者曰石岩。（明·王世懋《学圃余疏》）

总之，杜鹃花种类繁多，古人未能细加区分，种种别名，可能是同种异名，也可能是异种同名，也就不必细加推究了。

杜鹃花是杜鹃花科杜鹃花属植物，最常见的一种是映山红，分布长江流域，东至台湾。落叶灌木，高可达2米余。叶片椭圆状卵形或倒卵形，疏生粗毛，下面较密。花1～2朵顶生于枝梢，花冠漏斗形，5裂片，长3厘米左右；红色，深浅不一，上方3裂片里面有深红色斑点。雄蕊10枚。花后结生卵圆形小蒴果。

杜鹃花是一大属，全世界约有800种，我国就有650种之多。旧记载花色，除了红色以外，还有紫色、深红和白色3种：

紫踯躅，我向通川尔幽独。(唐·元稹《紫踯躅》)

玉泉南洞花奇怪，不似花丛似火堆。(白居易《玉泉寺南三里洞中多深红踯躅……》)

冰肌玉骨擅无双，不与山花斗艳妆。欲染啼红冤杜宇，争如傅粉伴何郎。(南宋·赵成德《白杜鹃花三首》之一)

大概白杜鹃花种类稀少，不易见到，所以记载较迟，而对它的描写，却细腻而有赞颂之情。

杜鹃花一般春夏开花，旧记载也有秋季再开一次花的，如：

春红始谢又秋红，息国亡来入楚宫。应是蜀冤啼不尽，更凭颜色诉西风。(唐·吴融《送杜鹃花》)

山中泉壑暖，幽木寒更花。(北宋·梅尧臣《九月十八日山中见杜鹃花复开》)

这些应与桃李等花的"十月小阳春"现象相同，而不是一年开二季花的特殊种类。

李德裕《平泉草木记》说："己未岁(唐文宗开成四年，839年)得稽山之四时杜鹃"，记载不知是否可靠。清·劳大与《瓯江逸志》说：

王顺伯为平阳尉，尝于九月诣村野，道间见杜鹃花一本甚高，花开几数千朵，色如渥丹，照人面皆赪。讶其非时，询之土氓，皆云此种只出此山谷，一岁四开，春秋独盛。

这种与近年有人报道，闽北某村落，也有一株四季杜鹃，产地相近，同在浙闽交界区域，因而记载是确实的。

我国西藏、云南、四川三省(区)是杜鹃花分布的中心区，也是世界杜鹃花的发祥地。云南杜鹃花繁盛，四川杜鹃花美丽，早就为人所称颂：

杜鹃花满滇山，尝行环州乡，穿林数十里，花高几盈丈，红云夹奥，疑入紫霄，行弥日方出林。因思此种花若移植维扬，加以剪栽，收拾蟠屈于琼砌瑶盆，万瓣朱英，叠为锦山，未始不与黄产争胜。（清·檀萃《滇海虞衡志》）

杜鹃有五色双瓣者，永昌蒙化多至二十余种。（《云南志》）

杜鹃花出蜀中者佳，谓之川鹃。（《草花谱》）

第二个杜鹃花分布中心区是菲律宾、印度尼西亚和巴布亚新几内亚。北美和欧洲也产杜鹃花，但种类极少，栽培当然也不多。

鸦片战争后，我国沦为半封建半殖民地，不仅遭受军事侵掠，同时也受到文化侵掠。传教士、植物学者等纷纷深入我国内地，任意采集各种珍贵植物携回本国，甚至极稀有的大树杜鹃，也被锯断树干，拿去陈列在英国博物馆内。

我国多种杜鹃花输入西欧以后，栽培杂交，形成许多新的品种。如英国，18世纪栽培的欧洲杜鹃花，只有10种左右，20世纪初则发展到1000多个种和品种。三四十年代，回输到我国，叫做西洋杜鹃，简称西鹃。这个名称，不免有点数典忘祖，因为它们主要是从我国产的多种杜鹃花培养而成的。西鹃都是小灌木，生活力弱，生长缓慢，需要精心管理。

据传，我国的一种白花杜鹃，唐代就已传入日本。日本从那时起开始栽培杜鹃花，到17世纪已有100多个品种。从19世纪开始，他们利用本国原产的和从我国输入的映山红等种互相交配，培育成许多新的品种，现在已有2000多个种和品种。分别输入我国和欧美，叫做东洋杜鹃，简称东鹃。东鹃为常绿灌木，高可一两米，花小，也叫做小叶小花种。有人把毛叶杜鹃也归入东鹃类，那是常绿或半常绿灌木，体形高大，生活力强，特称大叶大花种。原种有锦绣杜鹃、琉球红等，都原产我国。

杜鹃花以开花时令不同，分为春鹃、夏鹃和春夏鹃三类：春鹃四月先叶开花，如果温室促成，可供春节观赏。夏鹃五六月开花，性喜温暖，春季宜注意霜害。春夏鹃花期长，从四月到六月，花开不绝。

东鹃里面有一种粉红色的"四季之誉"，一年开花两次：春花盛于四月，秋花从九月一直延续到十二月，而以十一月为最盛。叶片多毛，生性健壮。前面讲过，我国有一种红色的四季杜鹃，可惜尚未推广栽植。

杜鹃花花瓣单复不一，大体可分单瓣、半重瓣和重瓣三类：单瓣与野生

种相似，只有一层花冠，半重瓣，花心有少数雄蕊变成细碎的小花瓣；重瓣，多数雄蕊都变成大花瓣。花的大小也可分为三类：大花，花径在8厘米以上；中花，在6厘米以上；小花，在6厘米以下。

花色由浅至深，可分白色、粉色、红色和紫色四大类。白色有微现绿色的，其他三色都有深浅的不同。除了单色以外，更有条纹、斑点、镶边等复色品种。我国产的尚有一些黄色的野生种，除了羊踯躅(黄杜鹃)是有毒植物，不适宜于观赏用外，其他种类，如果能够驯化培养，一定可以育成一些现在所没有的金黄杜鹃、橘红杜鹃、火红杜鹃等等美丽的新品种，为杜鹃花增添新的色彩。这是我国园艺工作者应该而且可能作出的一项贡献。

杜鹃花朵较小，花瓣薄嫩，虽然娇艳，但还不够富丽。又尚无起绒的花瓣，未能有闪耀多变的色彩。与月季花相比，总还稍逊一筹。这也是园艺工作者可以研究的一个课题。

现在栽培杜鹃花的主要城市，首推辽宁省丹东市，这与敌伪时期，敌人占据东北就近从日本大量输入有关。回顾一下，我国原产的杜鹃花，19世纪开始输往西欧，是在文化侵掠中被掠夺去的，20世纪三四十年代大量回输我国，大部分是随着日本帝国主义的铁蹄一起进来的。现在欣赏杜鹃花，回忆到这些历史陈迹，虽然早已时过境迁，但总令人有些感慨。杜鹃花，过去有"杜鹃啼处花成血"(宋·寇准)的传说，近代又遭受侵掠的劫运，我们不应该满足于那些西鹃和东鹃，而应该如前面已经讲过的，要充分利用我国特有的自然资源，培养创造一些稀有的、新颖的、更娇艳、更富丽、更有观赏价值的新品类，使杜鹃花面目一新，焕发光彩，表现出我国原产的特有的风韵和精神。

（写于1987年3月15日，选自《花与文学》，福建科学技术出版社1989年出版）

燕

1 名称与种类

　　自从春风吹醒了芳草以后，依依袅袅的杨柳垂枝的点点银色芽苞中，抽放着浅黄嫩绿的新叶；秃濯僵立的桃李枯丫间，也点缀着娇红洁白的花葩。当晶莹和暖的阳光照耀万物的时候，在这红桃绿柳中间，更容易瞥见一种呢喃软语，轻扬梭穿的鸟类，那就是燕子。它是我们最熟知的一种鸟类，你看："燕燕于飞，差池其羽"；"燕燕于飞，颉之颃之"；"燕燕于飞，上下其音"。(《诗经·邶风》)2000余年以前的诗人，已经能够这样细腻地描写它的生活情形了。不论何种比较为我们所熟知的鸟类，每每因地域或时代的关系，都有许多异名，燕也是这样：

𥀕 "燕燕𥀕。"注:"齐人呼𥀕。"(《尔雅》)

"燕一名鹥䴆,齐曰燕,梁曰𥀕。"(《广雅》)

乙 "齐鲁谓之乙,取其名自呼。"(《说文》)

"燕字篆文象形。乙者其名自呼也。元者其色也。鹰鹯食之则死,能制海东青鹘,故有鸷鸟之称。能兴波祈雨,故有游波之号;雷斆云:'海竭江枯,投游波而立泛'是矣。京房云:'人见白燕,主生贵女,故燕名天女。'"(《本草纲目》)

鹥䴆 见乙。

意而 "鸟莫智于意而,目之所不宜处不给视,虽落其实,弃之而走;其畏人也而袭诸人间,社稷存焉尔。"(《庄子》)

"周穆王迎意而子居灵卑之宫,访以至道。后欲以为司徒,意而子愀然不悦,奋身化作元鸟,飞入云中。故后人呼元鸟为意而。"(《琅嬛记》)

元鸟 见乙,见意而。

"仲春之月,元鸟至。……仲秋之月,元鸟归。"(《礼记·月令》)

"天命元鸟,降而生商。"(《诗经·商颂》)

玄鸟　元与玄通，故元鸟或作玄鸟。
乌衣　"乌衣澹碧空。"（李峤《燕诗》）
鸷鸟　见乙。

"燕一名天女，一名鸷鸟。"（《古今注》）

朱鸟　"《广雅》又以朱鸟为燕。"（《尔雅义疏》）
游波　见乙。
天女　见乙，见鸷鸟。

"昔有燕飞入人家，化为一小女子，长仅三寸；自言天女，能先知吉凶。故至今名燕为天女。"（《琅嬛记》）

神女　"燕一名神女。"（《中华古今注》）

这里只想考查燕的各种别名；引用文词中，或为神话，或涉迷信，均所不计。连原名燕，叠名燕燕，并现在流行的俗名燕子，如是一共有15个名称。但所谓燕者，我国所产，并不是只有一种；这在古人，也已经明白：

社燕　"巢于梁间，春社来，秋社去，故谓之社燕。栖于崖岩者为土燕。"（《广雅》）

土燕　见社燕。

"石燕似蝙蝠，口方，食石乳汁。""《广志》云：'燕有三种，此则"土燕乳于岩穴者"是矣。'"（《本草纲目》）

石燕　见土燕。

越燕　"燕有两种，紫胸轻小者是越燕，有斑黑而声大者是胡燕。陶隐居曰：'越燕多在堂室中梁上作巢；胡燕多在檐下作巢'"（《本草纲目》）

胡燕　见越燕。

汉燕　"世说衔泥为窠，声多稍小者，谓之汉燕。"(《酉阳杂俎》)

紫燕　"紫燕来巢，主其家富益。此燕与乌燕同类而异。凡名曰含胡儿，又名黄腰燕子。营巢却与乌燕绝不相似。"(《田家杂候》)

乌燕　见紫燕。

含胡儿　见紫燕。

黄腰燕子　见紫燕。

沙燕　明顾璘有《诮沙燕赋》，别无记载。

归纳上列11种的名称，可得4种燕子：

1. 社燕　即越燕或汉燕，亦名乌燕，就是我们最习见的普通燕，也叫家燕。形体稍小，巢于梁间。

2. 胡燕　即紫燕，俗名含胡儿或黄腰燕子。巢长，作壶形，不似普通燕那样作兜形。今名为赤腰燕者是。

3. 土燕　即石燕，巢岩穴中。

4. 沙燕　自为一种，也叫土燕，与石燕同名，今名穴沙燕。

普通的燕是 *Hirundo rustica gutturalis* Scop.，古来关于燕的种种记载，大半是指这一种；形态和习性，且待下文再详。

赤腰燕和普通的燕同属，近缘有多种，最常见的一种是 *H. daurica nepalensis* Hodgs.，腰和下背作橙赤色，以是为名。胸部有黑色细条纹，所以英名为 Striated Swallow。背面黑色，尾羽不似普通燕那样有白点，形体较大。巢作壶形，也是一个异点。此种鸟类，是我国长江下游极常见的夏鸟。飞行没有普通燕那样迅疾。常翱翔于空中，特别是将雨的天气，在湖上或空中觅食的时候，最为常见。

石燕 [*Ptyonprogne rupestris*（Scop.）]，尾羽较短，边尾羽有白点。上部灰褐，腹面赤褐，腿部裸出，是它的特点。分布区域很广，从太平洋沿岸一直到印度、欧洲和非洲北部。大卫(David)氏说："中国西部和蒙古的山上，各处都有。"在云南的东部，大概它是居留的。魏尔特(Wilder)、哈柏德(Hubbard)二氏说："夏季很普通的见于各处山顶和深峡中。"它的巢形状和家燕相似，常常筑在突出的岩石下面。

沙燕是较为小形的一属，普通所见者为 *Riparia ripariaijimae*（Lönnberg）。尾羽也短；上面灰褐色，腹面洁白。魏尔特和哈柏德二氏说："直隶平原的泥沙滩上，极为常见。其繁殖地，则在蒙古边界：巢筑在极低的堤岸下。明代顾璘有一篇《诮沙燕赋》为关于此鸟的唯一旧记载，序端数字，对于它的习性，记载得很确实：河朔之野，川崖壁起；有鸟曰沙燕，穴居鷇化，以陋见全，厥类曰伙。人舟过惊，则飞噪凭怒。"

费寀有一首《土燕》诗，也在描写这种沙燕："利嘴穿虚壤，卑栖足自支。晚归先认穴，春哺亦知时。避隼栖林莽，随虫掠水湄。画梁原不爱，于世更何疑。"

2 习性

此种习见的鸟类，形态方面，实亦毋庸多说；若引用科学上的详细记载于此，恐反令读者索然寡味。李时珍云："大如雀而身长，籥口，丰颔，布翅，歧尾。"这可算已经将它的概形完全写出了；现在就进而记述它的生活情状。它筑巢于我们屋内，对我们十分亲近。有人曾以之和雀相比，云："黄雀之为物也，日游于庭，日亲于人，而常畏人，而人常挠之。元鸟之为物也，时游于户，时亲于人，而不畏人，而人不扰之。彼行促促，此行伴伴；彼鸣啾啾，此鸣锵锵；彼视矍矍，此视汪汪；彼心戚戚，此心堂堂。"(《谭子化书》)这是分析得很好的。巢作兜形，从池沼边或水潭中衔泥，丸成小球，再和羽毛杂草等堆合而成。这个衔泥筑巢的现象，古人作为极好的诗料：

卷幕差池燕，常衔浊水泥；为粘朱履迹，未等画梁齐。旧点痕犹浅，新巢缉尚低，不缘频上落，那得此飞栖。(顾况《空梁落燕泥》)

前村春社毕，今日燕来飞。将补旧巢阙，不嫌贫屋归。衔泥和草梗，倒翅过柴扉。岂比惊丸鸟，迎人欲拂衣。

双燕衔泥日，深堂拂玉琴。不教关阁户，乃见主人心。掠水飞殊捷，迎风去已禁。短书犹可寄，聊尔托微吟。(梅尧臣《燕》)

衔泥旧燕垒新巢，来往如辞曲折劳。蜗舍虽微足容尔，画梁争得几多高?(刘秉忠《留燕》)

海棠开后月黄昏，王谢楼台寂寂春。柳外东风花外雨，香泥高垒画堂新。(张弘范《新燕》)

巢筑成后,我们长江一带以及北部,约在5月中产卵。在福建,大概4月就产卵,因为5月的第2或第3星期,已见雏鸟飞翔。

不论何种鸟类,哺育雏鸟,总是异常辛苦的。白居易有一首诗,虽然他做诗的本意,是在后半的寓意,而且说燕子的食物为青虫,不合事实,但描写哺雏的情况,实在形容尽致,活现纸上:

梁上有双燕,翩翩雄与雌。衔泥两椽间,一巢生四儿;四儿日夜长,索食声孜孜。青虫不易捕,黄口无饱期,嘴爪虽欲弊,心力不知疲,须臾千来往,犹恐巢中饥。辛勤三十日,母瘦雏渐肥;喃喃教言语,一一刷毛衣。一旦羽翼成,引上庭树枝,举翅不回顾,随风四散飞。雌雄空中鸣,声尽呼不归,却入空巢里,啁啾终夜悲。燕燕尔勿悲,尔当反自思,思尔为雏日,高飞背母时,当时父母念,今日尔应知。(《燕诗示刘叟》)

燕子的脚,甚为孱弱,除衔泥啄草外,不常下降地面。双翼十分强健,所以时时回翔空中。飞翔的速力很大,据说1小时可行180哩;但因种种阻碍,或随时的休息,平均总不过三十六七哩而已。

燕子的歌鸣,也是很值得我们注意的。有轻快流利的调子,清脆婉转的音节。或随飞随鸣,如仙音飘坠;或幽栖低唱,若喁喁私语。傍晚的时候,见它们并栖电线上,动摇小首,流出微音,这是天然的乐音,也是天然的乐谱。我们细辨它的鸣声,有时好像语言,差不多在对我们说:

借你屋来住,

不吃你米,

不吃你粞,

只借你屋来住。

(你作复数用,照海宁俗音,读作"奶")

所以在诗词中,就每以"语"字来形容它的歌鸣,例如:

湖南为客动经春,燕子衔泥两度新。旧入故园尝识主,
如今社日远看人。可怜处处巢居室,何异飘飘托此身。
暂语船樯还起去,穿花贴水益沾巾。(杜甫《燕子来舟中作》)
年去年来来去忙,春寒烟暝渡潇湘。低飞绿岸和梅雨,

乱入红楼拣杏梁。闲几砚中窥水浅，落花径里得泥香。
千言万语无人会，又逐流莺过短墙。（郑谷《燕》）。
一别天涯十见春，重来白发一番新。
心知话尽春愁处，相对依依似故人。（李纯甫《燕子》）
三月巢干雏未成，茅堂来往日营营。说残午梦千声巧，
剪破春愁两尾轻。宫柳阴浓金锁合，水芹香细绿波晴。
画栏十二无人倚，一半梨花一半莺。（朱讷《燕》）

江南燕，轻颭绣帘风。二月池塘新社过，六朝宫殿旧巢空，颉颃恣西东。王谢宅，曾入绮堂中。烟径掠花飞远远，晓窗惊梦语匆匆；偏占杏梁红。（王琪《望江南》）

燕子，不但鸣声悦耳，不但依依可人；而且它对于我们，还有极大的实利关系。它来筑巢育雏的时候，正是害虫开始猖獗跋扈的当儿。它虽然仅仅借住我们一些房子，却与我们许多酬报：它随时随刻，随处随地，捕取那些毁灭我们重要农作物的害虫为食饵，使我们得有较多量的收获。美国的学者，当一次蝗害发生的时候，捕取鸟类，施以解剖，仅8羽的燕，发现胃中有虫326只；你想我们整天所见成千成万的活泼飞翔的燕，它们所扑灭的害虫数，将如何计算呢？再想，这无量数的害虫，假如没有它们来扑灭，又将发生何种现象呢？

3 为谁归去为谁来

一燕海上来，一燕高堂息，一朝相逢遇，依然旧相识。
问余何来迟？山川几纡直？答言海路长，风驰飞无力。
昔别缝罗衣，春风初入帷；今来夏欲晚，桑蛾薄树飞。
（吴均《赠杜容成》）
双燕今朝至，何时发海滨。窥人向檐语，如道故乡春。
（徐璧《春燕》）
燕子营巢得所依，衔泥辛苦傍人飞。
秋风一夜惊桐叶，不恋雕梁万里归。（刘子翚《燕子》）

花

鸟

鱼

虫

兽

照这几首诗的意思，以及《礼记·月令》所云："元鸟至"和"元鸟归"，可见古人已经承认燕为候鸟，是有来又有去的了。但他们并不了解去至何方，所以到了后来，反多误解：或以为它去到乌衣国那样神幻的地方，如李晏《赠燕诗》云："王谢堂前燕，秋风又送归。向人如惜别，入户更低飞。海阔迷烟岛，楼高近落晖，不知从此去，几日到乌衣。"这当然只是文学的玄想，不能作真事实看。或以为它冬季蛰伏而不渡海，如李时珍云："其去也，伏气蛰于窟穴之中；或谓其渡海者谬谈也。"《文昌杂录》更说："世言燕子至秋社乃去，仲春复来。昔年，因京东开河，岸崩，见蛰燕无数，乃知燕亦蛰尔，惊蛰候中气乃出，非渡海也。"大卫氏说，从乡人处听来，大群的石燕，冬季是失去知觉而伏处岩穴中。赖吐税(La Touche)氏说，中国人误认燕子的移徙现象，较中世纪的欧洲更甚；无知识的人以为鸟类自然是蛰伏的。这个见解，大概起源于蝙蝠的误认。也是赖吐税氏所说，蝙蝠和燕子的称呼，我国北方，声音极相近似。郝懿行《尔雅义疏》，蝙蝠条下注云："《新序·杂事五》云：'黄鹄白鹤，一举千里；使之与燕服翼，试之堂庑之下，庐室之间，其便未必能过燕服翼也。'"王德瑛说："燕服翼是一物，今东齐人谓之燕蝙蝠是也。"蝙蝠亦冠以燕名，可见确是极易误会的了。

原来燕子(专指普通的家燕)的分布区域极广，据培克(Baker)氏说："冬季远至澳洲，并发现在亚洲东南的全境。"是以刘氏说它"万里归"，并不为过；只是它仍在人世之间，并非如李氏所设想，到一处仙境的乌衣国罢了。它2月上旬，来到我们较为温暖的广东境内；3月初到达福建；中旬就可在长江一带见其踪迹；黄河流域，大概要迟至4月初，更北的地方，更在其后了。归程开始于8月，终于10月；有些特殊的例外，可以迟留到11月中，又和别种的候鸟同样，若广东等较为和暖之处，有少数是终年迷留不归的。不过它们仍是活泼生动，并不伏气蛰居。

痴憨的诗人，又曾经疑问地说："翩翩双燕画堂开，送古迎今几万回；长向春秋社前后，为谁归去为谁来？"(欧阳澥)这首诗倒是提出一个燕子何以会移徙的问题。不过这个问题，颇为复杂，非三言两语可以结束，此地不再缕陈了。

4 旧地重临

现今科学上，为研究候鸟迁徙的途径，或飞行的速力等，常设法捕取野鸟，于其足上，系以标帜，释之使去；到了别处，再行捕住，以便考查与计算。燕子的巢居，据最近日人仁部富之助氏的研究，确有回归旧处的习性。我国证明此事，乃在2000余年以前；据说吴王宫人，尝翦去燕爪，以验它能否重来。这样游戏的事情，倒暗合于科学的研究呢。后来晋人傅咸，也作过一次实验，他在《燕赋》的序文中说："有言燕今年巢在此，明年故复来者。其将逝，翦爪识之，其后果至焉。"这翦爪是用以志认的一种方法。另有一法，以缕系其足："霸城王整之姊，嫁为卫敬瑜妻，年十六而敬瑜亡。父母舅姑，咸欲嫁之，截耳为誓，乃止。所住户有燕巢，常双飞来去。后忽孤飞，女感其偏栖，乃以缕系脚为志。后岁，此燕果复更来，犹带前缕。女复为诗曰：'昔年无偶去，今春犹独归；故人恩既重，不忍复双飞。'"（《南史·张景仁传》）这个故事，在《贤弈》一书中，就演成一个神话："宋末姚玉京嫁襄州小吏卫敬瑜。卫溺死，玉京孀居。有燕巢梁间，一为鸷鸟击死，一孤飞徘徊，至秋，止玉京臂，俨如告别。玉京以红缕系足曰：'新春复来为吾侣也！'明年果至，因赠诗，自尔秋归春来，凡六七年。玉京死，明年燕来，周章哀鸣。家人语曰：'玉京坟在东郭。'燕遂飞至坟所，亦死。每风清月明，襄人见玉京与燕同游汉水之滨。"

这两种志认的方法，都为女子所首先实验；而且一为宫人，一为孀妇。大概燕子翩翩轻飏，呢喃蜜语，其行其止，都似情侣绸缪，因此凄凉幽怨的宫人孀妇，易于触景生情，感动弥深。以下还有一个故事："长安富商任宗，为贾湘中，数年不归。其妻绍兰，睹堂燕长吁曰：'我闻尔从东海来，往复必经湘中；我婿离家数年，欲凭尔附诗任郎可乎！'燕即飞下，绍兰作诗一绝云：'我婿去重湖，临窗泣血书，殷勤凭燕翼，寄与薄情夫。'将诗系燕足，燕遂飞鸣而去。时宗在荆州，忽有燕绕身而飞，止于肩，足有小封，乃妻所书也。宗感而泣下，次年归。"（《开元遗事》）在这个故事中，小小的玄燕，又成为离人的使者了。

翩翩堂前燕，冬藏夏来见。兄弟两三人，流宕在他县。
（《古诗》）

花
鸟
鱼
虫
兽

金宣抚使田琢，字器之，从军塞外；舍中有燕来巢，土人不识，屡欲捕之，琢曲为全护。一日，飞至坐隅，巧语移时不去。琢悟明日秋社，燕当归，此殆为留别语也；因作诗赠云："几年塞外历奇危，谁谓乌衣亦北飞。朝向芦陂知有为，暮投茅舍重相依。君怜我处频迎语，我忆君时不掩扉。明日西风悲鼓角，君应先去我何归？"遂为蜡丸系其足上。又数年，为潞州观察判官；一日，坐廨舍之含翠堂，忽双燕至；一飞檐户间，一上砚屏，谛视即前燕也，其蜡丸尚在。(《中州集》)

这都不是女子，但也有离绪别衷，无怪他们对于燕子，也有这样真挚的情感。

5 双燕与双燕离

由上看来，双燕极能动人感兴；他那翩翩自如，翱翔无羁的精神，实足为人所羡慕。诗歌是情感的表现，所以双燕遂为最广用的诗歌材料：

  双燕戏云崖，羽翰始差池。出入南闺里，经过北堂陲。
意欲巢君幕，层盈不可窥。沈吟芳岁晚，徘徊韶影移。
悲歌辞旧爱，衔泥觅新知。(鲍照《咏双燕》)
  双燕有雄雌，照日羽差池。衔花落北户，逐蝶上南枝。
桂栋本曾宿，虹梁早自窥。愿得长如此，无令双燕离。
(萧纲《双燕》)
  汉宫一百四十五，多下珠帘闭琐窗。何处营巢夏将半，茅檐烟里语双双。(杜牧《村舍燕》)
  豪家五色泥香，衔得营巢太忙。喧觉佳人昼梦，双双犹在雕梁。
(李中《燕》)

同样的诗歌，列举起来，不难写录5页10页；暂且丢开，再读一首词罢："过春社了，度帘幕中间，去年尘冷。差池欲住，试入旧巢相并。还相雕梁藻井，又软语商量不定。飘然快拂花梢，翠尾分开红影。芳径芹泥雨润，爱贴地争飞，竞夸清俊。红楼归晚，看足柳昏花暝。应自栖香正稳，便忘了天涯芳信。愁损玉人，日日画栏独倚。"(史达祖《双双燕·本意》)燕子是"栖香正稳",而人却是"日日画栏独倚",两相对比,多么深刻。

  双燕双飞,双情相思,容色已改,故情不衰。双入幕,双出帷,秋风去,春风归。幕上危,双燕离。衔羽一别涕泗垂,夜夜孤飞谁相知。左回右顾还相慕,翩翩桂水不忍渡。悬目挂心思越路,萦郁摧折意不泄,愿作镜鸾相对绝。(沈君攸)
  双燕复双燕,双飞令人羡,玉楼珠阁不独栖,金窗绣户长相见。柏梁失火去,因入吴王宫,吴宫又焚荡,雏尽巢亦空。憔悴一身在,孀雌忆故雄:双飞难再得,伤我寸心中。(李白)

  双燕也有分离的时刻,但这不仅是燕的惆怅而已。
  以上这些诗篇,不免情调过于低沉,不甚可取。另有一些,如"绣户珠帘有路歧,别时嫌早到嫌迟。主家只解怜毛羽,涴尽雕梁不自知。"(李东阳《燕》)"底处双飞燕,衔泥上药栏;莫教惊得去,留取隔帘看。"(范成大《双燕》)对燕是一种欣赏、爱护、怜惜的态度,那就有积极的意义。从来对于燕子,不加些微扰害,让它巢居室内,一部分缘故,大概就在于此。另一部分缘故,则是迷信。旧记载说:"蛟龙嗜燕,人食燕肉,入水为蛟龙所吞。"(《本草纲目》)因为这样,所以人就不会捕虐燕类。现在俗传,则以捕燕易染癞疮为说,用以禁止儿童虐杀它们。真正原因,大概还是因为它身轻肉少,不足供食用;羽毛等物,亦无所用之故。文化程度稍进,迷信的壁垒,即易崩颓;我们要彻底了解燕为益鸟,真实地加以保护才是。须知要在我们的保护之下,才能见到它们翩翩飞翔的可爱的姿态。

6 燕子与杨柳

  将泥红蓼岸,得草绿杨村。命侣添新意,安巢复旧痕。
去应逢阿母,来莫害皇孙。记取丹山凤,今为百鸟尊。
(李商隐《越燕》)
  镇日双栖向画梁,有时飞去为谁忙?得泥趁暖添芹垒,
掠水因风贴柳塘。语重唤回芳草梦,舞轻时冒落花香。
五陵年少伤春恨,书系红丝拟寄将。(葛起耕《赠燕》)
  清江朱楼相对开,去年燕子双归来。东风吹高社雨歇,

一日倏忽飞千回。翻身初向烟中没，掠地复穿花底出；
花飞烟散江冥冥，城郭参差满斜日。无情游子去不还，
短书寄汝秋风前；绣帘不卷春色断，空梁泥堕琵琶弦。
飞檐冉冉潇湘浦，春尽天涯路修阻。一夜相思柳色深，
独上楼头泪如雨。（吴师道《燕子行》）

　　燕燕何处飞？相见江南路。蘋香细雨春，柳色芳烟幕。
才从箔外归，复向舟前度。莫入未央宫，身轻有人妒。
（高启《燕燕于飞》）

　　最爱堂前燕，高飞忽复低。趁风穿柳絮，冒雨掠花泥。
帘影朝双舞，梁尘晚并栖。绿窗离思切，肠断各东西。
（袁裒《燕》）

　　这些咏燕的诗，多提及杨柳，诚以蹁跹轻扬的燕子，和依依袅袅、疏朗柔嫩的柳枝，风韵完全类似。又如本文篇首所说，燕子初来，适值柳方含苞，江南春色，焕然一新；因之鼓人兴趣者，新柳与飞燕的两个观念，亦互相关联。燕子飞行空中，它的姿态，固已优美夺目；然而若有二三垂杨，为之点缀；于是阵阵柳浪，临风潇洒，忽而翩翩轻燕，撩掠其间：或绕越树梢，如流矢飘坠；或穿行枝间，如梭织往来；出没无定，形影俱仙。若或旁临清流，面对明湖，倒影水中，翠绿弥漫；间留无数苍空，瞥视有黑影疾驰，忽隐忽现，与水面上的真燕，上下对舞；设或轻贴水际，微波顿起，水底绿影，断续模糊，倏来倏往的黑影，随之无可确指，只余水上真燕，独来独往；此种情景，更非笔墨所能形容，以前所引的几首诗歌，也何能道着其万一呢？

　　而且柳色总是一种静景，活泼的飞燕，不但以其翩翩然的舞态为可爱；还有它的呢喃软语，间关轻啭，流放于密荫之中，岂不是给美丽的春色，奏着霓裳仙音，频添无数生气吗？

　　于是燕子与杨柳，不但为诗歌中所习见的字眼，也是国画常用的题材：大概画燕子必以垂柳为背景，画杨柳总以飞燕为点缀，好像两者有极其密切的关系，这样的画，多至不可胜数，试举两首题画的诗，以见一斑：

　　三月白门道，垂杨千树花。君看双燕子，飞去入谁家。
门巷失故垒，时来拂枝斜。春风更相惜，莫与乱栖鸦。

（高稣《绿杨双燕图》）

　　绿柳夏依依，差池元鸟飞，蹴花随别骑，衔絮点征衣。
隋渚晴烟暝，章台夕照微。衡门相托久，应傍主人归。
（王褒图《题绿柳紫燕图》）

最近丰子恺先生，以漫画名于时，而尤长于用疏淡的笔致，描写那"翠拂行人首"、"月上柳梢头"、"帘外双燕归"等等诗境。虽然也有人以为他的画，是取材于时事的几帧较为生动活泼；然而俞平伯先生，终于承认他是丰柳燕。"丰柳燕"这个雅号，子恺先生当乐于自认吧。如是，关于本文，也就多了一段逸话。

7　神话

对于燕子的神话很多，只引述3则如下：

第一，比较最古的，是一个吞卵而孕的神话："简狄有女戎氏之女，为帝喾次妃；三人行浴，见元鸟堕其卵，简狄取吞之，因孕生契。"（《史记·殷本纪》）"初高辛氏之世，妃曰简狄，以春分元鸟至之日，从帝祀郊禖。与其妹浴于元丘之水，有元鸟衔卵而堕之，五色甚好。二人竞取，覆以二筐，简狄先得而吞之，遂孕，胸剖而生契。"（《竹书纪年》）"秦之先，帝颛顼之苗裔孙曰女脩。女脩织，元鸟陨卵，女脩吞之，生子大业。"（《史记·秦本纪》)这些神话的起源，大概是这样的，《尔雅翼》云："以春分来而秋分去，开生之候；其来主为孚乳蕃滋。……荆楚之俗，燕始来睇，有人室者，以双箸掷之，令人有子。"视燕有如是生育的象征与迷信，是很容易兴起这类神话的。还有，这大概是母系时代留下的传说，那时只知有母而不知有父，当然很容易将吞燕卵那样的事，附会上去。还有，或则当时惊骇于杰出的圣贤伟人，聪颖才能，难于索解，似非人世间所能有，于是求之人类以外，就形成这样的神话。

第二，说燕能衔土筑坟，有3则的记载，都是汉代的故事。这当然是从衔泥筑巢的习性上附会出来的："燕子冢在县南五里。汉吴王濞构七国反，齐王不同谋；被杀。既葬，燕子衔泥冢上，因名。"（《东昌府志》）"荣为皇太子，四岁，废为临江王。三岁，坐侵庙壖地为宫；上征荣，荣行，阻于江陵北门。既上车，轴折车废；父老流涕，窃言曰：'吾王不反矣。'荣

至，诣中尉府对簿；中尉郅都簿责讯王，王恐，自杀。葬蓝田，燕数万衔土置冢上，百姓怜之。"（《汉书·临江王荣传》）"汉丁太后定陶共王妃，哀帝母也。帝即位后，迎居京师。以建平二年崩；帝为起陵共皇之园，送葬定陶贵震山东。乃王莽秉政，贬号丁姬，遣公卿子弟及诸生四彝十余万人，操持作具，助将作掘其陵，二旬皆平。时有群燕数千，衔土投于毫中，复令坟冢巍然。"（《曹州志》）

第三，刘斧《摭遗》云："王谢金陵人，航海遇风，抵一洲，其王以女妻之。女曰：'此乌衣国也。'后谢思归，王命取飞云车送之。至家，见梁上双燕呢喃，乃悟所止燕子国也。至秋，二燕将去，悲鸣庭户，谢书一绝系燕尾曰：'误到华胥梦里来，玉人终日苦怜才。云轩飘去无消息，泪洒春风几百回'。燕寄诗去，来春复至，尾有小柬，乃女所寄诗曰：'昔日相逢冥数合，如今暌远是生离。来春纵有相思字，三月天南燕不飞。'"这样的故事中，有飘缈的仙景，萍踪的离合，恋怜的柔情，颇足令人低吟回味。但这个故事，是作者根据刘禹锡《乌衣巷》一诗编造出来的。

> 天女伺辰至，乌衣澹碧空。差池沐时雨，颉颃舞春风。
> 相贺雕楹侧，双飞翠幕中，忽惊留爪去，犹冀识吴宫。
> （李峤《燕》）
> 朱雀桥边野草花，乌衣巷口夕阳斜。旧时王谢堂前燕，飞入寻常百姓家。（刘禹锡《乌衣巷》）

李诗，"乌衣"是燕的别名。刘诗，"乌衣"为地名，"王谢"指晋代世家王导、谢安等。王谢非为一人专名，在北宋时犹然。《王直方杂记》中，有一个很有趣味的故事，也用刘禹锡诗意造成："杨德逢号湖阴先生。丹阳陈辅，每岁清明，过金陵上冢；事毕，则至蒋山，过湖阴先生之居，清谈终日，岁以为常。元丰间，连岁访之不遇，题一绝于门云：'山北松粉未飘花，白下风轻麦脚斜。身是旧时王谢燕，一年一度到君家。'湖阴归见其诗，吟赏久之。曾称于王荆公，荆公笑曰：'此正戏君为寻常百姓耳。'"

8 白燕之瑞

> 故国飘零事已非，旧时王谢见应稀。月明汉水初无影，

雪满梁园尚未归。柳絮池塘香入梦，梨花庭院冷侵衣。
赵家姊妹多相妒，莫向昭阳殿里飞。

　　春社年年带雪归，海棠庭院月争辉，珠帘十二中间卷，
玉剪一双高下飞。天下公侯夸紫颔，国中俦侣尚乌衣。
江湖多少闲鸥鹭，宜与同盟伴钓矶。

　　这是两首咏白燕的诗：第一首袁凯所作；第二首时大本所作，袁凯就因此诗而著名于时。据说："时大本赋白燕诗，呈杨铁崖，铁崖极称珠帘玉剪之句。袁景文在坐，曰：'诗虽佳，未尽体物之妙。'廉夫不以为然。景文归作诗，翌日呈之铁崖，击节叹赏，连书数纸，尽散坐客。一时呼为袁白燕，以此得名。"（杨仪《骊珠杂录》）白燕系鸟羽淡化(albinism)所致，曾经科学家的记录；最近也有出现过，即1924年3月下旬，日本福冈县丝岛郡波多江村，有燕育5雏，其中有一羽羽色纯白。我国因其稀见，目为祥瑞之兆；在谶纬思想弥漫的汉晋，特别留下多数记录。最早一则，为《吴志·孙休传》注："永安五年，白燕见于慈湖。"这是公元262年。南北朝的宋代，自文帝元嘉元年至明帝泰始二年（424年至466年）40年间《符瑞志》中著录白燕的出现，有15次。北朝的魏，亘数十年，亦有10余则记载。至唐代，仅见于《册府元龟》中，有两处说起："开元七年（719年）十二月，岐州获白燕进之。""大历九年（774年）十一月癸亥，福州获白燕二献之。"后一则，是历史上最末一次的记载，自后不复闻见。袁凯等虽然吟之于诗，然而他们定是并未见着实物。

　　前文曾说，白燕古人认为祥瑞之物；他们以为"妾媵有制，则白燕来。"（《酉阳杂俎》）从这样的思想出发，关于白燕就产生许多神话式的记载。例如《西京杂记》云："元后在家尝有白燕衔白石，大如指，坠后绩筐中。后取之，石自剖为二，中有文曰：'母天地。'后乃合之，遂复还合，乃宝录焉。后为皇后，并置玺笥中，谓为天玺也。"又如《拾遗记》云："魏禅晋之岁，北阙下有白光如鸟雀之状，时飞翔来去。有司闻奏，帝命罗之，得一白燕，以为神物。于是以金为樊，置于宫中，旬日不知所在。论者云金德之瑞，昔师旷时有白燕来巢；检瑞应图，果如所论。白色叶于金德，师旷晋时人也，古今之义相符焉。"若是云云，已经不是神话，而是根据谶纬思想造作的谎言了。

9 燕窝

王世懋《闽部疏》云："燕窝菜竟不辨是何物。漳海边已有之。燕飞渡海中，翮力倦，则掷置海面，浮之若杯，身坐其中；久之，复衔以飞。陈懋仁《泉南杂志》：'闽之远海近番处，有燕名金丝者，首尾似燕而甚小，毛如金丝。临卵育子时，群飞近汐沙泥有石处，啄蚕螺食。有询海商，闻之土番云：蚕螺背上肉，有两肋如枫蚕丝，坚洁而白，食之可补虚损，已劳痢。故此燕食之，肉化而肋不化，并津液呕出，结为小窝附石上。久之，与小雏鼓翼而飞，海人依时拾之，故曰燕窝。'而予近闻之漳人，殊为不然；燕窝国大海中有高山，冬月群燕来巢其上，燕矢之厚，没人两膝；春取小鱼，累之窝中。燕窝贫夷，领我中国贫人，取之林中：窝毁子坠，颠覆阑干；燕之雌雄，群然悲鸣，伤物特甚。呜呼，谁谓燕窝蔬房哉！生命之苦，过火燖刀割矣！"又云："燕窝菜盖海燕所筑，多为海风吹泊山澳，人得之以货。"《书传正误》云："燕窝俗以为海味之素食，误也。系银鱼之初生者，海燕衔以结窝，故曰燕窝。"看了这两则关于燕窝的旧记载，可以知道初时乃认燕窝为植物质的东西，后来方视之为螺肉或小鱼所合成的燕窝。其中《泉南杂志》的记载，实甚有价值。他的观察，已经十分精细。现据德人刻尼喜（Köing）氏的研究，断定燕窝为金丝燕的唾液所结成，而陈氏的文字中，也已提到津液，不过他误认以螺肋为主耳。

现在对于金丝燕究属何种鸟类，还须略加说明。虽然它是"首尾似燕"，但和普通的燕，类缘极远；它是属于枭鹫目雨燕亚目的雨燕科；不若燕为燕雀目燕科的鸟类。其学名为 *Collocalia esculenta* L.。其形态是：脚很短，尾也不长，翼羽敛合时，翼尖超过尾端约寸许。嘴色暗褐，颜面有一块褐色的斑纹；背部也是褐色，现金丝光泽。是一种热带鸟类，产于婆罗洲、苏门答腊、巴布亚新几内亚、马达加斯加等处。我国的闽广沿海，虽然也有，但为数甚少。

（原载《鸟与文学》，开明书店1931年出版）

黄鸟

1 释名

"打起黄莺儿,莫教枝上啼;啼时惊妾梦,不得到辽西。"盖嘉连这一首《伊州歌》,是一首尽人皆知的名作;而黄莺也正和这首诗同样,是一种尽人皆知的鸟类。它的名称,在《诗经》中,已有多起提及,由此可知,它为我们所注意,由来很久了。它有许多名称,大概就因为我们知道她极广极久的缘故:

黄鸟 《诗经》:"黄鸟于飞,集于灌木。""交交黄鸟止于棘;谁说穆公，子车奄息。"

皇　《尔雅》："皇黄鸟。"

黄莺　《诗义疏》："黄莺鹂鹠也；或谓黄栗留；幽州谓之黄莺，或谓之黄鸟；一名仓庚，一名商庚，一名鵹黄，一名楚雀；齐人谓之搏黍，关西谓之黄鸟。常椹熟时来，在桑树间，皆应节趋时之鸟。或谓之黄袍。"

鹂鹠　《诗义疏》，见黄莺。

黄栗留　《诗义疏》，见黄莺。

《尔雅义疏》："栗鹠即离陆，又即历录，文章貌也。"

黄流离　《尔雅翼》："秦人谓之黄流离……或谓之黄栗流。"

黄栗流　《尔雅翼》，见黄流离。

仓庚　《诗义疏》，见黄莺。

《说文》："离黄仓庚也，鸣则蚕生。"

《礼记》："仲春之月仓庚鸣。"

商庚　《诗义疏》，见黄莺。

长股　《大戴礼记》："二月有鸣仓庚，仓庚者商庚也，商庚者长股也。"

《尔雅义疏》："按仓庚不名长股，故庄氏述祖，疑'长股也'三字，当在鸣域传'域也者'下，而误窜于此，其说良是。但商庚长股，俱一声之转；鵹黄言其色；长股、商庚并象其声；鸟名多是自呼，恐此亦当尔也。"

鵹黄　《诗义疏》，见黄莺。

《尔雅义疏》，见长股。

楚雀　《诗义疏》，见黄莺。

搏黍　《诗义疏》，见黄莺。

黄袍　《诗义疏》，见黄莺。

离黄　《说文》，见仓庚。

鹂　《本草纲目》："《禽经》云：'鹂鸣嘤嘤，'故名。

或云：鹂项有文，故从贝贝，贝贝项饰也。或作莺，鸟羽有文也，《诗》云：'有莺其羽'是矣。其色黄而带黧，故有黄鹂诸名……淮人谓之黄伯劳。"

莺　《本草纲目》，见鹂。

黄鹂　《本草纲目》，见鹂。

黄伯劳　《本草纲目》，见鹂。

鹒鹂　《格物论》："一名鹒鹂……一名黄鹂莺。"

黄鹂鸶　《格物论》，见鹂鹒。

鹂鹒　《集韵》："鹂鹒鸟名"

黄莺　《尔雅》："幽州人谓之黄莺。"

金衣公子　《天宝遗事》："明皇于禁苑中见黄莺，呼为金衣公子，又名红树歌童。"

红树歌童　《天宝遗事》，见金衣公子。

如是一共可得25个名称；现在再按照命名的意义，列表类归如下：

黄鸟的命名因羽色黄——黄鸟、皇、黄莺、黄鸎、黄袍、黄伯劳、金衣公子

有文——莺、鸎

有黑文——鹂鹒、鹙黄、离黄、鹂黄鸟、黄鹂、黄鹂鸶、黄栗留、黄流离、黄栗流

因歌鸣——鸎、仓庚、商庚、长股、红树歌童

其他别称——楚雀、搏黍、鹿鸟鹂

但或以为《尔雅》所云"皇黄鸟"者，是另一种鸟类。如马属云：'黄白曰皇，此鸟名皇，知非鹨黄之鸟矣。"王会编云："郭云黄离留非。"郝懿行在《尔雅义疏》中，更确定地说："按此即今之黄雀，其形如雀而黄，故名黄鸟，又名搏黍，非黄离留也。""毛以黄鸟为搏黍，黄鸟即今黄雀。绵蛮目见目完，皆像其形，非仓庚也，陆疏误合为一非矣。"然而黄鸟一名，与仓庚等混称，由来已久，现在且更用它作为最通俗的名称；过细辨析更改，反多致人误解了。

2　种类

这样别名甚多，记载极早，自来为我们所极注意的鸟类，在分类上，属于燕雀目黄鸟科。这一科鸟类，都是林鸟，从不下降地面；飞翔迅速，食昆虫，亦食果品。歌声有雄伟、柔和而富变化的音节。篮形的巢，常常悬挂在很高的树枝上。卵为白色或粉红色，有黑、褐、红等斑点。广布于热带的非洲和亚洲；亚洲的马来半岛与菲律宾群岛，都有一些特殊的种类。我国所产者，有下列5种：

1. *Oriolus chinensis indicus* Jerdon 黄鸟或黑颈黄鸟。英名：Eastern Black-

naped Oriole。

2. *O.c.tenuirostris* Blyth.缅甸黄鸟。英名：Burmese Black-naped Oriole，见于云南西部。

3. *O.ardens nigellicauda*(Swinhoe)黑尾黄鸟。英名：Black-Tailed Oriole，栖居海南岛。

4. *O.traillii traillii*(Vigors)棕色黄鸟。英名：Traill's Oriole or Maroon Oriole，见于云南西部九千呎高处。

5. *O.t.mellianus* Stresemann.梅氏黄鸟。英名：Mell's Oriole，见于广东。

第一种，是普通的黄鸟，夏令遍布我国南北各地的平原和丘陵间；向北远及西伯利亚东部。我国东南部如广东等处，并且偶然居留；但居留的根据地，则是印度。古人所有记载，当然都是指着这一种。本文以下的种种叙述，也将专限于这一种。

3 形体

黄鸟的形体，在旧记载中，以《本草纲目》为最详："鹂处处有之，大于鸲鹆，雌雄双飞。体毛黄色，羽及尾有黑色相间，黑眉，尖嘴，青脚。"

现在引用赖吐税(La Touche)氏的科学记载如下：

雄鸟自上嘴基部起，经过眼而围绕上颈的一线，中央尾羽，边尾羽的大部分，初列拨风羽，次列拨风羽的内羽瓣，小翼羽以及初列覆雨羽黑色；而初列拨风羽的狭边，初列覆雨羽的阔边都是黄色；次列拨风羽的外羽瓣，三列拨风羽的外羽瓣并内羽瓣的一部分黄绿色；此外羽毛全体鲜黄。老鸟的上背，微染橙色。虹膜红，嘴粉红，腿铅蓝。

雌鸟极老的个体，近似雄鸟，或完全相同。通例，雌鸟的背部，略略重染绿色；黑色部分较为暗淡，且亦微着绿晕。

雏羽冠部绿带黄；许多羽毛中央带黑；背部褐色，各羽的边缘带绿；下部白色，羽轴带黑。第二春天的幼鸟，头部匀绿带黄，和背部同样；黑色的颈线极为狭隘；下部混有黄色，喉部则转变为纯黄色。虹膜褐，上嘴暗堇色带褐，下嘴铅肉色。长成的羽色系逐渐表现；大概经过3年，才将有条纹的雏羽完全除去。

4 生活

黄鸟从它的越冬地到我国来,大概4月8日至10日,到达广东;同月的中旬,北进福州;10月中,就离开那里南归了。长江下游一带,据斯丹恩(Styan)氏说:"很觉奇怪,以4月24日到达为常例。"5月中旬,则为最早达到河北东北部的秦皇岛等处的时期。

造巢处所,有时在高竹上;南部大概以巨大的榕树、松树或别种高树为最习见;长江一带以及北部,则是柳、杨、泽胡桃等树。巢作深杯形,甚为坚固,好似摇篮,挂在枝梢的杈头;系用蛛丝或别种的丝系住。普通都在较高之处,若筑到小树上,有时也有不到15呎高的。关于巢的情形,古人也略有所知,例如杨万里《闻莺》诗云:

仰听金衣语,偶窥莺妇巢;深穿乔木里,危挂弱枝梢。
啄抱双双子,经营寸寸茅;何时雏脱壳?新哑响交交。

巢材用竹叶、干草、稻秆、草穗等物,由根、卷须、蛛丝等纽合。柔软的中国纸,也是她们适用的材料,赖吐税氏在福州所发现的几个巢,就都覆被着广厚的一层。古人见此现象,以为神奇;《猗氏县志》云:"明万历三十四年,黄鹂巢于张嵩村乔待御园榆树。巢以纸结络,莫辨端绪。两巢八翼,各哺四雏。人咸异之。"填褥之物,大概都用于草、松针、草木根和草穗等物。

广东和福建,5月产卵;长江一带,6月初旬到7月中旬;北方秦皇岛等处,亦在六七月中。自长江以北,或许是每年产生2次的。每产以4卵为常,但在广东者3卵,有时仅2卵。卵色浅玫瑰红,稍有深淡;散布浅莲灰底的暗朱红色圆点纹;上层的点纹,边缘每每隐没,好似色彩褪去的样子。卵壳不十分光滑。卵形颇有变化,自广卵形以至尖卵形都有。赖吐税氏在镇江所得的一个标本,几成圆柱状的椭圆形。

黄鸟的飞行,甚为迅疾;它们在丛林中,倏来倏往,上下无定,宛似梭织往还,我们常以"金梭"两字去形容她。谢宗可有《莺梭》诗云:

自织春风金缕衣,穿红度翠往来飞。柳堤暗卷丝千尺,
花坞横抛锦万机,时见枝头捎蝶去,不愁壁上化龙归。
羞同杼轴劳红女,一掷迁乔愿有违。

花

鸟

鱼

虫

兽

5 歌鸣

黄鸟所以惹人注意，主因在于歌鸣的悦耳；本来不论何种鸟类，当她们求偶产卵的时光，雄鸟必唱甜美的婚曲，以引诱雌鸟。在旧记录中，似乎黄鸟鸣声，是随处可以闻知的；现在虽然不论何人，叫他写起关于春天的文章来时，总不免要提及黄鸟，但闻见与否，却是不必问的；例如杭州西湖十景之一的"柳浪闻莺"，现在柳树果已无存，莺声也谁人能辨认呢?这或许古时人烟较稀，自然界中，人工破坏还不多，各处都似山村乡野，随时得闻黄鸟的鸣声，现在则可以看到黄鸟的地方比较少了。

东方欲曙花冥冥，啼莺相唤亦可听。乍去乍来时近远，
才闻南陌又东城。忽似上林翦下苑，缮绵蛮蛮似有情。
欲啭不啭意自娇，羌儿弄笛曲未调。前声后声不相及，
秦女学筝指犹涩。须臾风暖朝日曛，流莺变作百鸟喧。
谁家少妇惊残梦，何处愁人忆故园?伯劳飞过声局促，
戴胜下时桑田绿；不及流莺日日啼花间，能使万家春意闲。
有时断续听不了，飞去花枝犹袅袅。还栖碧树锁千门，
春漏方残一声晓。(韦应物《听莺歌》)
最好音声最好听，似调歌舌更叮咛；
高枝抛过低枝立，金羽修眉黑染翎。(梅尧臣《黄莺》)
柳花如雪满春城，始听东风第一声；
梦里江南旧时路，隔溪烟雨未分明。(李东阳《黄莺》)

春归何处?寂寞无行路；若有人知春去处，唤取归来同住。春无踪迹谁知?除非问取黄鹂；百啭无人能解，因风吹过蔷薇。(黄庭坚《晚春》，调寄《清平乐》)

这样歌咏莺声的诗词，在旧籍中是不胜枚举的。作者于今春在钱塘江边，耳闻过一次，其声确系婉转流利，连续紧密，所谓百啭千回，巧舌吹簧，殆近似之。它的鸣声，具体地拟似起来，有下列种种：

绵蛮《诗经》："绵蛮黄鸟。"

睍睆《诗经》："睍睆黄鸟。"
交交《诗经》："交交黄鸟。"按：交交或以为飞貌。
喈喈《诗经》："其鸣喈喈。"
恰恰杜甫诗："自在娇莺恰恰啼。"
蛮蛮韦应物诗："缱绻蛮蛮似有情。"
嘤嘤《禽经》："鹭鸣嘤嘤。"
呖呖朱恬烄诗："娇莺呖呖啼芳树。"
历落田锡赋："初历落于花间。"
关关刘庄物诗："关关也爱春。"
间关田锡赋："旋间关于树杪。"

春暮夏初，旧历的四五月，即公历的五六月中，是黄鸟盛行筑巢伏卵的时期，也就是黄鸟努力歌唱的时期。在旧记载中，说于早春有闻见者，于秋季有闻见者。兹录诗歌六题，以见其时令的一般；但完全可信与否，却有待于将来的证实。

朝鹥雪里新，雪树眼前春。带涩先迎气，侵寒已报人。
共矜初听早，谁贵后闻频。暂啭那成曲，孤鸣岂及辰。
风霜徒自保，桃李讵相亲。寄谢幽栖友，辛勤不为身。
（韩愈《早春雪中闻莺》）

百花开尽见莺流，一啭能添数种愁；巧舌傍人何太苦，
春光随水已难留。心惊陌上谁家笛，梦破城南少妇楼。
柳色万行听不断，莫牵诗思到扬州。（石珤《春暮见莺》）

正愁春去对春风，忽听莺啼碧树丛；
无数飞花向帘幕，将愁尽入一声中。（孙艾《春尽日闻莺》）

好音终在耻争先，谷外寒多故后迁；
已过花时亦何恨，不妨夏木绿参天。（张耒《四月闻莺》）

桑阴净尽麦头齐，江上闻莺每岁迟；
不及晓风鹎鵊子，迎春啼到送春时。

一声初上最高枝，忙杀呕哑百舌儿；
老尽西园千树绿，却怜槐眼正迷离。（范成大《五月闻莺》）

残莺何事不知秋，横过幽林尚独游；老舌百般倾耳听，

深黄一点入烟流。栖迟背世同悲鲁,浏亮如笙碎在缑。
莫更流连好归去,露华凄冷蓼花愁。(李煜《秋莺》)

以一日而论,似乎清晨的莺声,最足以动人。晨光熹微,莺就开始歌啭;也不繁噪,也不絮聒,只是音乐似地令人神往,如何不十分感人呢?试读田锡的《晓莺赋》:

烟树苍苍,春深景芳;听黄鹂之巧语,带残月之余光。金袂菊衣,新整乎迁乔羽翼;歌喉辩舌,斗成乎一片宫商。尝以清汉云斜,东方欲晓,华堂静兮寂寂,珠箔晖兮悄悄。新声可画,初历落于花间;余啭弥清,旋间关于树杪。宛转堪听,缠绵有情。伊宝柱之清瑟,与银簧之暖笙,谁用交奏而成艳声;未若我胧月澹烟之际,莺舌轻清,听者踌躇,闻之怡悦。若清露之玉佩,触仙衣之宝珠。随步谐音,成文中节。未若我晓花曙柳之间,莺声清切。

总之,黄鸟的歌鸣,是十分被人珍视的;推重之盛者,如《云仙杂记》云:"戴颙春日携双柑斗酒,人问何之?曰:'往听黄鹂声,此俗耳针砭,诗肠鼓吹,汝知之乎?'"这样的话,当然只是个人的癖好罢了。

6 饲养

黄鸟以其羽色华美,歌鸣悦耳,也饲养作笼禽。曹丕和王粲,各有《莺赋》一首,都是叙述笼莺,可见饲养的由来,至少已有1600余年的历史了。

堂前有笼莺,晨夜哀鸣,凄若有怀,怜而赋之曰:
怨罗人之我困,痛密网而在身;顾穷悲而无告,
知时命之将泯,升华堂而进御,奉明后之威神;
唯今子之侥幸,得去死而就生,托幽笼以栖息,
厉清风而哀鸣。"(曹丕)

览堂隅之笼鸟,独高悬而背时,虽物微而命轻,心凄怆而愍之,日奄霭以西迈,忽逍遥而既冥。就隅角而敛翼,眷独宿而宛颈。历长夜以向晨,闻仓庚之群鸣。春鸠翔于南薨,戴胜集乎东桑。既同时而异忧,实感类而伤情。(王粲)

黄鸟是冬去春来的候鸟；长年饲养，因风土不适，难得完美的结果。而就黄鸟的主观设想，诚不得不如曹、王二氏的满含哀凄怆痛的情调了。黄鸟饲养虽久，到现在还不能成为一种很普通的饲鸟，大概就因为它是候鸟的缘故。

7 迁乔与求友

《诗经》有云："伐木丁丁，鸟鸣嘤嘤，出自幽谷，迁于乔木。"又云："嘤其鸣矣，求其友声。"文中并未指明嘤嘤的鸣声，属于何种鸟类；后人因《禽经》有"鸎鸣嘤嘤"之语，于是遂认为《诗》所云云，乃指黄莺，而迁乔与求友，遂成为两个极通俗的典故：

芳树杂花红，群莺乱晓空。声分折杨吹，娇韵落梅风。
写啭清弦里，迁乔暗木中。友生若可冀，幽谷响还能。
(李峤《莺》)

欲啭声犹涩，将飞羽未调。
高风不借便，何处得迁乔？(郑愔《咏莺》)

幸因辞旧谷，从此及芳晨；欲语如求友，初飞似畏人。
风调归影便，日暖吐声频。翔集知无阻，联绵贵有因。
喜迁乔木近，宁厌对花新。堪念微禽意，关关也爱春。
(刘庄物《莺出谷》)

羽毛特异诸禽，出谷堪听好音。
薄暮欲栖何处？雨昏杨柳深深。(李中《莺》)

雨过溪山净，新晴花柳明，来穿两好树，别作一家声。
故欲撩诗兴，仍添怀友情。惊飞苦难见，那更绿阴成。
(杨万里《闻莺》)

所谓求友，其实不但莺是如此，别种鸟类，都有同一的现象；盖所谓求友，就是求偶。春日的鸟，都有这种习性。

至于"出自幽谷"云云，各地的留鸟，确有此种情形。盖候鸟系用南北迁移的方法，适应温度等环境变化；而留鸟既未作长途的旅行，乃于春季避入深山或高原，冬季下至平地，以为调节；盖高原和高纬度的平地，风土情形，极为仿佛。惟照诗文原义，似乎"出自幽谷"的举动，乃在春季，则与

花

鸟

鱼

虫

兽

事实适为一个相反的现象。

8 日本的莺

日本对于鸟类的名称每有使用我国古名而失去原来意义的，例如以 *Pyrrhula pyrrhula griseiventrir* Lafr. 为莺，而不知莺字见于《尔雅》云："莺山鹊。"郭璞注："似鹊而有文彩，长尾，嘴脚赤。"乃是今日乌鸦科中的唐山鹊(*Uroeissa erythrorlyncha erythrorlyncha* Bodd.)。又以交喙鸟(*Loxia*)为鹠，而鹠乃训："状类雉而大，黄黑色，首有毛角如冠。"(《本草纲目》)是则大小悬绝，拟于不伦。日本不产黄鸟，他们却以剖苇科中小形的日本的特产鸟类*Horeites camtans*(Temminck & Schlegel)名之为莺；并且以全科鸟类，名为莺科；这样，本来莺即黄鸟，与英文的Oriole相当，而现在却以之当于英文的Warble了。如此比较，其为误谬显然；此后似乎都应一一加以辨正。

日本的莺，体大类麻雀，背面呈所谓莺色，腰和上尾筒，微微带赤。翼的拨风羽褐，其外缘并尾羽呈橄榄褐。颜面有不明了的灰白色眉斑。下面灰白色；喉部两侧，胸、胁以及下尾筒带橄榄褐。嘴暗褐，下嘴较淡。脚淡褐色。诚然，她也是一种善于歌唱的鸟类；她在日本文学上，也占着重要的地位。日本有许多文字，描写这小小的歌者，和我们描写的黄鸟一样；这些文字，试举有名的《古今集》中一首诗为例吧：

　倘不是莺声出于幽谷，
恐怕谁都不会觉到春已来临；
　人说春光未曾归来，
就因为莺儿岑寂沉默，未曾啼鸣。(陶秉珍译)

9 杂记

古人对于鸟类的移徙现象，所知不多，当他们不见某种鸟类的时候，每每以蛰居或化生来解释。黄鸟冬天是到南方印度等处去了，他们却以为"冬月则藏蛰入田塘中，以泥自裹如卵，至春始出。"(《本草纲目》)更有似乎言之凿凿者，例如《荆州志》云："农人冬月于田中掘二三尺，得土坚圆如卵，破之，则莺在其中，无复羽毛。"但既然说"无复羽毛"，又怎能辨认她是莺呢?

此外还有两个故事,在可信与可疑之间,而后一个,或许确是实事,只是记载的文字,不免过分夸大了:

> 婺州治古木之上有莺巢,一卒探取其子,郡守王梦龙,方据案视事,莺忽飞下,攫一卒之巾以去;已而知非是,衔巾未还,乃径攫探巢卒之巾而去。太守推问其故,为杖此卒而逐之。(《鹤林玉露》)

> 顷年有人取得黄莺雏,养于竹笼中;其雌雄接翼,晓夜哀鸣于笼外,绝不饮啄;乃取雏置于笼外,则更来哺之,人或在前,略无所畏。忽一日,不放出笼,其雌雄缭绕飞鸣,无从而入,一投水中,一触笼而死。剖腹视之,其肠寸断。(《玉堂闲话》)

(原载《鸟与文学》,开明书店1931年出版)

画眉

1 文学上的画眉

"鸟之见畜于人者不一，大抵其类有四：或以羽，或以格，或以勇，或以音。然以羽则近于戏，以格则近于豪，以勇则近于博；惟以音则呢喃睍睆，清韵动人，真所谓俗耳针砭，诗肠鼓吹也，乃世人辄喜其能效人言；苟若是，则滔滔者天下皆是也，亦何必于黔喙之属求之乎？鸟语之佳者，当以画眉为第一，余每过友人斋头；闻其音，辄低徊留之不能去。"（张潮：《画眉笔谈题词》）诚然，画眉是我国有名的Song Birds，和百灵、绣眼等类，同为最普通的笼鸟。宋·欧阳修最初以之入诗；在历史上，这要算最早的记录了。其他的文献极少，只有一些诗篇，便引录在这里：

百啭千声随意移，山花红紫树高低。

始知锁向金笼听，不及园林自在啼。(欧阳修《画眉鸟》)

尽日闲窗坐好风，一声初听下高笼；

公庭事简人皆散，如在千岩万壑中。(文同《画眉禽》)

说尽春愁貌不成，翠深红远若为情？

江南有客头空白，肠断东风百啭深。(黄滔《桃竹画眉图》)

红杏花开好鸟啼，章台走马未归时；

螺青细合蛛丝满，谁画春山八字眉。(钱逊《杏花画眉》)

宝髻蓬松锦帐垂，晓晴慵起斗花枝。

浓妆未必能承宠，何事幽禽唤画眉？(范言《画眉》)

云树苍茫一水通，峰头长啸海天空。

酒筹不惜花枝送，人醉禽声断续中。(邬佐卿《焦山绝顶，同郭次甫凭江阁晚眺，适两画眉递啭，因传筹，即其声断处进酒，戏抵催觞鼓节》)

鸟声节拍递相催，借向空江送酒杯。

宛转娇音人已醉，不须龙女唱歌来。(郭第：前题)

隔枝幽鸟响笙簧，一断清音一举觞。

绝胜花边催羯鼓，乱峰烟月半斜阳。(王叔承：前题)

这些诗，都是简短清快，风韵悠然，正如此鸟是一种可爱的小鸟。

2 科学上的画眉

画眉在鸟类学上，属于燕雀目，画眉科(*Timaliidae*)，画眉亚科(*Timalinae*)，大卫乌斯他莱二氏，名之为*Leucodioptron hoamy* D & O.；1891年斯丹恩(Styan)氏发表于《红鹤》杂志(Ibis)，更名为*Trochalopteron canorum* Styan，至今沿用。以亚种分之，普通一种为T.c.canorum Swinhoe，分布我国南方各省。最北，陕西南部，曾经有过记录。繁殖地是江苏、浙江、福建等处。另有栖居于海南岛的一亚种为T.c.owstoni(Rothschild)；二三月见于云南东南部的一种为T.c.namtiense La Touche。普通种的详细形态：前头冠尾上部和翼面为金赭褐色；颈侧较淡。头、颈和上背略有暗褐阔线纹；一条白色眉线，围绕眼周，延及后方，越过覆耳羽；眼端、颊和覆耳羽淡褐，但较背面略暗；尾较背面暗，有褐色横线，尖端则为尘灰色；腹部中央灰色，其余

下部金赭色，腰部较褐；腮、喉、上胸部有暗褐线。虹膜榛栗色；嘴黄褐，下嘴基部黄色；腿带黄。幼鸟较淡，褐色略重，头和颈没有条纹，尾部没有横纹。

陈旅有《白画眉图》诗一首，大概也有白化个体发现过，诗云："隋家官妓扫长蛾，销尽波斯百斛螺。化作雪禽春树顶，远山无数奈愁何。"

画眉因她歌鸣悦耳，是以饲作笼鸟；有时也用作斗鸟。野生丘陵间，每日午后，歌鸣最为流利。张潮《跋画眉笔谈》云："余尝欲以鸟语作诗，因细听画眉音，似云'如意如意。'嗟乎!苟能'如意'，余又何求?余弟不知画眉日祝'如意'，果能'如意'否也?"性谨细奸诈，屡至村落附近的短林丛莽并庭园间的灌木中，觅食游行。成为小群时，异常喧噪。略为杂食性，而食虫较多。在广东，每年4至7月，生卵两次；在福建，则5月产卵；长江一带，也是四五六七月中孵雏的。巢常筑在近地的小树或断枝上。杯形而大，外面极粗糙，由树叶、枯草、枝桠等合成。卵常4个，为匀净的蓝宝石色，光泽强，甚觉美丽。

3 饲养法

关于画眉饲养的方法，我们可以从陈均所著的《画眉笔谈》中得到一个大概；这是一篇极为详瞻、极为实用的旧式的讲饲鸟的文字。我国旧籍，对于饲鸟，似乎一部专书也未曾有过；像这样难得的文字，不妨把它引录下来：

色苍黄，类雀，而眉特白，长如线，有若画成者，俗名曰画眉，意取诸此也。雄者最善鸣，雌者则否。性尤嗜斗，居山中，必独踞一地，不使他雄或过，过即力斗，如不欲生；时疾声震动，为防闲其雌；故此鸟从未有乘居而群游也。

出入不离林薄，人欲获之，非罗毕所能致。然因其声清圆巧啭，恒以竹器置雌其内，设机械诱得焉。但其老者刚不可驯；而稍弱者名为"串枝"，或可强置诸笼，终不狎于人，每见生人，即决眦裂吻，突跃而不能已，固不若雏饲养者之为依人而嘤鸣可爱也。取雏之法，先得其伏雏之处；伺雏可离母，即探而归之笼，日喂以白腐。稍长，即以米粒置几上，用指啄米如啄食状，日令其见，则俟其味坚时，投之粒米，彼即自粒食。粒用蛋黄傅之者，取其悦雏之口；之而性成，遂非此不食矣。食即思饮，故食旁置饮器，注水其中。俯而食，仰而饮，不必五步十步，而一饮一啄自不易也。非此则必殒其生。人有忌之者，以头垢杂置食中，食之，即不能发声。养之之法，尤谨御外患；但使习与人依；人每挈之与偕出入，使猫、鼠、鹰、犬，虽常见而不致肆毒，则不生恐怖，而饮啄自安。食固喜啖生物，常多杀昆虫，为人所不忍；即虾蟹之类，恐不及猝得；不若日以片肉给之；肉独与牛相宜，去其油膜；其干不可啮者，则剉碎置食斗，彼得肉食，亦不复他想耳。若与蟹食，则傅火煨熟食之；侧置巨石一，为其刮垢之需。且置一器，满贮沙碛；彼食肉时，最喜与沙相间；泉石不缺，则山野之性自如。每日中须水而浴，当以盆贮水，置笼其上，斯刷羽修翎，意兴更自潇洒。

斯鸟也，或当弄晴之时，或值花阴之下，或逢他鸟遗音，或遇人声调唤，即睍睆如环，矢音不已，度不自如其置身藩笼之内也。音清亮，能歌诗作人语，亦能作猫声、鸡声、笛声以及犬吠声；皆教之自人。其教之之始，于雏时置卧侧，每夜分，棒击其笼令醒，度音使习之，久久即能曲肖。若未吐音之初，欲辨其可否；则先置山涧潺湲，听其窃自细语，即雄而能鸣可教；否则，虽教之无益也。人教语之外，遇飞鸣者，能窃学其语，此尤巧慧非常，不可多得。

冬亦畏酷寒，早宜近日，晚以布帷之，置诸室内无风处。时睐其水，勿使冻坚而不给予饮，则不致渴死；盖此鸟死为饥者犹少，而死于渴者恒多，故惟此最宜加意。至尤可虑者，每岁八九月间，毛希革易时，宜善调护，多与活物食之；勿令发声，以耗其气，勿使他雏逼处，以触其斗，则气旺神全，虽木鸡之养，无以过矣。

余馆在城中，不能得山林之趣；时蓄此鸟，以为俗耳铖砭；因细询之禽人，一一悉其出处，喜好，饮食，性情之致，爰笔之左方。窃欲以不忘鸥者善学海翁之忘鸥而鸥不去也云尔。若或以卫懿公之好鹤为余病，则余岂敢!(《昭代丛书别集》)

（原载《鸟与文学》，开明书店1931年出版）

翡翠

1 种类

翡翠科(Alcedinidae)的鸟类，盛产于热带。身体为中型，或为小型，没有极大的种类。羽色都是十分美丽惹目，有足称述。其中又分水翡翠(Alcedininae)和山翡翠(Haicyoninae)两亚科。山翡翠亚科的鸟类，主栖于山间的溪流沿岸，并见于森林中。水翡翠亚科的鸟类，常在河流附近，捕食小鱼为生活。这二亚科，不但生活习性稍有不同，即形态也不相类。考我国旧记载，《禽经》云："背有采羽曰翡翠。"张华注以为"状如鸲鹆，而色正碧，鲜缛可爱。"据这一说，翡翠二字，是一种鸟类的名称。又如《说文》云："翡赤雀，翠青雀也。"《广志》云："翡色赤，翠色绀。"则翡与翠乃各为一种鸟类。就假定他是两种鸟类，以与现今习见的种类相对比，那么与山翡翠亚科翡翠属的两种鸟类，适相符合。但单名之为翡和翠，于称谓上，实不利便；所以我们不妨另定新名为紫翡翠(*Halcyon coromanda major* Temminck and Schlegel)和青翡翠（*H.pileata* Boddaert）。紫翡翠身体上面，包括翼和尾，以及颜面，栗色而带紫赤的光泽。下脊和腰白色，微混淡青或淡紫色。下面黄褐色，喉部并腹部中央较为淡薄。嘴赤色，基部微带黑味，脚为赤褐色。其分布区域，为中国、日本、南洋等处。青翡翠较大一些，头上后颈以及颜面黑色，而有白色的颈轮。脊和腰浓青色。初列拨风羽外羽瓣青色，内羽瓣黑色。尾上面浓青色，反面黑色。体下面，从腮到胸的中部白色，以下则赤褐。嘴浓赤色，脚带暗赤。幼鸟喉有黑斑；胸部羽毛，现暗色边缘。分布于印度，我国以及朝鲜等处。在日本不过偶然有得捕获而已。这两种鸟类，都是南方出产较多。旧云：“宁州之极西南有翡翠。南里县有翡翠。”《南中志》"翡色赤，翠色绀，皆出交州兴古县。"《广志》"翡翠出九真"《交州志》都是近于事实的记载。这两种都是雌雄同色的鸟类，旧以为"雄为翡，其色多赤，雌为翠，其色多青。"(《本草纲目》)不足置信。

水翡翠亚科鸟类，有最普通的鱼狗(*Alcedo atthis bengalensis* Gmelin)亦名鱼虎或鱼师（师即狮），"狗、虎、师皆兽之噬物者；此鸟害鱼，故得此类命名(《本草纲目》)古名鹢与天狗，见《尔雅》。《尔雅翼》的作者，记录当时俗名为翠碧鸟，犹现在单称翠鸟耳。形态较翡翠稍小，盖"鱼虎即翡翠之小者。"《埤雅》"小者为鱼狗，大者翠奴"也。其形态头部暗绿色，有鲜青色的细斑点。后头部的羽毛，稍成冠状。脊、腰、上尾筒，为鲜明的苍穹色；而肩覆雨羽等暗绿，拨风羽褐而有青缘。尾呈青色。眼前并耳羽栗色，其后有白斑；颊与头上同色。体下面：腮和喉白色，以下均呈栗色。嘴黑，基部并下嘴黄色；脚鲜红色。郝懿行所谓"今所见者青翠色，大如燕，而喙极长，尾极短。喙足皆赤色。"《尔雅义疏》就是此种鸟类的概形。分布西伯利亚，我国，以及日本、印度等处。

《本草拾遗》云："亦有斑白者"，当为今之斑鹢(*Ceryle lugubris guttulata* Stejneger)。头上和颜面黑色，而有显著的白色斑点。后头羽毛，延长作冠状。颈和颊白色，以下的背面，直至尾部为黑色，有无数白色斑点和横斑。体下面白色，喉部两侧，上胸部并体侧有黑斑。颈侧各有栗色斑一；又胸部黑斑中，也有栗色斑相混。嘴黑而基部绿，脚绿褐色。雌鸟色彩，略有不同；缺颈侧和胸部的栗色斑，腋羽并下覆雨羽淡栗色。体形较前述几种为大。分布亚洲南部，延及我国中部，北方是不产的。

 花
 鸟
 鱼

 虫
 兽

2 习性

鱼狗常栖息于平地的河边；山居种类，也大多徘徊于溪流近傍，故张华云："饮啄于澄澜洄渊之侧，尤惜其羽，日濯于水中。"食饵以小型的鱼类为主，蛙、昆虫并小型甲壳类，嗜好稍次。常出没于养鱼场的附近，袭取幼鱼，尤其山间的养鱼池，最被侵扰。

翡翠类和别种鸟类相比，最显著的一项特征，为嘴与身体的比例，非常长大，为支持嘴重之故，头部也比较的大了一些。两脚极短，没有普通鸟类所生的后趾，仅有前方三趾，趾基又互相愈合。色彩大都美丽。

飞翔甚为迅速，如矢直射，但不善作远距离的飞行，常止于树枝、岩角以为休息。这样休息的时候，瞥见鱼类上浮水面，就倏然飞下，将鱼捕取，然后回到栖息地方，静静吞食。在诗歌中，关于这个取食的情形，最多形容：

红襟翠翰两参差，径拂烟花上细枝。
春水渐生鱼易得，不辞风雨坐多时。（陆龟蒙《翠碧鸟》）
有意莲叶间，瞥然下高树；
劈波得潜鱼，一点翠光去。（钱起《衔鱼翠鸟》）
清晨有珍禽，翩翩下鱼梁。其形不盈握，毛羽鲜且光。
天人裁碧霞，为尔缝衣裳。晶荧眩我目，非世之青黄。
爱之坐良久，常恐瞥尔翔。忽然投清漪，得食如针铓；
如是者三四，厌饫已一肮。既饱且自嬉，翻身度回塘；
飞鸣逐佳匹，相和音琅琅。……见诸长喙须避，得少纤鳞便飞。
为报休来近岸，有人爱汝毛衣。（文同《翡翠》）
翠羽画殊绝，窥鱼秋水深。忽来知险意，静立见机心。
沙白霜初落，溪寒日易阴。何当随啄木，除蠹向高林。
（僧原瀞《鱼虎子图》）

最特殊的，外国产的一种，能啄取昆虫，投于水面，以作引诱的食饵。鱼类不察而贪此食饵，她就急行飞下，将鱼捕住了。

翡翠的巢，营于水边；大多在堤防中，深深地掘着横穴。内部较为广阔的一处，敷设鱼骨，作为育儿室。就产数颗白色的卵于其中。此种习性，

《尔雅翼》的作者，已经明知，他说："今此鸟穴土为巢，尝冬月起其穴，横入一尺许，雏于其中。"而《异物志》云："翠鸟先高作巢。及生子，爱之恐堕，稍下作巢；子生毛羽，复益爱之，又更下巢也。"这大概就山栖的，巢于树穴的种类而说。

3 应用

然而通常所称的翡翠，大概指青翡翠而说。自来都采为饰物，取其翠碧可爱。据张华云："今王公之家，以为妇人首饰，其羽值千金。"可见它价值的珍贵。《离骚》有"翡帏翠帱"之句；徐广《车服》注云："天子辂，金根车，翠羽盖。皇后首饰步摇，八雀九华加翡翠。"《埤雅》云："荆王以羽毛饰被，《左传》所谓翠被豹舄是也。"据此，则翡翠不但应用于首饰，且亦为各种器物衣服的装饰。现在大概已经没有古昔那样的重视。尝忆幼时见旧式金银铺中犹以之镶嵌于首饰上；近来，这样的金银器，也不时行了。翡翠因其羽色，而罹杀身大祸，诗人又为之唏嘘扼腕矣：

翠雀縻鸟，越在南海。羽不供用，肉不足宰。
怀璧其罪，贾害以采。(郭璞《翡翠赞》)

彼二鸟之奇丽，生金洲与炎山。映铜陵之素气，濯碧磴之红泉。石锦质而入海，云绮色而出天；峰岑嵒而蔽日，树静暝而临泉；霞轻重而成彩，烟尺寸而作绪；热风翕而起涛，丹气赫而为暑；对侑流之蛟龙，冲汶潦之雾雨；耀绿叶于冬岫，镜朱华于寒渚，敛慧性及驯心，骞赪翼与青羽，终绝命于虞人，充南琛于祕府；备宝帐之光仪，登美女之丽饰；杂白玉以成文，糅紫金而为色，专妙绰于五都，擅精华于八极，传贵质于竹素，晦深声于百噫。嗟乎，鸡鹜以稻粱致忧，燕雀以堂构贻愁，既衔利之已近，又循害之无由，今乃依椴火之绝垠，出赤县之纮州，远人迹而独立，攀天倪而为俦。竟同获于河雁，不俱怒于海鸥。必性命兮有当，孰能合兮可求(江淹《翡翠赋》)

翡翠巢南海，雄雌珠树林；何知美人意，骄爱比黄金。
杀身炎洲里，委羽玉堂阴。旖旎风光首饰，葳蕤烂锦衾。
岂不在遐远，虞罗忽见寻。多材信为累，叹惜此珍禽。
(陈子昂《感遇诗》)

翠翠复翠翠，双飞也双止。西风吹老芙蓉枝，水冷河清鱼不起。朝从南海去，暮仍珠树归。娟娟波心影，氎氎身上衣。今日沙头忽不见，点上吴宫美人面。(王问《翠翠辞》)

物以稀为贵。翡翠出产南方，古时就用作贡物，见于史乘者甚多。

成王时，苍梧献翡翠。(《周书》)

陀文帝元年，献翠鸟千，生翠四十双。(《汉书·南粤王赵陀传》)

日南远致翡翠，充备宝玩。(吴录《薛综疏》)

岭南道安南土，贡翠羽。睦州玉山郡土，贡翠羽。(《唐书·地理志》)

到宋代特多禁用的记载。甚且焚于通衢，以示决绝，这也未免矫枉过正耳：

魏国长公主，襦饰翠羽，戒勿复用。又教之曰："汝生长富贵，当念惜福。"(《宋史·太祖本纪》)

修古为监察御史，禁中以翡翠为服玩，诏市于南越。修古以谓重伤物命，且真宗时尝禁采绒毛，故事未远，命罢之。(《宋史·曹修古传》)

绍兴二十三年，去宣和未远，妇人服饰，犹集翠羽为之，近服妖也。二十七年，交趾贡翠羽数百，命焚之通衢，立法以禁。(《宋史·五行志》)

捕取之法，或云自巢中取之，或云乘其飞翔，以网罗之。亦试从旧记载中考之：

巢于树巅生子，夷人稍徙下其巢，子大未飞便取之。出交趾郁林郡。(刘逵《吴都赋注》)

翡翠生于深黎之茂林峻岭，人罕得见。传云晴霁日中始一出，阴晦竟日不出。小大仅侔梁燕；羽翰五色，离披可爱。人必积久探视，罗其巢，始获之也。(《海槎余录》)

翡翠其得也颇难。盖丛林中有池，池中有鱼；翡翠自林中飞出求鱼，番人以木叶蔽身而坐水滨，笼一雌以诱之；手持小网，伺其来则罩。有一日获三五只，有终日全不得者。(《真腊风土记》)

4 神话

翡翠是娇小可爱的鸟类。西洋古代，关于她有一个传说，说她筑巢浮于海面；在冬至节前的7日和后7日之中，海面十分平静，是以翡翠能安稳地在海中。初起的7日，她们完成造巢的工作，其次的7日，孵化幼雏。这14日，特名之为康宁日(Halcyon days)到现在还是这样的称呼。在我国没有这种习性上的奇异传说，只见几个化人的神话：

有道士徐仲山者，少求神仙，专一为志。尝山行遇暴雨，苦风雷，迷失道径。忽于电光之中，见一舍宅，因投以避雨。至门，见一监门使者曰："此神仙之所处。"俄有一女郎，梳绾双鬟；衣绛楷裙，青文罗衫，手执金柄麈尾幢麾，传呼曰："使者与何人交通而不报耶？"答曰："此乡道士徐仲山。"须臾，又传呼云："仙官召见徐仲山入。"引进至堂南小庭，见一丈夫，谓仲山曰："知卿精修多年，超越凡俗，吾有小女，颇闲道教，以其宿业，合与卿为妻。"仲山降谢，丈夫乃命后堂备吉礼。既而礼毕，三日仲山悦其所居，巡行屋室，西向厂舍，见衣竿上悬皮羽十四枚，是翠碧皮，余悉乌皮耳。仲山私怪之，却至室中，其妻问曰："子适游行，有何所见？乃沉悴至此。"仲山未之应，其妻曰："夫神仙轻举，皆假羽翼，不尔，何以倏忽而致万里乎？"因问曰："乌皮羽为谁？"曰："此大人之衣也。"又问曰："翠碧皮羽为谁？"曰："此常使通引婢之衣也。"语未毕，忽然举宅惊惧，问其故，妻谓之曰："村人将猎，纵火烧山。"须臾，皆云"竟未与徐郎造得衣，今日之别可谓邂逅矣。"乃悉取皮羽，随云飞去。(《太平广记》)

张确尝游雪上，于白蘋溪见二碧衣女子，携手吟咏云："碧水色堪染，白莲香正浓；分飞俱有恨，此别几时逢？藕隐玲珑玉，花藏缥缈容；何当假双翼，声影暂相从。"确逐之，化为翡翠飞去。(《树萱录》)

这都是说化作女子的，而《辟寒》中所记的一则，说是化作绿衣童子。文笔甚为清丽，尤足一读：

隋开皇中，赵师雄迁罗浮。一日，天寒日暮，于松林间酒肆旁舍，见美人淡妆素服出迎；时又昏黑，残雪未消，月色微明，师雄与语，言极清丽，芳香袭人。因与之扣酒家门共饮。少顷，见一绿衣童来，笑歌戏舞。师雄醉

花
鸟
鱼
虫
兽

寝，但觉芳香相袭。久之，东方又白，起视，乃在大梅花树下，上有翠羽啾嘈，相顾月落参横，但惆怅而已。

5 鹬

《尔雅》释鸟，有"鹬天狗"一条，又有"翠，鹬"一条。现在通俗的称谓，已将鹬指着一群小型的涉禽，而就古义考之，似乎鹬字可以指翠鸟，也可以指另一种小型的鸟类，或竟是大型的。如李巡云："鹬一名为翠，其羽可以为饰。"《唐书·李蔚传》云："咸通十四年春，诏迎佛国凤翔，乃以金银为刹，珠玉为帐，孔鹬周饰之。"都是显然指着翡翠。

至如《说文》云："鹬知天将雨鸟也。"《礼记》云："知天文者冠鹬。"古人注释，也时常有与翠鸟混称者；但多数的人，均认作是另一种鸟类；《本草纲目》即持此说。陈藏器云："鹬如鹑，色苍，嘴长；在泥涂间作鹬鹬声。村民云田鸡所化，亦鹌鹑类也。苏秦所谓鹬蚌相持者即此。"又李时珍云："《说文》云'鹬知天将雨则鸣，'故知天文者冠鹬。今田野间有小鸟，未雨则啼是矣。与翡翠同名而物异。"

所谓鹬蚌相持，是一个尽人皆知的寓言，见于《战国策》："赵且伐燕，苏代为燕谓惠王曰：'今者臣来过易水，蚌方出曝，而鹬啄其肉，蚌合而箝其喙。'鹬曰：'今日不雨，明日不雨，即有死蚌。'蚌亦谓鹬曰：'今日不出，明日不出，即有死鹬。'两者不肯相舍，渔者得而并擒之。今赵且伐燕燕赵久相攻以敝大众，臣恐强秦之为渔父也。愿王熟计之也。"惠王曰："善，乃止。"这个鹬鸟，如陈藏器所说，未明大小。而颜师古以为鹬大鸟；然而大到如何程度呢?又是没有确定了。

《汉书·五行志》注，张晏云："鹬鸟赤足黄文。"虽然将形态说明了一些，但为何种鸟类，仍是疑不能明。原来鹬科(Charadriidae)鸟类，种族本极繁多；在文学上少有记述，现在也不必再多事探讨。

《益部方物》记有一则关于翠鸟的记载云："出邛蜀山谷间，毛采翠碧，蜀人多畜之，一云翠碧鸟，善效它禽语，凡数十种。非东方所谓反舌无声者，鸟性亦矜斗，至死不解，然捕者惜之，不使极其击云。"揣摩文义，似指一种鹦鹉，只以亦为绿色，是以名耳。

《山海经》云："孟山有白翡翠。"绝对未详为何种鸟类。

（原载《鸟与文学》，开明书店1931年出版）

杜鹃

1 望帝春心托杜鹃

春暮夏初，绚烂的春花，飘零于泥涂，婆娑的翠柳，迷混于浓阴；芳草萋萋，绿树沉沉，鲜明显豁的大地，渐渐着上了一重稠密的新装。蝶舞给隐匿了，鸟鸣也给隔离了；只有深林中的杜鹃，开始哀诉狂鸣。于是，我们听着她仿佛深怨幽郁的鸣声，就会记忆起李商隐那一句悲凉哀婉的诗句："望帝春心托杜鹃。"杜鹃在中国文学上，已成为一个重要题材；无论谁，只要稍微涉猎一些中国文学书籍，就可发现这个望帝化为杜鹃的故事。据说是这样的：

蜀之先，肇于人皇之际；其后有王者曰杜宇，称帝曰望帝。（《寰宇记》）

时荆州有一人，化从井中出，名曰鳖灵。于楚身死，尸反溯流，上至汶山之阳，忽复生，乃见望帝，立以为相。其后巫山龙门壅，江不流，蜀民垫溺；鳖灵乃凿巫山，开三峡，降丘宅，土人得陆居。蜀人住江南，羌住城北，始立木栅，周三十里，令鳖灵为刺史，号曰西州。后数岁，望帝以其功高，禅位于鳖灵，号曰开明氏。望帝修道处西山而隐，化为杜鹃鸟。（《禽经》引《蜀志》）

杜宇为望帝，淫其臣鳖灵妻，乃禅位亡去。时子鹃鸟鸣。故蜀人见鹃鸣而思望帝。（《蜀本草纪》）

在这个故事中，有一点不能明白：就是望帝并不怎样有恩德于人民，而蜀人却能"见鹃鸣而思望帝"。杜甫有一首《杜鹃》诗：

西川有杜鹃，东川无杜鹃，涪万无杜鹃，云安有杜鹃。
我昔游锦城，结庐锦水边；有竹一顷余，乔木上参天；
杜鹃暮春至，哀哀叫其间。我见常再拜，重是古帝魂。
生子百鸟巢，百鸟不敢嗔；仍为喂其子，礼若奉至尊。
鸿雁及鸰羊，有礼太古前，行飞与跪乳，识序如知恩。
圣贤古法则，付与后世传，君看禽鸟情，犹解事杜鹃；
今忽暮春间，值我病经年，身病不能拜，泪下如迸泉。

这是一首感事诗，所云极为附会；但"生子百鸟巢，百鸟不敢嗔"云云，或许可以作这个故事起源的解释。

还有杜鹃的鸣声，自来拟为"不如归去"的；由"不如归去"的哀怨的情感，然后幻想出一个望帝出亡的故事，也属可能的事。

2 不如归去

杜鹃鸟深映人心，启发无限诗感，完全由于它的鸣声。古人把它拟人化了，从望帝出亡，"不如归去"设想，形成凄凉哀婉的情调，那是时代的限制，我们也就只能读一读这一类作品了。

蜀客春城闻蜀鸟，思归声引未归心。
却知夜夜愁相似，尔正啼时我正吟。（杜牧《杜鹃》）
十年冤魄化为禽，永逐悲风叫远林。愁血滴花春艳死，月明飘浪冷光沈。凝成紫塞风前泪,惊破红楼梦里心。
肠断楚辞归不得,剑门迢递蜀江深。(冯衮《子规》)
夜入翠烟啼,昼寻芳树飞;
春山无限好,犹道不如归。(范仲淹《子规》)
一叫一春残,声声万古怨。疏烟明月树,
微雨落花村。易堕将干泪,能伤欲断魂。
名缰惭自束,为尔忆家园。(余靖《子规》)
月上半峰峰树碧,子规啼苦月无色;壮士身边都不闻,
儿女眼中泪自滴。从军官清吾何苦,嘉州路远尔勿语!
子规!子规!漫啼绝:断无清泪洒向汝!(石介《闻子规》)
花愁月恨只长啼,雨夕风晨不住飞;自出锦江归未得,
至今犹劝别人归。(杨万里《出永丰县西石桥上闻子规》)
交疏日射房栊晓,碧树初闻子规鸟。惊回残梦了无欢,
惨切清愁破清悄。独宿何曾下绣帷,宁劳劝我不如归。
莺花烂熳江南道,好向游人醉处啼。(孙蕡《闰中闻子规》)
子规啼送晓云间,千里思亲匹马还。
路出毛州草如海,天边何处不忘山?(日人,佚名)
茅檐人静,蓬窗灯暗,春晚连江风雨。林莺巢燕总无声,
但月夜常啼杜宇。催成清泪,惊残孤梦,又拣深枝飞去。
故山犹自不堪听,况半世飘然羁旅。(陆游《鹊桥仙·夜闻杜鹃》)

还有方孝孺的一首《闻鹃》诗,系用淡描的笔墨,抒写率直的情感,是一首一气直贯,悲壮愤激,读之令人振奋的作品:

不如归去,不如归去。一声动我愁,二声伤我虑。
三声思逐白云飞,四声梦绕荆花树。五声落月照疏棂,
想见当年弄机杼。六声泣血溅花枝,恐污阶前兰苗紫。
七八九声不忍闻,起坐无言泪如雨。忆昔在家未远游,
每听鹃声无点愁。今日身在金陵上,始信鹃声能白头。

在禽言诗中,"不如归去,"尤为常用的材料:

不如归去，孤城越绝三春暮，故山只在白云间，
望极云深不知处。不如归去不如归，千仞冈头一振衣。(朱熹)
不如归去，不如归去；千山万水家乡路。今年又负故园花，
来岁开花定归否?归去归去须早归，近日江湖非旧时。(戴昺)
不如归去，愁绿怨红春欲暮。汝劝行人归，行人劝汝住；
鸣声不住良苦辛，啼得血流无用处。不如归去吾今归，
千声万声尔何为?(刘学箕)

不如归去，省我坟墓，风卷纸钱灰，乌鸦衔上树。
十载不归来，忘却门前路。(金若兰)

从"不如归去"的正面意义设想，便拟似它的声音为"思归乐。"如元稹《思归乐》诗云："我作思归乐，尽作思归鸣。尔是此山鸟，安得失乡名。应缘此寄迹，自古离人征。阴愁感和气，俾尔从此生。"白居易也有和诗："山半不栖鸟，夜半声嘤嘤，似道思归乐，行人掩泣听。皆疑此山路，迁客多南征；忧愤气不散，结化为精灵。我谓此山鸟，本不因人生，人心自怀土，想作思归鸣。"

其他，也有拟似它为"谢豹"的，于义无取。张华《禽经》注："子规啼苦则倒悬于树，自呼谢豹。"雍陶《闻杜鹃》诗："碧竿微露月玲珑，谢豹伤心独叫风。高处已应闻滴血，山榴一夜几枝红!"依据《琅嬛记》的记载，谢豹这个名称，还与一个恋情故事有关："昔有人饮于锦城谢氏，其女窥而悦之。其人闻子规啼，心动，即谢去。女恨甚，后闻子规啼，则怦忡若豹鸣也。使侍女以竹枝驱之，曰：'豹!汝尚敢至此啼乎?'故名子规为谢豹。"

现据日人内田清之助氏的纪录，鸣声实作：
te pe n ka ke ta ka 或 ho n zo n ta te ta ka
每每连续反复，啼鸣不已。

3 啼血深怨

在旧籍中，还有一种啼血的传说：

> 雟周瓯越间曰怨鸟。夜啼达旦，血渍草木。(《禽经》注)
> 杜鹃苦啼，啼血不止。(《埤雅》)
> 三四月间，夜啼达旦，其声哀而吻有血。(《格物总论》)
> 人言此鸟啼至出血乃止，故有呕血事。(《异苑》)

根据这种传说，就给杜鹃鸟更增加了一层悲感。

> 雨恨花愁同此冤，啼时闻处正春繁；
> 千声万血谁哀尔，争得如花笑不言。(来鹏《子规》)
> 蜀魄千年尚怨谁？声声啼血向花枝。
> 满山明月东风夜，正是愁人不寐时。(罗邺《闻杜鹃》)
> 年年春恨化冤魂，血染枝红压叠繁。
> 正是西风花落尽，不知何处认啼痕。(吴融《秋闻子规》)
> 楚天空阔月沉沦，蜀魄声声似告人；
> 啼得血流无用处，不如缄口过残春。(杜荀鹤《闻子规》)
> 国亡知几代？啼血声转频。尔自无归处，何须苦劝人。
> 烟深青嶂晓，花落故城春。任是心如铁，闻时亦怆神。
> (张羽《杜宇》)
> 暮春滴血一声声，花落年年不忍听。
> 带月莫啼江畔树，酒醒游子在离亭。(李中《子规》)
> 春残杜宇愁，越客思悠悠。雨歇孤村暮，花飞远水头。
> 微风声渐咽，高树血应流。因此频回首，家山隔几州？
> (前人《途中闻子规》)

此种啼血的误解，当然起源于观察不精。虽然，李时珍已经晓得杜鹃是"赤口"的；但"血渍草木"的观念，人人深印脑中；所以就是到了现在，恐怕也还有人这样的相信。或则有时捕获的杜鹃，嘴上偶有血迹，于是推想她是啼苦而出血的；并以为一般的杜鹃，当系同样如此。日本曾有说捕获过夜间撞壁而死的杜鹃，的确见有满口污血。不过这个实例，假如真实，也不能作为啼而出血的证据；这满口污血，当系撞壁受伤所致。

4 杜鹃花

和啼血相关,古人咏杜鹃鸟的诗,就常常连带说起杜鹃花:

游魂自相叫,宁复记前身!飞过邻家月,声连野路春。
梦边催晓急,愁处送风频。自有沾花血,相和雨滴新。
(贾岛《子规》)
杜宇竟何冤,年年叫蜀门。至今衔积恨,终古吊残魂。
芳草迷肠结,红花染血痕。山川尽春色,呜咽复谁论。
(杜牧《杜鹃》)
蜀地曾闻子规鸟,宣城又见杜鹃花。
一叫一回肠一断,三春三月忆三巴。(李白《杜鹃》)
举国繁华委逝川,羽毛飘荡一年年。
他山叫处花成血,旧苑春来草似烟。
雨暗不离浓绿树,月斜长吊欲明天。
湘江日暮声凄切,愁杀行人归去船。(吴融《岐下闻杜鹃》)
山前杜宇哀,山下杜鹃开。肠断声声血,郎行何日回?
(木公《杜鹃》)

《南越笔记》云:"杜鹃花以杜鹃啼时开,故名。"然杜鹃啼时所开花,并不止此一种,要亦以其色殷红,似杜鹃啼血所渍成故耳。或则,二者同在西蜀为人所注意,是以名耳。据作者所见,现在钱塘江两岸山谷中,亦甚为繁茂;初夏放舟中流,只见满山红色,宛如锦绣;绿阴参差相间,犹似明霞烂漫;俗名此花为"映山红",实尽得其趣。

杜鹃花在植物分类位置上,属于杜鹃花科,杜鹃花属,学名为 *Rhododendron simsii* Planch(*R.indicum* var.*ignescers* Sweet)分布河南、湖北、四川、湖南、江西、江苏、浙江、福建、广东、云南等省。同属植物,我国所产,据锺心煊氏的调查,共216种,又8变种;以云南、四川二省所产为最多。名称见锺氏所著《中国木本植物目录》一书中。

此花虽然绚烂可观,而且《花镜》中曾有栽培方法的纪录。《云南通志》又说:"杜鹃有五色双瓣者,永昌、蒙化,多至二十余种。"但栽培并不普遍。故檀萃《滇海虞衡志》说:"杜鹃花满滇山,尝行环洲乡,穿林数十里,花高几盈丈;红云夹舆,疑入紫霄,行弥日方出林。因思此种花,若移植维扬,加以剪栽,收拾蟠屈于琼砌瑶盆,万瓣朱英,叠为锦山,未始不与黄产争胜;而弃在蛮夷,至为樵子所薪;何其不幸也?"现在上海等处花卉园艺,较为繁盛;杜鹃花种,大多来自日本;于初春严寒时节,和牡丹同样,用温室促成开花;与梅花、水仙等清芳孤标的风韵相映,其富丽华美,尤足多者。

5 别名种种

本文所说的是杜鹃鸟,例证中曾杂引了"杜宇"、"子规"等等名称,都是她的异称;杜鹃鸟的别名真多,在旧记录中,恐怕她要算名称最多的一种鸟类了。在她那些纷歧繁杂的名称中,有一些是属于神话上的,有一些是拟似鸣声的,有一些是各处各地的俗称;又以声音讹转的关系,同一名称,有各种各样的写法,因此愈见纷杂繁复。

杜鹃 《荆楚岁时记》。

《本草纲目》:"蜀人见鹃而思杜宇,故呼杜鹃;说者谓杜宇化鹃误矣。鹃与子巂、子规(亦作秭归)、䴗鹈(亦作鹈鴂)、催归(亦作思归)诸名,皆因其声似,各随方音呼之而已。其鸣若曰不如归去,谚云:'阳雀叫,鸟鴳鸟央',是矣。……服虔注《汉书》,以鹈鴂为伯劳误矣;名同物异也;伯劳一名鵙,音决,不音桂。"

杜宇 《禽经》:"江左曰子规,蜀右曰杜宇,瓯越曰怨鸟。"

杜魄 武元衡诗:"望乡台上秦人在,学射山中杜魄哀。"

蜀魄 《事物异名》。

怨鸟 《禽经》,见杜宇。

《埤雅》:"杜鹃苦啼,啼血不止,一名怨鸟。"

冤禽 《格物总论》。

鹈鴂 《本草纲目》,见杜鹃。

按:鹈音啼,鴂音规。

鹈鴂 《离骚》:"恐鹈鴂之先鸣兮,使百草为之不芳。"

按:鹈音提。

鹈鴂 《本草纲目》,见杜鹃。

杨雄 《反离骚》："徒恐鹈鸩之将鸣兮，顾先百草为不芳。"

按：鸩音贵。

鶗鴂 《本草纲目》，见杜鹃。

《广韵》："鶗鴂子规也。"

按：鶗音啼，或音弟，义同；《集韵》作䳌；《正字通》作鶙。

䳌鴂 《本草纲目》。

田鹃 《临海异物志》："鶗鴂一名田鹃，春三月鸣，昼夜不止；音声自呼。俗言取梅子涂其口，两边皆赤。上天自言乞恩，至商陆子熟，鸣乃得止耳。"

盘鹃 《玉篇》。

子鹃 《华阳国志》。

《西溪丛话》。

《通雅》。

子鴂 《博雅》："鸡鶝子鴂"。

子巂 《蜀王本纪》。

子规 《本草纲目》，见杜鹃。

《禽经》，见杜宇。

子归 杨维桢《五禽言》："子归，子归，子不归，白头阿婆慈且悲。子勿归，待何时?君不见：西江处士章九华，十年去赴丘园科，母死妻啼未还家。"

秭归 《本草纲目》，见杜鹃。

《高唐赋》："秭归思归。"

秭鴂 《史记》："百草奋兴，秭鴂先滜。"

子巂 《本草纲目》，见杜鹃。

《尔雅》郭璞注："子巂出蜀中。"

子鶴 《广韵》："子鶴出蜀中，本作巂。"

巂周 《尔雅》。

《禽经》："巂周子规也。"

周燕 《本草纲目》。

思归 《本草纲目》，见杜鹃。

思归乐 《见闻录》："思归乐鸟状如鸠而惨色，三月则鸣。"陶岳《零陵记》云："其音云'不如归去'即此。"

归去乐 《南宁州府志》。

催归 《本草纲目》，见杜鹃。

《全唐诗话》："'唤起窗全曙，催归日未西；无心花里鸟，更与尽情啼。'乃二禽鸣也。唤起声如络纬，圆转清亮，偏鸣于春晓；江南谓之春唤。催归子规也。"

催耕鸟 《贵州府志》。

阳雀 《本草纲目》，见杜鹃。

谢豹 《闽中记》："子规自呼为谢豹。"

《老学庵笔记》："吴人谓杜宇为谢豹。杜宇初啼时，渔人得虾曰谢豹虾，市中买笋曰谢豹笋。唐顾况《送张卫尉诗》云：'绿树村中谢豹啼。'"

《和汉三才图会》："有谢豹虫以羞见之，则以足覆面如羞状。是虫闻杜鹃声则死，故杜鹃亦称谢豹，转借以为名矣。"

鸡䳢 《博雅》，见子鹓。

《广雅》："子嶲也，一作鷤䳏。"

按：鸡音买，䳢音诡。《玉篇》以为布谷。

买䳢 颜师古《汉书》注："鹈䳍鸟一名鷤䳏，一名子规，一名杜鹃。"

鶏䳢 《广雅》，见鸡䳢。

鹈 《广韵》："古洽切，杜鹃也。"

搔羊 《八闽通志》。

渊明鬼 《清异录》。

观自在 同前。

寒火虫 《贵州府志》。

《训蒙字会》。

白脸鸡 《廉州府志》。

春魂鸟 同前。

海南鸟 《南宁州府志》。

6 杜鹃何鸟

这样在中国文学上极有地位，而名称繁复到有42个的杜鹃鸟；羽色，正和她的鸣声相同，有凄凉哀怨的情调；并不华丽美艳，却是：

"状如雀鹞而色惨黑，赤口。"（《本草纲目》）

那样一种极为暗淡的鸟类。详言之：体大于伯劳，而小于鸦。雄鸟头上灰黑，眼睑黄色；嘴的尖端，微微下弯，色黑，基部渐淡，略带黄色，下嘴尤为明显；口中鲜红色。背部苍黑；拨风羽黑，内侧有白斑。喉部苍灰；胸部上半微苍，下半及腹部地色白，有多数横条纹。尾羽在中央的最长，左右逐渐减短，地色黑，有白色横纹，对于羽轴为互生的排列；此种横纹，极似鹰斑，惟鹰斑对于羽轴的排列是对生的；横纹在中央尾羽者最细，左右则稍大。脚黄色，4趾，2前向而2后向。

雌鸟头上有淡褐斑；眼睑微黄。背部略近褐黑，拨风羽外侧有褐色小斑点。喉部色较淡，有细微黄褐色横纹；此纹延及胸腹部，逐渐加阔。脚淡黄，稍带泥色。其余同雄鸟。

雏鸟初孵化时，背面苍黑，脊椎部中心，微微凹下。腹部地色淡褐黑，而现微红。臀部较他鸟为大。嘴根鼻孔缘甚高。孵化后经过五六日，尚不开眼；约10日，始现细缝。口腔黄色，中央部绯红。渐渐成长，始生针羽；针尖白色，不久开展为褐灰带苍而边缘白色的羽毛，雌体每每褐色稍多。尾羽殆和成鸟不生差别。自喉部至腹部，有黑横斑，较成鸟阔而色浓。10月中雏毛脱去，颈部和背部的白缘羽毛渐渐消失，至翌年三四月中而换尽。是时雄鸟喉部和胸部上半的羽毛，已将幼小时代的横斑除去，而纯为淡苍色了。至第2年春，嘴才弯曲。

飞翔速率，和鸦相似，能如鹰那样回翔。除繁殖期雌鸟有时静止于低下的树枝间外，常栖息山间深林中；出没于疏枝茂叶之间，色泽既阴暗不易惹目，性又狡黠怯懦，见人即逸，故甚难目见。

（原载《鸟与文学》，开明书店1931年出版）

孔雀

1 史谈

　　孔雀最初从印度输入欧洲,意大利人极为珍视,形容她"有天使的羽毛,魔鬼的声音,以及窃贼的智慧。"沙罗门王(Salomon)时代,和无尾猿(Ape)同被输入,伊利安人(Elian)将她从几处荒城转到希腊,每对的价值达150金。希腊人异常惊赏她华艳辉丽的羽色;陈列销售,参观的人,有远自雅典来者。亚历山大(Alexander)侵入印度的时候,见孔雀在海路底斯(Hyarotis)江干飞舞,为她华丽的羽色所迷耀,猎击的心思,也浑忘了。

　　至于我国历史上,关于孔雀的记载,自然年代更早。《周书》云:"成王时,西方人献孔雀。"这个记载,若非虚伪,则距今3000余年。盖西历纪元前1100年左右,我国已有孔雀了。《楚辞》是可信的屈原作品,内有"孔盖兮翠旌"一语,足见当时孔雀羽毛,已备实用。自汉以降,孔雀事迹的记

载于正史者，更为繁多，略举三则，以见一斑。

　　陀文帝元年(西历纪元前一七九年)献孔雀二双。(《汉书·南越王赵陀传》)
　　孙皓时(西历二四〇年左右)，交趾太守孙谞贪暴，为百姓所患。会察战邓荀至，擅调孔雀三千只，遣送秣陵；既苦远役，咸思为乱。(《晋书·陶璜传》)
　　岭南道厥贡孔雀。罗州招义郡土贡孔雀。霈州海康郡土贡孔雀。爱州九真郡土贡孔雀。(《唐书·地理志》)

　　关于形态、习性、饲养、应用的记载，更散见于群籍者，不一而足，试于下文，分项述之。

2 形态

　　欧西有句古话："鸟类中孔雀的美丽，犹如兽类中的虎。"诚然，除神话上的凤凰以外，孔雀当然可说是最美丽的鸟类。所谓：

　　有炎方之伟鸟，感灵和而来仪；禀丽精以挺质，生丹穴之南垂。戴翠毛以表弁，垂绿蕤之森丽；裁修尾之翘翘，若顺风而扬麾；五色点注，华羽参差，鳞交绮错，文藻陆离；丹口金辅，元目素规。或舒翼轩峙，奋迅洪姿；或蹀足跼蹐，鸣啸郁咿。(锺会《孔雀赋》)
　　置从南海枕榔林，笼入西州鹦鹉地。耸观禽翼修尾张，
　　鳞鳞团花全缕翠。一身烂熳文章多，引声笙竿奈老何。
　　五侯池馆不可恋，桂树深枝自有窠。(梅尧臣《赋得孔雀送魏殊》)

　　云云，可窥一斑。然而如是概念的描写，孔雀是怎样一种鸟类，我们还是不能得到真切的印象。总须将科学上的记载，转述一二，以为补充："形略似雉。颈稍长。头顶至咽喉部红青色；头有青色之毛冠，此毛冠中之毛，唯尖端分枝。颈部亦红青色，带金光，有半椭圆形之绀色斑，亦带金光。眼缘灰蓝色，近嘴边紫绀色。背部亦有半椭圆形之绀色斑，斑缘罗列金色细羽。肩部绀色及黑色，最有光泽。翼羽尖黄褐色，余为青黑。腹部色黑带青，有光泽，尾羽甚长，殆达体之2倍；色艳丽，有眼斑，每羽旁分披

线状金绿色彩毛。嘴脚皆灰黑，胫部有距。"(《动物学大辞典》)古人以为"画史虽妙善花鸟，犹惮为此物，盖其金翠生动，染色有不能似者。"(《埤雅》)图画犹不能描写她的形态，上引的详细记载，也不过一个大略而已。

孔雀的尾，我们可以特名之为练尾(train)；因为它是太长了，差不多和彗星的尾是同样的。尾羽末梢的眼斑，古人称之为火眼。而《酉阳杂俎》谓"孔雀尾端一寸，名珠毛；"珠毛二字，倒是一个很雅驯适切的名称呢。从构造上考察起来，对于这个美丽的长尾，更可觉得诧异；因为它实在并不是尾，倒是上尾筒发达而形成。真真的尾羽，不过七八寸长，隐在练尾下面，只当她开屏的时候，才可看见；它有支持练尾的功用，它的颜色灰褐，一点也不美丽。至于幼鸟，练尾当然是没有成鸟那样美丽的。"三年尾始生，"(《桂海禽志》)"尾有金翠，五年而后成。始生三年，金翠尚小。"(《埤雅》)盖是这样逐渐形成的。《埤雅》又以为"初春乃生，三四月后复凋，与花萼俱荣衰。"想象之谈，不足置信。

以上所述，完全是雄鸟的形态。她是雉科鸟类和鸡雏等同样，雌鸟色彩，较为暗涩。形亦较小，练尾几乎缺失，羽端不生眼斑。全体灰褐色，仅喉和颈是绿色。

孔雀学名*Pava cristatus*，产于印度、锡兰等处。旧以为："西南夷滇池出孔雀"，"西域条支国出孔雀。"(《续汉书》)"罽宾国出孔雀。"(《西域传》)"云南郡有上方下方夷，出孔雀，常以二月来翔，日余而去。""南星县有孔雀。""宁州之极西南有孔雀。"(《南中志》)"出广益诸州……交广多有，剑南元无……《南方异物志》云：'孔雀交趾雷罗诸州甚多'"(《本草纲目》)云云，大概和另一种产于爪哇、马莱、安南、缅甸等处的爪哇孔雀(*P.muticus* L.)混称。此种和普通孔雀不同的一点，为其冠毛全部都列生枝毛。色彩：颈部裸出，色青绿并黄。胸部青绿，有金色缘纹。背部铜色，闪烁有光。

此地可约略谈一谈孔雀的别名。"一名越鸟，梵书谓之摩由逊。"(《本草纲目》)宋·李昉畜养于园，"名之为南客。"又名都护或文禽，一则拟似其鸣声，一则形容其色彩了。

3 雌雄淘汰

孔雀羽色的美丽，照达尔文派生物学者的解释，乃起源于雌雄淘汰。

盖雌雄相择，雌性每为主动的，承受的；而雄性是被动的，施与的。雌性为选择者，而雄性为被选择者。雄性常欲博得雌性的欢悦，雌性于是选择其最悦己者与之好合。选择的标准，或为羽色的华美，或为姿态的轩昂，或为性格的勇武，或为歌鸣的优越。孔雀没有嘹唳扬爽的声调，只是"都护都护"地不足以感动雌性。而赋性又非刚强，不足以取媚雌性。所以只发达它的羽色，并求婚的舞踊。羽色的美丽，已具见前文。至于舞踊的姿态，是这里所要叙述的。我们常见雄鸡"踏雄"的时候，侧首张翼，盘旋回转；孔雀之舞，也就是这个样子。不过他的华丽的尾羽，竖立奋张，团如锦轮，愈觉优美可爱。《尔雅翼》云："闻弦歌必舒张翅尾，昁睐而舞。"《神仙传》云："萧史吹箫，常致孔雀。"《晋公卿赞》云："世祖时，西域献孔雀解人语，弹指应节起舞。"受音乐的感化，事或有之。此种记载，都有说她起舞，而未曾记明如何舞法。现在叙述婆罗门所产的一种孔雀的舞蹈以作参考：

"雄者将为雌者奏舞时，先择森林中宽约一丈至丈二尺许之地面，扫去枯叶坠枝。雌者乃突升于离地数尺之枝头，或崇高之树根及合宜之茎上；雄者则奏舞于地上，跨示其美：尾羽直竖，两翼齐展，每条翼羽，不但有20至23之眼斑，且有斜线或黑点夹杂其间，尤为艳美，更可异者，其雄欲试雌之欢心若何，则时时没其头于羽间以相窥伺。此种孔雀实为求偶习惯上之最得其进步……至于雄鸟之美色美声，是否因此而起亦可以恍然矣。"（《动物学大辞典》）

4 习性

印度有几个地方孔雀甚为普通，每三四十羽群集森林中，尤其是堤岸边；常常变成满树是美丽的羽毛，满空中是纷扰的声音。威廉逊(Williamson)说，他见过至少有1200至1500羽聚集一处地方。

一羽雄孔雀，常有5羽或更多的雌鸟陪伴他。雌孔雀造巢于隐僻的处所，以避雄鸟扰乱；尤其所产的卵，若被雄鸟发现，往往受他啄破。卵数约20至30余，11月起孵伏，30日左右而化雏。孔雀虽然常常栖息于树上，但巢造于地面，仅择堤岸等略高的处所而已。巢材用干草和细枝等物。

关于孔雀的繁殖，历来还有两种不正确的传说。一云："孔雀不匹偶，但音影相接便有孕，如白鹢雌雄相视则孕。或曰雄鸣上风，雌鸣下风亦孕。"(《北户录》)一云："孔雀虽有雌雄，将乳时登木哀鸣，蛇至即交，故其血胆皆伤人。《禽经》云："孔见蛇则宛而跃"者是矣。(《本草纲目》)这样的话，从现在看起来，很明白的，都是绝对违反事实的无稽之谈了。

嗜食谷类果实，往往侵盗农作物。蛙、蛇、蜥蜴、昆虫等小动物，也所采食。对于各种兽类，均极恐惧；譬如当她们栖息树上的时候，假如看见远远来了一头狗，她们就静默不敢做声，而现着十分觳觫不安的神气。性格驯善和顺；有些个体，烦躁激烈，但总非勇猛。

旧说"性颇妒忌，自矜其尾；虽驯养已久，遇妇人童子服锦彩者，必逐而啄之，"(《埤雅》)现在一般的见解，以为她见美丽的东西时，必开屏以与比竞。开屏就是舒展她美丽的尾羽，这两说都不知是否确实。

孔雀的寿命，据《鸟类与自然杂志》(Birds and Nature)所载，"生命约有20载"。而日人金井紫云著《鸟与花》一书，则云："原来是长命的鸟，饲养个体，有生活50年左右者；自然生活于山野间者，可达百岁"。两说修短相差极巨，未知孰是。

5 饲养

关于孔雀的饲养，我们可以先看一则详细的旧记载：

孔雀每至晴明，轩翥其尾，自回顾视之，谓之朝尾。须以一间房，前开窗牖；面向明方，东西照映。向里横一木架，令栖息。其性爱明，不在地上。日饲之以米、谷、豆、麦，勿令缺水，与养鸡无异。每至秋夏，令仆夫于田野中拾螽斯、蟋蟀、活虫喂饲之。凡欲喂饲，引于厅事上，令惯见宾客。又盛夏或患眼痛，可以鹅翎筒子灌少许生油，以新汲水洗之；如眼不开，则擘口馋之小鱼虾，不尔饿损。及切莴少许馋之，贵其凉冷。如食有余，则愈切不可与咸酸物食，食则减精神，昏暗毛色。(《茅亭客话·寄孔雀书》)

捕取之法，大概先"收孔雀雏养之，使极驯扰；致于山野间，以物绊足，旁施罗网。伺孔雀至，则倒网掩之无遗"。(《北户录》)或乘雨天，尤

易捕取；盖孔雀是"每欲山栖，先择置尾之地，故欲生捕者，候雨甚，往擒之，尾霑而重，不能高翔，人虽至，且爱其尾，不复骞扬也"。(《埤雅》)孔雀的练尾，实在已成发展过剩的情势；所谓"翠尾自累其身"，(《岭表异录》)并不是虚语。食物除上述外，一云亦可"饲以猪肠及生菜，惟不食荇"。(《桂海禽志》)

　　猗珍禽之何来，粲五色之华郁，擢双骸于空庭，乃点首而彳亍，角蓬松以特起，尾纷葩而欲秃。循阶除以数步，咮屡俛而不啄。闻长径之迢遥，目四顾而疑愕，离樊笼之乍解，不振迅而萧索，长引吭以不鸣，类欲诉而寥漠。于是，仆本恨人，壮怀易感，对斯禽而贻讶，情遽集于所览。谅中心之有违，乃凭拊而问讯，谓口襟以莫言，请臆对而神应，托元嘿以倾听，爰舒写于篇咏。尔其产遐陬，毓下土，间洪涛，越重阻；三代唐虞，此何处所？更秦历汉，侈意宏心。珠崖拓郡，儋象桂林！重译累堠，远极天南。索王府之琛贡，遂徽及于鱼禽，惟斯名之一出，乃委祸而至今。嗟彼巧匠，胡为肆情？分雌雄而入画，合姚魏以为屏；曾颜色之足眩，乃晃耀乎丹青。无胡髭𩯿，亦以名经；侏离鴃舌，乃效予声。又有伶人乐工，夸训虫蚁，对华筵之嗢噱，呈薄技而披靡。扬青鞦，值翠尾，腾觞爵以为欢，在予心而良耻。于是公子王孙，贪奇好异；闻佳名而竞喜，挥金帛以罗致；嗟进献之有时，奈斯求之无已。惟蛮惟猺，以货以市。尔乃缘巉岩而为弋，冠云日以张罝；连柯结蔓以为储胥。苟一目之所暨，昭碧落其焉如？离侪失侣，绝母弃雏，怆哀鸣而谁念，竟快意于锥刀之余。于是委命归穷，飘流万里；闭以雕笼，饲以粟米，宁一饱之足谋，怅吾生之已矣。眷炎路以长怀，感寒燠之殊气；嗟俦匹其奈何，痛天以属之睽异。虽五客之相从，亦南北之殊类。遇物感时，相顾垂泪；量陋质之郁䑃，岂凫雁之同咮？名虽载于陶仙，曰方家之所弃；何品别于咸凉，又见录乎藏器。曾祸福之由生，恨不效雄鸡之断尾。且其岭岫崎嶔，林薄蒙密，山风海涛，昼夜隐击，动抓乎林根，溃沫乎崇壁。山妖木魅，闪尸于其巅，元猿鼯鼠，霾啸于其侧。尔乃朝飞暮翔，群聚卵息，求偶命子，节节足足；纵流落而依人，亦羽衣之仙客，是余固不厌于危苦而无乐于闲逸也。若夫芝栭藻井之华，雕朱镂碧之饰，触之而惊，盼之而惕；物固有所宜，情固有所适。矧才能之何奇，敢无效而素食。长缔思以展转，愈怀慕乎畴昔。情靡乡而不凄，况今夕之何夕，陈情未既，戛尔长鸣，有怀余思，尚托歌声，歌曰："寒月惨兮元云愁，叶窣窣兮虫啾啾，故乡何许兮淹此留。惟至贤之羁寄兮，哲智拘囚!何微禽之足迷兮，于天道而诟尤。良委情以若命兮，奈何乎休。"(林希逸《孔雀赋》。序：夫离合聚散，悲欢怨怼之情，非必含灵而具识者有之，物亦与有焉。而怀怅恨以相感者，又非必有族类俦侣者也。物亦我，我亦物也，奈何哉，其相物也，余往时读《鹦鹉赋》，戚然有动于余心，及今而见斯雀也，形神意趣，高怀远慕，怅然有异于常日，故采其情而为之赋以解之。)

　　值峥嵘之岁暮，游佳丽之仙洲；见南方之奇鸟，立浦屿之清幽。性驯雅而弗惊，色儵爚而寡俦，禀金火以成形，占文章之孔修，怒则危冠，闲则舒体，尾屡变而如云，貌恂恭而有礼；虽宝爱之周身，实珍奇之在尾，金闪灼而浮光，翠缤纷而极斐。步款移于幽木，舞按节而迤逦，屡却顾而自矜，每含情而独喜；见服䌽而生嗔，疾文章之夺己。时晦阴以藏形，遇朝阳而刷羽。气纠纠而射人，声鸰鸰而逐侣，离炎方而更珍，非江北而为枳，遂飞鸣于华林，资饮啄于蓬芑。信音影而怀生，何伉俪之相比，固中礼之足称，亦明惠之可嘉。虽鹦鹉之能言，何灵表之堪夸。用君子之利登，虚虞人之网罗，曀金翠之无色，候锋刃之暗加。止则敛云，飞则散霞，骞扬乱目，丹彩夺花。虽嬉游于宫阙，终怀想乎云霄。望旧乡而延伫，处异域而兴嗟，远故山之群匹，怀岭表之珍池，类南冠之楚囚，魂怔忡而奈何。方其始也，千金勿惜，购自南邦，致不单来，到必叠双：跋山超海，逾岭越江，鸟尊人贱，地远威降；期一毛之不损，庶千金之可赏；保一二于千百，谨存设于毫芒，恐风土之弗宜，虑寒暑之相妨，经年岁而始至，岂日月之可将。载南海之淑质，供北人之奇观，睹闺阁之丽区，美台榭之雕阑，虑龟玉之毁椟，托微命于从官，若乃绮筵初秩，佳宾咸苴，罢丝竹之孔欢，命雅观于禽类。尔乃整步肃容，扬尾戢翅，裹首跻足，斜盼流视；意象如斯，动止无忌，举喙昂眉，似陈其意。我生何地兮，我处何乡?恨不如鸿鹄一举兮，万里翱翔。华屋非不可以娱乐兮，奈离恨之钻肠。抱幽衷以徙倚，历信美而彷徨；虽极人之观美，徒增己之悲伤。既来路之弗知，又云天之渺茫。不假容而强颜，将何虑而何思。断怀土之素心，忘异域之流离，身鹤鳦而为群，心鸾凤而作比。不矜己以为高，每降志而自卑，终惠养以毕命。愿委身而承怡。庶无入而不得，类达人之随时。(张治道《孔雀赋》序：嘉靖庚子，余游藩府，见孔雀四：一雄三雌，佳丽闲雅，珍奇可爱。西北之人，不识此鸟，偶一见之，目耀神悚，众宾欢赏，余亦叹羡。感异惊奇，触情动兴，惜王不授简；才阻即席，归为之赋，以遗同好。)

花

鸟

鱼

虫

兽

我们专图心目之娱，而强贼禽类的天性，读这两篇赋，可以深深地自省了。

6 应用

美丽的孔雀羽毛，颇有一些用途：现在或装饰于帽，和鸵鸟羽同样；或骈列为扇，或缀织为衣，大多用于演剧或跳舞。以旧记载考之，为用尤广。"采其金翠毛，装为扇拂，或全株生截其尾，以为方物。"（《岭南异物志》）"文惠太子织孔雀毛为裘"。（《齐书》）所用和今日同样。其他或如《楚辞》云："孔盖兮翠旌，"盖以孔雀羽毛做车盖。其华丽之状，如魏文帝时，"于阗王山习所上孔雀尾万枝，文彩五色；以为金根车盖，遥望耀人眼"。或如"南蛮盘盘，以孔雀羽饰纛，"（《唐书盘盘传》）或如"婆利王左右持孔雀翣，"（《唐书环王传》）都是用作尊贵的装饰物。至如《墨庄漫录》所云："孔雀毛著龙脑则相缀，禁中以翠尾作帚。每幸诸阁，掷龙脑以辟尘秽，过则以翠尾扫之，皆聚无遗者，亦若磁石引铖，珀琥拾芥，物类想感然也。"未知确否。取其羽毛，据云："生取则金翠之色不减。"（《岭南异物志》）甚言之者，如《纪闻》云："土人取其尾者，持刀于丛篁可隐之处自蔽，伺过急断其尾。若不即断，回首一顾，金翠无复光彩。"自然是不足信的虚言。

孔雀的羽毛，虽然美丽，据说却有大毒："不可入目，令人昏翳。"（《本草纲目》）也相传顶端一二寸浸于酒中，饮之致死。小儿衔于口中，亦易殒命。但肉则普通也供食用。"谷民烹食之，味如鹅，解百毒。"（《纪闻》）"或遗人以充口腹，或杀之以为脯腊。"（《岭南异物志》）"龟兹国孔雀群飞山谷间，人取养而食之，字乳如鸡鹜，王家恒千余只。"（《后魏书》）在欧洲，古时也用作奢侈宴席上的佳肴。演说家和腾细（Hortensius），最初在罗马用以飨客，他们认为第一的食品；而舌和肝脏，尤被重视。

7 白孔雀

孔雀的羽色，除我们熟知的华美的以外，还有偶然纯白色的个体。据西洋的传说，以为此种白孔雀，也是原产印度的。后来北进至挪威，在寒冽的

气候下，于冰封雪飘中，金翠骤退，变作雪白了。雌鸟极爱石卵，就以为真正的卵，在冰雪中很热心地孵伏着。这也是一个很有趣味的传说。我国，自然又是当作祥瑞的了。只有一则记事，见于《述异记》，云："宋武帝大明五年(西历四六一年)，献白孔雀，以为中瑞。"

（原载《鸟与文学》，开明书店1931年出版）

雁

1 雁 白雁 朱雁

江南木落草衰，月白风清之夜，寥廓的长空中，随时可以见到一列或二三列的雁阵，自北向南地飞行。有时还可以闻见她们嗈嗈的鸣声。她们是从漠北带来了秋风，使我们从此感到萧飒的景象。她们也是一种普通的鸟类，和燕、雀、乌、鹊等鸟同样，自古即为我们所熟知；你看，古代有着这许多的纪录；而且在礼节上，作为一种重要的物件：

雍雍鸣雁，旭日始旦。
士如归妻，迨冰未泮。（《诗经》）
饰羔雁者以缋。注："画布为云气，以覆羔与雁，为相见之贽也"（《礼记·曲礼》）
大夫相见以雁，饰之以布，维之以索，如执雉。（《士相见礼》）

《方言》云："雁自关而东谓之鴚鹅；南楚之外谓之鹅；或谓之鸧鴚。"《禽经》云："鵱以水言，自北而南；鴚以山言，自南而北。"注云："鵱音雁，随阳鸟也；冬适南方，集于江干之上，故鵱字从厈。鴚亦音雁，春寒尽，雁始北向，燕代尚寒，尤集于山陆岸谷之间，故字从斥。"或云一名翁鸡，一名鴻鶉，一名鹰，都不知什么意思。

在动物学上，雁属于雁凫目，雁凫亚目，雁凫科，雁亚科，雁属(Anser)，种名为*A.albifrons*（Scopoli）。大小似鹅，形态也相同。体背面暗灰褐色。头的前方，即上嘴基部的周围，有广阔白色部分；这一部分的广狭，因雌雄、年龄、并个体的不同，而互生差异。翼的覆雨羽灰褐而有污白缘，体下面，地色白，胁呈灰褐，胸和腹部有粗大而不规则的黑斑。嘴和脚橙黄，爪白色。雌鸟形体稍小，前头的白色部分也狭。幼鸟缺前头的白色和胸腹部的黑斑。分布区域很广，亚欧美三洲的大部分，都见其踪迹。夏季在北方繁殖，冬季避寒于南方。旅程辽远者，远及非洲的北部。

还有一种，称为弱雁(*A.minutus* Naumann)〔*A.erytrropus* (L)〕。形态与雁十分相似，惟体略小，因以为名。色彩较浓。嘴周围的白色部分，较前种广阔，达于头顶的中央。分布欧亚两洲北部，冬季迁移到中南部并埃及等处。其个体数，较普通的雁稀少。

白鹊、白燕等鸟，古人皆视作祥瑞，白雁本不是普通雁的白化个体，而是另一独立雁种，我们现在所知的雪雁(*A.hyperbereus* Pallas)就是。关于白雁，有一则近于神话的旧记载。"龙头山在城二十里，白雁泉水出焉。相传汉高帝伐楚，过此山，士卒渴甚，见白雁惊起，得清泉其下，众因以济。"(《兖州府志》)还有一则有趣的寓言，显然是以白雁为一种普通的鸟类，见于《新序》，云："梁君出猎，见白雁群。梁君下车，彀弓欲射之。道有行者，梁君谓行者止，行者不止，白雁群骇。梁君怒，欲射行者。其御公孙袭下车抚矢曰：'君止！'梁君忿然作色而怒曰：'袭不与其君，而顾与他人何也？'公孙袭对曰：'昔齐景公之时，天大旱三年。卜之曰："必以人祀乃雨。"景公下堂顿首曰："凡吾所以求雨者，为吾民也。今必使吾以人祀乃且雨，寡人将自当之。"言未卒，而天大雨方千里者，何也？为有德于天而惠于民也。今主君以白雁之故，而欲射人，袭谓主君言，无异于虎狼。'梁君援其手与上车，归入庙门，呼万岁曰：'幸者，今日也！他人猎得皆禽兽，吾猎得善言而归。'"

关于白雁的文艺作品，直到宋代的中叶，才见记载。想是个体稀少，与

花
鸟
鱼
虫
兽

人不常接触，普通诗人少能见及的缘故。

波净影逾白，霜新鸣更哀。乾坤双鬓老，风云一声来。
林回隐犹见，天长去复回。物情嫌太洁，莫使羽毛摧。
(赵秉文《白雁》)
北风初起易水寒，北风再起吹江干。北风三起白雁来，
寒气直薄朱崖山。乾坤噫气三百年，一风扫地无留钱。
万里江湖想潇洒，伫看春水雁来还。(刘因《白雁行》)
万里西风吹羽仪，犹传霜翰向南飞。芦花映月迷清影，
江水涵秋点素辉。锦瑟夜调冰作柱，玉关晓度雪沾衣。
天涯兄弟离群久，皓首江湖犹未归。(顾文煜《白雁》)

《汉书·武帝本纪》："太始三年(公元前九四年)二月，行幸东海获赤雁，作《朱雁》之歌。"《郊祀志》："宣帝以立世宗庙，告祠孝昭寝，有雁五色集殿前。"《册府元龟》："贞元十一年(七九五年)二月，同州献五色雁。"这两种特殊的雁类，不知合于现在的何种鸟类，记载不详，无从考证了。

2 雁鸣

秋冬景物不论露浓霜重，寒气森森；不论月白风凄，清光冷冷；不论落叶阵阵，山空野旷；不论衰草离离，一望无垠；在古人看来，无不足以动人离思，增人愁感。还有那雁啊，远飞高空之中，翱翔云霄之上，偶然发着一二嘹唳的鸣声；经过大气的激荡，空间的共鸣；越过云霞的阻碍，便成为又悠远，又凄厉的音调，于是称它为哀鸣，反映在诗歌里面，便都是满篇的凄凉和幽怨。

天月广庭辉，游雁犯霜飞。连翩辞朔气，嘹唳独南归。
夜长寒复静，灯光暖欲微。凄凄不可听，何况触愁机？
(萧子范《夜听雁》)
远客惊秋雁，高楼复异乡。声兼边月苦，影落楚云长。

此夜头堪白，他山叶又黄。年年洞庭浪，飘泊更无行。
(严羽《闻雁》)

客子起常早，月明殊可亲。一声沙嘴雁，匹马渡头人。
顾侣鸣偏切，悲秋兴转真。兰闺梦回处，应忆客边身。
(苏澹《盐河闻雁》)

嘹亮关河远，徘徊旅思长。一天秋似水，满地月如霜。
念尔心千折，凭传札十行。不堪游子泪，人北雁南翔。
(张位《夜闻雁有感》)

北风夜泊芦花渚，篷底青灯雁啼雨。水宿云翻路几千？
更阑月落知何处？风尘泖洞谁非客，怜汝南飞霜霰隔。
哀鸣却似畏矰缴，塌翅何能传尺帛。岭树重重是故乡，
故园诸弟日相望。寒宵听汝应欹枕，两地相思魂梦长。
(梁有誉《湖口夜泊闻雁》)

枕断烟波晓梦余，雁声悲切过匡庐。离人久望平安字，
何事江东不寄书？(谢承举《闻雁》)

万里翩翩度碧虚，月明送影意何如？也知一向郎边过，
自是多情少寄书。(杨宛《闻雁》)

在漫长的旧社会中，闻到雁鸣，只能兴起这样的愁思离恨，这有什么办法呢。末一首，不加雕饰，通体白描，委婉真挚，一片深情，倒是好诗。

3 雁的来去

雁是候鸟，如前文所说，这个现象，古人也早已明了。而且秋天南来，春天北去，更是一种极平常的事情，似乎没有多大讨论的必要。但是鸟类移徙的现象，异常复杂，不妨趁此机会，叙述一下。

我们知道雁是在北方生育子女的，所以那些地方，可以说是她们的家乡，离开家乡，向南飞行的雁，古人称它为新雁或早雁。

暮天新雁起汀洲，红蓼花疏水国秋。想得故园今夜月，
几人相忆在江楼？(杜荀鹤《题新雁》)

湘浦波春始北归，玉关摇落又南飞。数声飘去和秋色，

一字横来背晚晖。紫阁高翻云幂幂,灞川低渡雨微微。
莫从思妇台畔过,未得征人万里衣。(吴融《新雁》)
塞月程程远,星河字字疏。不眠沙外水,恐湿足间书。
倦翻支风去,悲声落枕初。秋清人易感,政自不关渠。
(武衍《新雁》)
丛桂开还未,遥空有雁声;一行初著眼,万里最关情。
边月随身久,江风振羽轻。会从相见后,秋思动芜城。
(黄霖《扬州早雁》)

这些新雁,经过怎样一条路向南飞行,而且到什么地方为止呢?请先看古人的答语。《山海经》云:"雁门山雁出其间。"《荆州图经》云:"沮阳县西北有雁浮山,是《山经》所谓景山也。高三十余里,周回三百里,修岩遐亘,擢干干霄。雁南翔北归,偏经其上,土人由兹改山名焉。"《荆州记》云:"雁塞北接梁州汝阳郡,其间东西岭属天无际;云飞风矗,望崖回翼。惟一处为下,翔雁达塞,矫翼裁度,故名雁塞,同于雁门也。"此种山名,甚觉有趣,只事实上,与雁的来去,未必真的能发生十分关系。衡山是我国南方的高山;衡山以南,气候也较为温暖,古人就以为雁只飞到衡山为止。他们说:"衡州有回雁峰,雁至此不过,遇春而回。"(《楚志》)元与恭咏之云:"宫路迢迢野店稀,薄寒催客早添衣。南分五岭云天远,雁到衡阳亦倦飞。"不过这也不是事实;这种意见,不知起源于何时。《唐会要》云:"大历二年(西历七六七年)岭南节度使徐浩奏十一月二十五日,当管怀集县阳雁来,乞编入史,从之。先是,五岭之外,翔雁不到;浩以为阳为君德,雁随阳者,臣归君之象也。"这要算最早的破旧记录的文字;至于辞句间所表现的无稽的思想,自然不是现在所要论列的。到宋代,寇准有《春陵闻雁》诗一首,也说雁是南过衡阳的:"危栏秋尽偶来凭,霜落秋山爽气澄。谁道衡阳无雁过?数声残日下春陵。"现在我们确知,冬季雁一直到达台湾、闽、广等处,所谓"雁到衡阳亦倦飞"的话,自然应该更正了。

雁类南来以后,经过霜雪的严冬;待春之消息微微透漏,它们的归期,又在目前了。这时候它们重复离开云水缥缈的三湘洞庭,回到塞外漠北去,古人称它为归雁。

洞庭春水绿,衡阳旅雁归。差池高复下,欲向龙门飞。

(刘孝绰《赋得始归雁》)

万里人南去,三春雁北飞。不知何岁月,得与尔同归。
(韦承庆《南中咏雁》)

万里衡阳雁,今年又北归。双双瞻客上,一一背人飞。
云里相呼疾,沙边自宿稀。系书无浪语,愁寂故山薇。
欲雪违边地,先花别楚云。却过泾渭影,高起洞庭群;
塞北春阴暮,江南日色曛。伤弓流落羽,行断不堪闻。
(杜甫《归雁》)

万里衡阳雁,春来又北征。谁怜失群影,故作断肠声。
朔漠风犹劲,关山月自明。素书吾欲寄,须到雒阳城。
(陆光宙《归雁》)

关于雁类来去的途径,在旧记载中,始终不能讲得明白;现在可以引用科学上的材料,来补足这一方面的缺憾。赖吐税氏曾在我国沿海各地,研究多年鸟类。他以为"鹅的旅行路途,常与沿海并行飞去,但不在海边而稍在内地。"他又以为,"鹅从不渡海而来。"又苏厄比氏说:"这是的确的,野鹅冬季常在扬子江流域,北至黄河流域及其支流间,及陕西中部、河南、山西、直隶南部的平原上。这宗候鸟,有的方向大概正向北去,渡戈壁沙漠;别的则向东北。扬子江下游的芜湖县地方,冬季白面鹅是极多的;陕西、山西、直隶诸省,别种鹅类都有看到,但这种鹅却没有。然则这种鸟类取哪一条路到西伯利亚生产地去的呢?据我的意见,他是过黄海到高丽或日本,再从那里从东海滨省海岸及萨哈连岛,或千岛群岛及堪察加半岛而到西伯利亚的。"(周乔峰译《鸟类的移徙和它的航路》。按雁英名Goose,故周氏译作鹅)

这里不妨带便提及几项与雁的来去略有关系的琐事:第一,《酉阳杂俎》云:"临邑县有雁翅泊,泊旁无树木。土人至春夏,常于此泽罗雁鸟,取其翅以御暑。"取翅御暑,想必是用以制成现在的鹅毛扇一类东西了。第二,《南康记》云:"平固县有覆笥山,上有湖,周回十里;有一石雁,浮出湖中。每至秋天,石雁飞鸣如候时也。"《浔阳记》也说:"庐山顶有三石雁,霜降则飞。"此种神话,大概与古人借飞鸟以辨节候的习惯,略有关系。第三,对于各种飞鸟,如燕与鹤,古人常有为人递信携书的传说;雁是这样来去有序的候鸟,似乎很可以产生这类的传说;但只有一个假托的故

事：“匈奴徙武北海上无人处，使牧羝。昭帝即位数年，匈奴与汉和亲；汉求武等，匈奴诡言武死。后汉使复至匈奴，常惠请其守者与俱，得夜见汉使，具有陈道，教使者谓单于言：'天子射上林中得雁，足有系帛书，言武等在某泽中。'使者大喜，如惠语以让单于；单于视左右而惊谢汉使曰：'武等实在。'于是单于召会武官属前以降及物故，凡随武还者九人。”

4 衔芦的传说

在雁之来去的现象中，古人还有一个奇怪的传说：他们以为"雁自河北渡江南，瘦瘠能高飞，不畏矰缴。江南沃饶，每至还河北，体肥不能高飞，恐为虞人所获，尝衔芦长数寸，以防矰缴焉。"(《古今注》)这当然决非事实，《维园铅櫎》亦早已辨之："《推篷寐语》'雁北归必衔芦，越关则输之。'《淮南子》以为'雁爱气力，衔以避矰缴。'俗传以为'过海投芦为桴，以息气力。'或云'输芦以供税。'供税之说诞矣。过海为桴之说，何秋来独无而春始芦耶？芦避矰缴之说，不知来时何以为避。且使上林射雁，芦何能避耶？予考雁从风而飞：春多南风故北飞；秋冬朔风故南飞。秋冬过南，食肥体重，故借芦以助风力耳。塞北风高，则无事此，故投于雁门关。姑识之以俟明者焉。"作者的怀疑精神，极可佩服；只是他总打不破旧观念，还在圈子里转；非但不能将旧说推翻，自己又建立一个不可靠的假定。照现在推想起来，雁类自江南还河北达塞外，适当营巢育雏的时节，所以衔芦拾草，是事实上所可有的现象；不过决不会用以避矰缴或助风力耳。

为桴供税二说，现在还没有找到别的记录；日本有雁浴并另一传说，与此相类，想即系转化而成。据云："奥州的边界，每年秋季，海中渡来的雁，均在此处落下一尺许长的树枝。此种树枝，是它们用在辽远的海程中，假如遇到疲倦就浮于水面，栖其上而休息。到达日本的时候，树枝已非必要，于是尽行舍去，极多极多的堆积起来；乡人集为燃料，以煮浴汤，是为雁浴。"另一传说，说是日本渡海的中国人所传去："中国北方，山西的北边，每年鸿雁来时，常常落下口衔的枯木细枝。土人集枝为薪以出售，每年价值达白银五万云。"

除衔芦一说外，雁与芦苇，还有着密切的关系；正如燕子与杨柳，在诗歌中，在绘画中，经常将它们连合在一起。诚以雁来江南的时候，景物已经萧条；它们栖息的旷野湖泽中，可以使我们感觉兴趣的，只有将残的红蓼，飘雪的芦花，互相掩映而已——其实这并不是花；如絮如雪的芦花，乃是芦苇的种实；然而我们已经称惯了的是芦花，就不妨仍以芦花名之。

> 寒南秋水陂塘，芦叶萧萧半黄；
> 直北飞来鸿雁，端凝个是潇湘。（贺铸《秋水芦雁》）
> 江风飘尘白如练，征翰远赴芦花岸。寒雾昏昏渔火明，
> 欲飞不飞行阵乱。相从万里多崎岖，呼鸣警察夜有奴。
> 衡阳路远速归去，未可容易来江湖。（叶因《平沙落雁》）
> 拍天烟水接潇湘，芦苇秋风叶叶凉。何处渔郎夜吹笛？
> 雁群惊起不成行。（王泽《芦雁》）
> 风起芦花如醉，历历雁行成字。一点一声寒，
> 霜重晓枫群碎。知未？知未？只在浅深河际。
> （王衡《如梦令·芦雁》）

再看画吧。然而诗是可以转录的；至于画，我们不能选择几幅作为插图以当例证；只好仍用题画的诗来替代：

> 孤咪双翎睡古香，芦花水浅海云黄。
> 城头未落三更月，梦入青天万里长。（任士林《四雁图》）
> 江岸芦花秋簌簌，江头旅雁群相逐，啄者自啄宿者宿。
> 昨夜南楼闻北风，天长水阔云濛濛。何当舟一叶，
> 權入芦花丛。（杨一清《画雁》）
> 芦花瑟瑟水茫茫，落月沉沙夜未央。
> 离思不禁天外雁，孤舟灯火客三湘。（何澄《题画雁》）

5 雁阵和雁字

雁在迁徙时节中的飞行，每合群而成整齐的行列；这些行列，古人称之为雁阵，甚多形容于诗歌中：

> 绝塞霜早，阴山叶飞。有翔禽兮北起，常遵渚以南归，一一汇征，若阵行之甚整；嗷嗷类聚，比部曲以相依。……淮之北，漠之南，山如画，水如

蓝，离离而霞彩旁衬，一一而波光远涵；旋成偃月之形，悠扬可爱；忽变常山之势，首尾相参。……（田锡《雁阵赋》）

渡江秋影又南征，折苇衔枚夜不惊。冷聚圆沙盘地轴，
晓浮寒水落天衡。风驰截破湘烟阔，云拥斜冲塞月明。
洲渚网罗应有伏，横空千里不留行。（谢宗可《雁阵》）

雁阵的排列法，或单行横空，宛如写着一个"一"字；或双行相交，恰好形成一个"人"字；这些，我们称之为雁字，当然也是诗歌的材料：

草木落兮雁来宾，扬清音兮凌紫氛；迤逦而齐舒劲羽，联翩而宛类崩云。几阵斜飞，认初成于鸟迹；数行高骞，疑上杂于天文。……（文彦博《雁字赋》）

只只衔芦背晓霜，尽随鸳鹭立寒塘。
晓来渔棹惊飞去，书破遥天字一行。（王奇《咏雁》）

芦花月底寄秋情，阵影南飞势不停。一画写开湘水碧，
半行草破楚天青。云笺冷印虫书迹，烟墨浓模鸟篆形。
题尽子卿心事苦，断文无数落寒汀。（谢宗可《雁字》）

现在我乡的儿童，见雁阵横空时，常拍手呼之："雁鹅接长来，排个人人字；雁鹅团饭团，到我衣抖里。"前两句的意义很是明了；后两句大概要叫她们排作一个圆阵，飞到地下来。有时雁听了呼声，真的会将她们的阵势，交换一下，这是如何的可以鼓起儿童兴趣的啊？此种雁阵，以清晨傍晚或月明之夜，所见最多；盖不但是雁，各种候鸟的行动，多在夜间。欧洲人自昔以为秋季雁从月中下来，春季又回月中去；就完全因为在月光中多见雁的来去，乃有如是误解。

6 雁奴和孤雁

最早《禽经》说："夜栖川泽中，千百为群，有一雁不瞑，以警众也。"不知到什么时候，就演为雁奴的传说，说这羽警众的雁，乃是群中的孤雁。《玉堂闲话》，记之已详；徐芳的《雁奴说》，描写更为精细；其间颇露故事递变转化的痕迹。一并录在这里，以资比较：

雁宿于江湖沙渚中，动计百十；大者居中，令雁奴围而警察。捕者俟阴暗无月时，藏烛器中，持棒者数人，屏气潜行。将及，则略举烛，便藏之；雁奴警叫，大者亦警，顷之复定。又复前举烛，雁奴又警。如是数回，大者怒啄雁奴。秉烛者徐徐逼之，更举烛，则雁奴惧啄不复动矣。乃高举其烛，持棒者齐入群中乱击之，所获甚多。

雁之性善睡，宿于野，恐人谋己，则使孤者司警；有所见，高鸣戛戛，若传呼然，群雁辄随之起，谓之雁奴。有黠者，贮火竹管中，潜行至近处摇之，火星喷出烂然，旋韬而伏。奴见火至，谓有寇，戛然而叫；群雁鼓翅交应；久之，寂然无所觇，于是怪奴欺己，小啄之，复就宿。少顷，伏者再起，举火摇动，奴又辄叫，群雁又辄应，已又寂然，则益怪，啄之加甚。如是数回火，即数回惊，又数回啄。奴见火之无害，而啄不胜苦也，意稍怠，不敢复警，群雁亦不复应。于是张网遍其宿处，谍而攻之，群雁梦中起，尽在网中，不可复脱……

照徐芳这样记载，已经是一篇极好的文学作品。他续又说："自后捕雁者皆用其术。愚山子曰：'设警固将以防患也，今更以其警罪之，固不如无设矣，欲不罹得乎?至骈颈就絷，而后叹奴之忠而听之不早也，则何及矣!吾非悲睡雁也，悲奴屡啄而又以俱网也。'"但这只是寓言而已，黑暗之中，没有十分接近雁群，怎能辨别哪几只是雁奴，又怎能看清楚雁奴被啄的状况呢？

金·元好问有一首极有名的调寄《迈陂塘》的《雁丘》词，序云："大和五年乙丑岁，赴试并州。道逢捕雁者，云：'今日获一雁，杀之矣。其脱网者，悲鸣不能去，竟自投于地而死。'予因买得之，葬之汾水之上；累石为识，号曰雁丘。"他的词如下：

问世间，情是何物?直教生死相许。天南地北双飞客，老翅几回寒暑?欢乐趣，离别苦，就中更有痴儿女。君应有语，渺万里层云，千山暮雪，只影向谁去?横汾路，寂寞当年箫鼓，荒烟依旧平楚。招魂楚些何嗟及?山鬼暗啼风雨。天也妒，未信与，莺儿燕子俱黄土。千秋万古，为留待骚人，狂歌痛饮，来访雁丘处。

"悲鸣不能去，竟自投于地而死"云云，真实与否，我们自然不能肯定地说。但"渺万里层云，千山暮雪，只影向谁去?"那样的情景，真所谓生离死别，极人世的悲哀了。考雁的配偶习性，与鸳鸯相同，系一夫一妻制；所以失偶的孤雁，犹如孀妇寡女，凄凉哀怨，单调落寞，易使多感多愁的诗人，激起无限同情，而发抒于文辞之间。尤其雁是秋南春北的定期候鸟，对于飘零羁旅的人，最易受感兴愁，并且假设她或许能为人传递信息。

霜风渐紧寒侵袂，听孤雁，声嘹唳：一声声送一声悲。云淡碧天如水，披衣告语："雁儿略住，听我些儿事。塔儿南畔，城儿里，第三个桥儿外，濒河西岸小红楼，门外梧桐雕砌。请教且与低声飞过，那里有人人无寐。"(《古今词话》：无名氏《御街行》)

这样的痴想，这样的憨念，当然我们是不能再绳以理智的枷锁；我们仿佛看见一个飘零万里的旅人，在秋夜霜风之中，闻着孤雁的哀鸣，感着无限忆家怀乡的离情，幽怨而难于自己。这种情愫，很普遍地留在人间心上，所以在无数的诗歌中，都表现着这类同样的思想：

天霜河白夜星稀，一声雁嘶何处归?早知半路应相失，
不如从来本独飞。(梁简文帝《夜望单飞雁》)
失群寒雁声可怜，夜半单飞在月边；无奈人心复有忆，
今暝将渠俱不眠。(庾信《秋夜望单飞雁》)
孤雁不饮啄，飞鸣声念群。谁怜一片影，相失万重云，
望尽似犹见，哀多如更闻。野鸦无意绪，鸣噪自纷纷。
(杜甫《孤雁》)
孤雁来何处?残声静夜飘。江空音淰淰，云重影萧萧。
惯向风前急，偏从听处遥。秦川织锦妇，掩泪忆征辽。
(张储《闻雁》)
楚天空晚，怅离群万里，恍然惊散。自顾影欲下寒塘，正沙净草枯，水平天远。写不成书，只寄想思一点。叹因循误了，残毡拥雪，故人心眼。谁怜旅愁荏苒，漫长门夜悄，锦筝弹怨。想伴侣犹宿芦花，也曾念春前，去程应转。暮雨相呼，怕蓦地玉关重见。未羞他，双燕归来，画帘半卷。(张炎《解连环·孤雁》)

张炎就因这首孤雁词，驰名为张孤雁。而在张炎以前，更有一个鲍孤雁，见于《续诗话》："鲍当善为诗，景德二年进士及第，为河南府法曹，薛尚书映知府，当失其意，初甚怒之。当献《孤雁诗》云：'天寒稻粱少，万里孤难进；不惜充君庖，为带边城信。'薛大嗟赏。自是，游宴无不预焉，不复以椽属待之。时人谓之鲍孤雁。"鲍氏的诗，确是另辟蹊径，他的思想和前引数首的幽怨哀凉全不相类，却有抑郁率直的气概，活现在纸上。

如元好问所说的那种情形，好像不十分近于事实；然而同样的记载，其他还有呢。真耶？虚耶？何古人关心孤雁之甚也？

宗室振庵，市得一雁，羽毛摧落而声甚哀；悯而饲之。逾时，羽毛全矣；忽云中雁过，与此雁相应而鸣，声渐急渐哀。知其雌雄也；纵之，比翼和鸣，徘徊良久而后去。越岁，二雁复来，环振庵舍飞鸣，若报主人使相知也。（《长治县志》）

应山有字雁媒者，宿媒沙中，诸群雁闻其声而至，则掩取之，三年矣。一日中，匹雁哀鸣而下，与媒交其项弗释，并死之。（《续文献通考》）

万历初，北郭有崔伯通者，好鸟。畜一雁，逾岁颇驯；乃有一雁解群而下，交颈哀鸣，如泣如诉，观者狎至不惊，饮食之不顾。相持两昼夜，竟俱毙。（《定兴县志》）

有娄生以赠弋为业。一日，捕得只雁，闭置笼中。其雌盘空叫，声甚苦；久之，自投而下；雄自笼伸颈就之，交结死。娄瘗之丛薄间，破置断缴，改业终其身。又江南一寺僧，罗得一雁，笼置窗前。秋夜，闻月中有孤雁声，与笼雁相随鸣答。俄而扑拉檐下，僧亟启视，则二雁交颈俱毙笼旁矣。惜此僧从罗刹中来，不若娄能自忏其业也。（《扬州府志》）

7 几则寓言

齐田氏祖于庭，食客千人。中坐，有献鱼雁者；田氏视之，乃叹曰："天下于民厚矣！殖五谷，生鱼鸟，以为之用。"众客和之如响。鲍氏之子年十二，预于次，进曰："不如君言：天地万物，与我并生类也；类无贵贱，徒以小大智力而相制，迭相食，非相为而生。人取可食者而食之，岂天本为人生之？"（《列子·说符篇》）

庄子行于山中，见大木枝叶盛茂，伐木者止其傍而不取也。问其故，曰："无所可用。"庄子曰："此木以不材得终其天年。"夫子出于山，舍于故人之家。故人喜，命竖子杀雁而烹之。竖子请曰："其一能鸣，其一不能鸣，请奚杀？"主人曰："杀不能鸣者。"明日，弟子问于庄子："昨日山中之木，以不材得终其天年；今主人之雁，以不材死；先生将何处？"庄子曰："周将处夫材与不材之间。"（《庄子·山木篇》）

天下合从，赵使魏加见楚春申君曰"君有将乎？"曰："有矣！仆欲将临武君。"魏加曰："臣少之时好射，愿以射譬之，可乎？"春申君曰："可。"加曰："异日者，更赢与魏王处京台之下，仰见飞鸟，更赢谓魏王曰：'臣愿为君引弓虚发而下鸟。'魏王曰：'然则射可至此乎？'更赢曰：'可。'有间，雁从东方来，更赢以虚发而下之。魏王曰：'然则射可至此乎？'更赢曰：'此孽也。'王曰：'先生何以知之？'对曰：'其飞徐而鸣悲；飞徐者，故疮痛也；鸣悲者，久失群也。故疮未息而惊心未去也。闻弦者音烈而高飞，故疮陨也。'今临武君尝为秦孽，不可为拒秦之将也。"（《战国策》）

昔人有覩雁翔者，将援弓射之；曰："获则烹。"其弟争曰："舒雁烹宜，翔雁燔宜。"竞斗而讼于社伯。社伯请剖雁烹燔半焉。已而索雁，则凌空远矣。今世儒争同异，何以异是？（《贤弈》）

旧记载中，这类寓言、逸事、传说、神话很多。若有人细心地搜罗采辑，用美丽的近代文字来复述一过，演成几册中国寓言、中国神话、中国物语之类的书，给儿童或一般人鉴赏，倒也是一桩有意义的工作！

（原载《鸟与文学》，开明书店1931年出版）

鸳鸯

1 恋爱之鸟

"宋时潮州有富人,江行见二子美貌,曰:'一兄一妹,双生也;早失怙恃,养于舅氏,舅母不容,丐以度日,年十三矣。'因携以归。兄能捕鱼,风雪不倦;得鱼献主之外,分为二子啖焉。妹专绣刺鸳鸯,毫毛具备,极其工巧。居三年,女长,富人欲犯之,辄辞年幼不可强,题诗其襦间云:'觅得如花女,朝朝依绣床,百花浑不爱,只是绣鸳鸯。'兄曰:'依人为难,不如去之。'女题诗于壁曰:'终日绣鸳鸯,懒把蛾眉扫,且归水云乡,百年可偕老。'化双鸳鸯飞去。"(《江湖纪闻》)你看鸳鸯是这样神韵飘然的少年男女的化身,是一对不慑于势利的高尚纯洁的恋爱者的替身,对于她,我们怎能不低回吟咏其绸缪旖旎的恋情呢?

朝飞绿岸,夕归丹屿;顾落日而俱吟,追清风而双举。时排荇带,乍拂菱花；始临涯而作影，遂蘸水而生花。亦有佳丽自如神，宜羞宜笑复宜嚬；既是金闺新入宠，复是兰房得意人。见兹禽之栖宿，想君意之相亲。（萧纲《鸳鸯赋》）

  两两珍禽渺渺溪，翠衿红掌净无泥。向阳眠处莎成毯，
踏水飞时浪作梯。依倚雕梁轻社燕，抑扬金距笑晨鸡。
劝君细认渔翁意，莫遣绲罗误稳栖!（韩偓《玩水禽》）
  苹洲花屿接江湖，头白成双得自如。
春晚有时描一对，日长消尽绣工夫。（曹组《鸳鸯》）
  芦叶青青水满塘，文鸳晴卧落花香。
不因羌管惊飞起，三十六宫春梦长。（汪广洋《鸳鸯》）

  鸳鸯能被人用这样艳丽和谐的笔墨来描写者，实由于她是雌雄相匹的一夫一妻制的鸟类。古人见她们在清波明湖之中，鹈鹕喁喁喋喋并游的神情，以为虽誓生死不相离异的热恋的情侣，亦无以过之。所以在这个习性上，形容过甚的，就说"人获其一，则一相思而死。"（《古今注》）而《淮安府志》，更有一则似乎是实事的记录："成化六年十月间，盐城大踪湖，渔父弋一雄鸳，剖割置釜中煮之。其雌者随棹飞鸣不去，渔父方启釜，即投沸汤中死。"这假如真的实有其事，那末人间古有殉节的烈女，这可谥之为烈鸳鸯了。

  然而这世界，本来是一个悲苦的世界；我们人类，更是一种最愁惨的生物；而恋情的足以厄人，尤为必然的事实。视彼小鸟，乃反多"头白成双得自如"之乐；就不免易于引起人不如鸟的感想。于是，死于恋情的人，自来每多目之可以化作鸳鸯，例如《搜神记》中，有一个故事："宋康王舍人韩凭，娶妻何氏美，康王夺之。凭怨，王囚之，论为城旦，俄而凭乃自杀。其妻乃阴腐其衣，王与之登台，妻遂自投台；左右揽之，衣不中手而死。遗书于带曰：'王利其生，妾利其死，愿以尸骨赐凭合葬。'王怒弗听，使里人埋之，冢相望也。王曰：'尔夫妇相爱不已，若能使冢合，则吾弗阻也，宿昔之间，便有梓木生于二冢之端，旬日而大盈抱，屈体相就，根交于下，枝错于上。又有鸳鸯，雌雄各一，恒栖树上，晨夕不去，交颈悲鸣，音声感人。宋人哀之，遂号其木曰相思树，相思之起于此也；南人谓此禽即韩凭夫妇之精魂。"长诗《孔雀东南飞》的结尾亦云："两家求合葬，合葬华山傍。东西植松柏，左右种梧桐。枝枝相覆盖，叶叶相交通。中有双飞鸟，自

名为鸳鸯；仰头相向鸣，夜夜达五更；行人驻足听，寡妇起彷徨。"

在这样的意义上，鸳鸯就也成为一种深怨幽哀的动物，虽然看她是鹈鹈喁喁，融然陶然；但似乎她的内心，却有甚多的惆怅呢。试读几首满含此种深意的诗歌：

南山一树桂，上有双鸳鸯；千年长交颈，欢庆不相忘。（古诗）

君不见：昔时同心人，化作鸳鸯鸟，和鸣一夕不暂离，交颈千年尚为少。二月草菲菲，山樱花未稀，金塘风日好，何处不相依。既逢解佩游女，更植凌波虙妃。精光摇翠盖，丽色映珠玑。双影相伴，双心莫违，淹流碧沙上，荡漾洗红衣。春光兮宛转，嬉游兮未反。宿莫近天泉池，飞莫近长洲苑；尔愿欢爱不相忘，须去人间网罗远。南有潇湘洲，且为千里游，洞庭无苦寒，沅江多碧流。昔为薄命妾，无日不含愁；今为水中鸟，颉颃自相求。洛阳女儿在青阁，二月罗衣轻更薄，金泥文彩未足珍，画作鸳鸯始堪著。亦有少妇破瓜年，春闺无伴独婵娟，夜夜学织连枝锦，织作鸳鸯人共怜。悠悠湘水滨，清浅漾初苹，菖花发艳无人识，江柳逶迤空自春。惟怜独鹤依琴曲，更念孤鸾隐镜尘。愿作鸳鸯被，长覆有情人。（李德裕《鸳鸯篇》）

雌去雄飞万里天，云罗满眼泪潸然。
不须长结风波愿，锁向金笼始两全。（李商隐《鸳鸯》）
江云碧静霁烟开，锦翅双飞去又回。一种鸟怜名字好，
只缘人恨别离来。暖依牛渚江莎媚，夕宿龙池禁漏催。
相对若教春女见，便应携向凤凰台。（罗邺《鸳鸯》）
翠翘红颈覆金衣，滩上双双去又归。
长短死生无两处，可怜黄鹄爱分飞。（吴融《鸳鸯》）
绣缨霞翼两鸳鸯，金岛银川是故乡。只合双飞便双死，
岂悲相失与相忘。烟花夜泊红蕖腻，兰渚春游碧草芳；
何事遽惊云雨别，秦山楚水两乖张。（吴融）
盘中一箸休嫌瘦，如骨相思定不肥。（山家清供）

2 鸳鸯与鹦鹉

现在以 *AEx galericulata*(L) 为鸳鸯，其详细形态是：雄鸟额与头上金属绿色，后头铜赤并金属绿，这一部分的羽毛，向后延长作冠状。头的侧面：眼

上方白色，下方并喉、颈等部，羽毛细长，作赤褐色。颈以下：背面橄榄绿有光泽；翼的初列拨风羽外羽瓣灰白色；次列拨风羽金属绿色，而末端白；内侧拨风羽外羽瓣金属青色，内羽瓣栗色，十分发达，成为扇形，微向上翘，特名为银杏羽。胸紫青色，侧部有黑白的二横条，胸以下的腹面白色。胁黄褐，有细微的虫蠹状斑。嘴和脚黄赤色，蹼则微微带黑。雌鸟头上并颈鼠色，其他背面橄榄褐色。眼围，从眼后方放射出的一纹并喉白色。胸部褐色，有多数白点。腹部白色。旧记载所云："大如小鸭，其质杏黄色，有文彩。红头，翠鬣，黑翅，黑尾，红掌。头有白毛，垂之至尾。"（《本草纲目》）除大小符合外，形态好像不类；而另一种所谓鸂鶒者。反极近似。《尔雅翼》云："今妇人闺房中，饰以鸳鸯，黄赤五彩者，有缕者，皆鸂鶒耳。然鸂鶒亦鸳鸯之类，其色多紫，李白诗所谓：'七十紫鸳鸯，双双戏亭幽，'谓鸂鶒也。"《埤雅云》："溪鹜五色尾有毛如船柁，小于鸭，沈约《郊居赋》所谓：'秋鹥，寒鹜，修鹢短凫'是也。"今之鸳鸯，胸为紫色，与《尔雅翼》所说"其色多紫"相符。翼有银杏羽，与《埤雅》所云"尾有毛如船柁"相当。考之《古今图书集成》所绘图，也显然鸂鶒即为今之鸳鸯。盖图中双翼确有上翘的羽毛一对。惟羽形长方，缘边作圆锯齿，且自翼的下侧上竖，将拨风羽蔽住；是乃图画的错误，正如其嘴，画作普通鸟的圆锥形，而不作凫类的扁平状，同样失于察物不精耳。头上有后向的冠毛一丛，则是很显明地表示着鸳鸯的特征。至于鸳鸯一图，概形为一对普通的小鸭，与今之鸳鸯，实大不类，如是，对于鸳鸯和鸂鶒，我们可以有两个假定：

1. 鸂鶒　即鸳鸯，鸳鸯为古名，鸂鶒为后起之名。
2. 鸂鶒　即今之鸳鸯；旧所谓鸳鸯者，系另有其鸟，但今不易确指。

试先就第一假定论之。《诗小雅》有"鸳鸯于飞，毕之罗之。""鸳鸯在梁，戢其左翼。"云云，由是可知鸳鸯之最初记载，乃见于周代。而鸂鶒的名称，则后千余年，才见记录，谢惠连有《鸂鶒赋》云："览水禽之万类，信莫丽乎鸂鶒；服昭晰之鲜姿，糅玄黄之美色。命俦侣以翱游，憩川湄而偃息。超神王以自得，不意虞人之在侧，罗纲幕而云布，摧羽翮于翩翩；乖沈浮之谐豫，宛羁畜于笼樊。"这大概可算最早的关于鸂鶒的文字。察文意，当时畜养的风习很通行。至于鸳鸯的畜养大概在汉代已经盛行，如《瑯嬛记》云："霍光园中凿大池，植五色睡莲，养鸳鸯三十六对，望之烂若披锦。"凫类中，除鸳鸯外，实在没有别的更美丽的鸟类，可供玩赏；所以谢赋所云䴔䴖，或许即是南边某地方，对于鸳鸯的俗称，自经记载，遂和鸳鸯之名，一起广被人所采用。

但萧纲、李德裕、皮日休诸氏，都是将鸳鸯和䴔䴖，分别为诗题咏；若同是一鸟，何以要采用两个名称呢？萧纲的《鸳鸯赋》并李德裕的《鸳鸯篇》，已见于前；其余四诗，引录于此：

飞从何处来，似出上林隈。口衔长生叶，翅染昆明苔。
（萧纲《咏䴔䴖》）
清泚双䴔䴖，前年海上雏；今来恋洲屿，思若在江湖。
欲起摇荷盖，闲飞溅水珠。不能常泛泛，惟作逐波凫。
（李德裕《䴔䴖》）
双丝绢上为新样，连理枝头是故园。翠浪万回同过影，
玉沙千处共栖痕。若非足恨佳人魄，即是多情年少魂。
应念孤飞为别宿，芦花萧飒雨昏昏。
细镂雕镂费深功，舞妓衣边绣莫穷。无日不来湘渚上，
有时还在镜湖中。烟浓共拂芭蕉雨，浪细双浮菡萏风。
应笑豪家鹦鹉伴，年年徒被锁金笼。（皮日休《鸳鸯》）
镂羽雕毛回出群，温麐飘出麝脐熏。夜来曾吐红茵畔，
犹似溪边睡不闻。（皮日休《和鲁望玩金䴔䴖戏赠诗》）

细绎这几首诗意，我们一些也找不到鸳鸯即䴔䴖的证据。再如陆龟蒙《玩金䴔䴖戏赠袭美诗》云："曾向溪边泊暮云，至今犹忆浪花群。不知镂羽凝香雾，堪与鸳鸯觉后闻。"李中《䴔䴖诗》云："流品是鸳鸯，翻飞云水乡。风高离极浦，烟冥下方塘。比鹭行藏别，穿荷羽翼香。双双浴轻浪，谁见在潇湘。"卢弼《鸳鸯诗》云："双浮双浴傍苔矶，蓼浦兰皋绣帐帷。长羡鹭鸶能洁白，不随䴔䴖斗毛衣。霞侵绿渚香衾煖，楼倚青云殿瓦飞。应笑随阳沙漠雁，洞庭烟暖又思归。"是则确认䴔䴖与鸳鸯，为两种不同的鸟类。又如《开元天宝遗事》，亦将二名并举，当然也是认为异种鸟类，其文云："五月五日，明皇避暑游兴庆池，与妃子昼寝于水殿中。宫嫔辈凭栏倚槛，争看雌雄二䴔䴖游于水中。帝时拥贵妃于绡帐内，谓宫嫔曰：'尔等爱水中䴔䴖，争如我被底鸳鸯。'"

如是关于这个命名的问题，我们现在实是已经不能确定地加以整理。

旧记载的歧出，紊乱，矛盾，并模糊，实由于第一：当时《诗经》之所谓鸳鸯，究属是指何种鸟类，我们不能起古人于地下而问之，完全不能确知；所有各家的注释，也不过以意会得之，并非全然可靠。第二，谢惠连之所谓鸂鶒，他当时还是明知即是鸳鸯而采用新名，还是不知即是鸳鸯而采用此名，还是确知鸳鸯与鸂鶒，实为异种鸟类，我们现在都已无从考证。第三，数千年来，对于名实的关系，背离纷歧，各物皆然；诗人虽然描写歌咏，但实物之目击否，文字之真实否，均属难于断言。第四，形态的旧记载，概属极为简略；间有一二点可以符合于实物外，余均为无足重轻的笔墨，据之亦不足以核对今之实物。大概降及近世，照一般通俗的见解，鸂鶒一名，已被遗忘，所谓鸳鸯，则就是 $Aix\ galericulata$（L.）一鸟了。马贲有《鸂鶒图》，党怀英为之题词："双眠双浴水平溪，共看秋光卧两堤。谁信潇湘有孤雁，冷沙寒苇不成栖。"诸如此类的古画，我们若有相当的收集，对于这个问题，或许再可作一种新的研究。

现在只好丢开这个难解的问题，再来讨论一下鸳鸯和鸂鶒命名的起源及其异名。鸳鸯命名，据说有两种意义："终日并游，有宛在水中央之意也。或曰：雄鸣曰鸳，雌鸣曰鸯。"（《本草纲目》）《古今注》又给他一个别名匹鸟，因为他常雌雄相匹的缘故。《涅槃经》谓之婆罗伽邻提，则是梵名的译音。

鸂鶒亦作溪鹜，亦单作鹜，亦名紫鸳鸯，均见前文。《遁斋闲览》云："鸂鶒能敕水，故水宿而物莫能害。"《淮赋》云："溪鹜寻邪而逐害，"命名之意在此。或更以为"其游于溪也，左雄右雌，群伍不乱，似有式度者，故《说文》又作溪鸨。"（《本草纲目》）照这样，鸂鶒的习性，和鸳鸯十分相像，所以关于鸂鶒的诗歌，也多表现恋情：

双鸂鶒，锦毛斑斓长比翼，戏绕莲蕖回锦臆，照灼花丛两相得。渔歌惊起飞南北，缭绕追随不迷惑。云间上下同栖息，不作惊禽远相忆。东家少妇机中语，翦断回文泣机杼，徒嗟孔雀衔羽毛，一去东南别离苦，五里徘徊竟何补？"（李绅《忆西湖双鸂鶒》）

锦羽相呼暮沙曲，波上双声戛哀玉。
霞明川静极望中，一时飞灭青山绿。（李群玉《鸂鶒》）
翠羽红襟镂彩云，双飞常笑白鸥群。谁怜化作雕金质，
从倩沈檀十里闻。（张贲《玩金鸂鶒和陆鲁望》）

于越城边枫叶高，楚人书里寄《离骚》，
寒江鸂鶒思俦侣，岁岁临流刷羽毛。（包佶《答顾况》）

在唐代大概鸂鶒的饲养，特别盛行，所以陆龟蒙有《玩金鸂鶒戏赠龚美》诗，而皮日休张贲均和之。杜甫有一首《鸂鶒》诗，也是对于饲养个体而吟咏的，诗云："故使笼宽织，须知动损毛。看云莫怅望，失水任呼号；六翮曾经记，孤飞卒未高。且无鹰隼虑，留滞莫辞劳。"而玄宗，即唐明皇，尤其为了杨贵妃的缘故，对于各种水鸟，十分搜罗。只要看《唐书·倪若水传》，若水以"贱人贵鸟"为谏，其时捕畜的炽盛，可以想见。"玄宗遣中人捕鸲鹆鸂鶒南方，若水上言，农方田，妇方蚕，以此时捕奇禽怪羽，为园筑之玩，自江岭而南，达京师，舟水陆赍，所饲鱼虫稻粱；道路之言，不以贱人贵鸟望陛下邪？"又《唐书·地理志》有"河南道蔡州汝南郡土，贡双距溪鶩"的记载。可见当时对于此鸟十分注重，所以能观察到如是琐细的地方。凫类本不生距；后趾极小，不着于地。此处所谓双距，大概是偶然的生理上的畸形，生了两个后趾，和六指的人，多生一指同样。因其稍在上方，所以目为距了。

前文叙述鸳鸯的形态，还有一些未尽之处：即雄鸟夏季的羽毛，类似雌鸟；胸部斑点，不为白色，而为赤褐。古人不常经见自然物，不能了解变色的现象；遂目为祥异，特加记录，例如《宋史五行志》云："庆元三年春，池州铜陵县，鸳鸯雄化为雌。"

鸳鸯的分布区域，为西伯利亚、日本、朝鲜以及我国。《本草纲目》谓："南方湖溪中有之，"实则北方也有产出。春季在山地营巢育雏。旧说"栖于土穴中，"不知确否？

鸳鸯亦有目之为神异祥瑞之鸟者，如《拾遗记》云："蓬莱山有鸟名鸳鸯，形似雁，徘徊云间，栖息高岨，足不践地，生于石穴中。万岁一交则生雏，千岁衔毛学飞。以千万为群，推其毛长者，高翥万里。圣君之世，来入国郊。"

既然讲到鸳鸯被视为神鸟，还有一个故事，见于《玉壶记》中，与说王谢到乌衣国，同样意趣，也就顺便录下罢："元和初，有元引柳实者，俱从父为官，窜于爱州，二公共结行迈而往省焉。至广州，艤舟于合浦岸，飘风欻起，漂舟入于大海，抵孤岛而止。二公谒南溟夫人，夫人曰：'子有道，归乃不难。'命侍女曰：'可送客去。'二子感谢拜别；夫人赠以玉壶一

枚，题诗曰：'来从一叶舟中来，去向百花桥上去；若到人间扣玉壶，鸳鸯自解分明语。'二子因诘使者："夫人诗云"若到人间扣玉壶，鸳鸯自解分明语，何也？'；曰：'子归有事，但扣玉壶，当有凭而应之，事无不从矣。'二子回岸，问道将归衡山；中途因馁而扣壶，遂有鸳鸯语曰：'当欲饮食，前行自遇耳。'俄而道左有盘馔丰备，二子食而数日不思他味。"

3 杂谈

鸳鸯既为止则相偶，飞则相双的恋爱者，我们富于魔术思想的古人，就在这个意义上，非常珍视他。如《白孔六帖》云："古人图鸳鸯于绣衣上，以其贞且义也。"古诗云："客从远方来，遗我一端绮，文彩双鸳鸯；裁为合欢被。"现在仍多用鸳鸯的图形，绣在枕衾衣鞋等上。古名刺绣的器具为鸳机；如钱起诗云："谁家少妇事鸳机。"李商隐诗云："几家缘锦字，含泪坐鸳机。"大概就因刺绣的图案，多有鸳鸯，乃以为名吧。

此外以鸳鸯为名的物件，还有许多：汉代有所谓鸳鸯被者，(见《西京杂记》)已不知若何形式。五代有鸳衾，据《辍耕录》云："孟蜀主一锦被，其阔犹今之三幅帛，而一梭织成。被头作二穴，若云板样，盖以扣于项下，如盘领状，两侧余锦，则拥覆于肩。"瓦亦名鸳鸯瓦，大概是起源于一个无稽的故事："文帝问宣曰：'吾梦殿屋两瓦堕地，化为双鸳鸯，何也？'宣对曰：'后宫当有暴死者。'帝曰：'吾诈卿耳。'宣对曰：'夫梦者意耳，苟形言，便占吉凶。'言未卒，黄门令奏宫人相杀。"(《魏志·周宣传》)

植物中有一种鸳鸯草，"春晚叶生，其稚荕在叶中，两两相向，如飞鸟对翔。"(《蜀中方物记》究属何种植物，一时只好存疑。忍冬因其"花黄白相半，故有鸳鸯[藤]之名。"(《本草纲目》)同样，"菊花常相偶"者，名鸳鸯菊。(见刘蒙《菊谱》)鸡冠花"一朵而紫黄各半"者，"名鸳鸯鸡冠。"(见《植物学大辞典》)其他更有鸳鸯桃、鸳鸯梅等，不再枚举。

关于鸳鸯的意义，友人徐鼎臣兄曾指示两层意思，颇足采录，他说：

"1 鸳鸯之音，近似阴阳；盖鸳与阴，鸯与阳，均为双声字。紫黄各半的鸡冠花，名之为鸳鸯鸡冠，也可以说是阴阳鸡冠的讹转。"

"2 鸳鸯鸟雌雄不同色，我乡俗语，即以鸳鸯名事物之成双而形式或色彩不相同者。例如若有一人，他的面孔，左右微现大小，就名为鸳鸯面孔。或是一人，右足穿着一只缎鞋，而左足穿着布鞋；或者左足为白袜，右足为黑袜，就可以说他着了鸳鸯鞋子或鸳鸯袜。这个称呼，不知别处也有没有?"

末了，再引一个文学上的故事来作结罢。唐时崔珏以赋鸳鸯得名，时人就以崔鸳鸯名之。和袁白燕张孤雁郑鹧鸪，同样著名。

翠鬣红毛舞落晖，水禽情似此禽稀。暂分烟岛犹回首，
只过寒塘亦并飞。映雾乍迷金殿瓦，逐梭齐上玉人机。
采莲无限兰桡女，笑指中流羡尔归。
寂寂春塘烟晚时，两心和影共依依。溪头日暖眠沙稳，
渡口风寒浴浪稀。翡翠莫夸饶彩饰，鹍鹦须羡好毛衣。
兰深芷密无人见，相逐相呼何处归?
舞鹤翔鸾俱别离，可怜生死两相随。红丝毳落眠沙处，
白雪花成蹴浪时。琴上只闻交颈语，窗前空展共飞诗。
何如相见长相对，肯羡人间多所思。

（原载《鸟与文学》，开明书店1931年出版）

秧鸡

1 秧鸡

关于秧鸡的旧记载,不甚多见。李时珍说:"秧鸡大如小鸡,白颊,长嘴,短尾,背有白斑。多居田泽畔。夏至后,夜鸣达旦,秋后即止。"现在以 *Rallus aquaticus indicus*(Blyth)为秧鸡,其形态,上面地色茶褐,各羽有广阔的黑纹。头部殆为黑色,搀混少许茶褐。翼黑褐。颜灰色,自眼前通过眼直至耳羽,为一茶褐色带。下面,腮,喉白色,前颈并胸灰色微带茶色。腹部,胁,腰侧及下尾筒黑色,有显著的白色横纹。上嘴黑褐,下嘴橙赤,脚淡褐色。栖息我国北部和日本等处;冬季来到我国南部并印度。与旧记载相覆按,颊非白色,背上也无白斑,是以古之所谓秧鸡者,当非此种。秧鸡科鸟类,其他还有多种,"背有白斑"者,如小秧鸡〔*Porzana pusilla pusilla*(Pallas)〕、花秧鸡(*P.exquisita* Swinhoe)等是,古人所见,或许是这两种。

秧鸡属于鹳鹤目(*Gruiformes*),秧鸡科(*Rallidae*),均为中型或小型的鸟类。嘴大小适中,鼻沟甚长。颈与脚都很长,趾细长,而爪钩曲。常在河边杂草中或河沼的泥湿地并水田中。以其身体侧扁，所以善于潜行丛莽间。繁殖时，在地上草丛间，以杂草营巢，产6个至12个的卵。卵地色黄，白或淡褐，有褐黑等色显著斑点。当繁殖期，发着如啄物那样特异的鸣声，在日本颇为俳人雅士所激赏。《源氏物语》中，就有关于她的记载；诗歌作品，更是极多。我国，则以秧鸡为题的文学作品，作者还没有见过。

2 姑恶鸟

"湖桥东西斜月明，高城漏鼓传三更；钓船夜过掠沙际，蒲苇萧萧姑恶声。湖桥南北烟雨昏，两岸人家早闭门，不知姑恶何所恨，时时一声能断魂。天地大矣汝至微，沧波本自无危机，秋菰有米亦可饱，哀哀如此将安归？"（陆游《夜闻姑恶》）

在这样的诗里，我们可以了解所歌咏的是一种水鸟。但或者以为她就是伯劳如云："苦鸟大如鸠，黑色，以四月鸣，其名曰苦苦，又名姑恶，人多恶之，俗以为妇被姑苦死所化，颇与伯奇之说相近。"仅以"颇与伯奇之说相近"为证，而名之为伯劳，殊不足靠。然则姑恶究属是一种什么鸟类呢？范成大《姑恶诗》序云："姑恶水禽，以其声得名……余行苕霅，始闻其声，昼夜哀厉不绝。"这和秧鸡作着Ka a Ka a的鸣声，在密云天和夜中，更其连续凄厉，哀鸣不断的情形，实相符合。但科学上，没有确实的证据时，总以不下断语为是，所以虽然从鸣声和习性上考察起来，确乎可以说姑恶就是秧鸡，但我们对于姑恶鸟还未采到过标本，宁可暂且存疑，说她是秧鸡的一种，庶不致陷于武断。

各种禽言诗中，姑恶为一极普遍的题材。但此种文字，微寓教训口吻，只在姑恶或姑不恶等意义上，反反复复地缕述陈言，所以并无十分价值。试看范成大的《姑恶诗》罢："姑恶水禽，以其声得名。世传姑虐其妇，妇死所化。东坡诗云：'姑恶姑恶，姑不恶，妾命薄。'此句可以泣鬼神。余行苕霅，始闻其声，昼夜哀厉不绝。客有恶之，以为必子妇之不孝者，余为作后姑恶诗曰：'姑恶妇所云，恐是妇偏辞。姑言妇恶定有之，妇言姑恶未可知。姑不言，妇不死，与人作妇亦大难，已死人言尚如此。'"然而在这样的诗歌中，我们可以隐隐窥见中国家族制度的裂痕，和旧礼教的崩溃，试再举几首一读罢；虽然这样没有文学风趣的东西，读了也并没有多大的意义。

姑恶姑恶姑不恶，妯娌詈余姑怒作。欲姑喜，事妯娌。
(周显槐《禽言》)

姑恶，姑恶，小姑索羹臛，小姑啧啧姑怒作，小姑欢喜姑亦乐，姑不恶。(赵俞《禽言一章》)

姑恶姑恶家道立，汝为人妇供妇职。妇德妇功汝不能，抱恨殁身空怨抑。不化秋柏实，不化山头石，化作春鸣鸟，号奴何苦极。(刘学箕《姑恶》)

下列二首，所表现的思想，尤为恶劣，可以说是将我国国民的劣根性，完全暴露了。

姑恶姑恶，新妇畏婆，不如小姑。小姑哫哫激婆嗔，朝作苦，夜莫停，妇怨不出口，看姑他日为人妇。(朱一是《禽言》)

芳池月阴春草碧，有鸟有鸟鸣不息。千声万声道姑恶，新妇低回泪痕落。姑恶姑恶姑不恶，努力窗前勤织作。嗟尔小鸟胡不思?新妇会有作姑时。(陈靖远《姑恶行》)

姑恶二字，本是拟似鸣声而想象得之；所以或者说她在叫"苦苦"，也极相似。用苦苦做诗材的，多是描写农民生活，富含社会思想，那一类诗，比较的还有意义：

苦，苦，旧年鬻牛犁，今年典妻子，屋里无人泪潆潆。
(邵长蘅《和颜黄公六禽言》)

苦，苦，东媪生髭，西媪出乳，长吏头为鱼，使君化成虎。(顾景星《六禽言》)

3 苦呀鸟

我们乡间，暮春初夏，即当蚕忙的时候，水滨芦苇丛中，有一种黑色的小水鸟，鸣声作"苦呀，苦呀，"惨急绵续，昼夜不绝。俗就名之为苦呀鸟，与范成大所说："余行苕霅，始闻其声，昼夜哀厉不绝"者相合。关于她相沿有一种传说，友人唐蔚如查开良两兄都曾为我将这个故事记录寄来，现在就转录在这里：

  从前有一个妇人，伊的丈夫在外边做生意，家里只有伊和伊的儿子，并一个愚笨的姑娘，住在一起。伊的儿子，年纪很小，但是非常伶俐活泼；又只有这一块肉，所以宠爱得怎么似的。

  一天，伊的母亲病了，寄信来叫伊去；伊得信之后，不用说心里很是着急，就整理了些随身要用的东西，预备动身；只是伊的小宝贝，素来没有出过门，又是到有病的人家去，怎么可以同去呢？伊左思右想，没有法子，只好交托伊的姑娘了；并且再三的嘱咐伊，叫伊小心保护，撒醒觉了，给伊洗洗清爽，晒干，千万不要糟蹋他。

  伊到了母家，见伊母亲的病，没有十分要紧，心里又因牵挂着爱儿，便急急的回来了。到了家里，不见伊的宝贝，那愚笨的姑娘，却正正经经的走来说道："小孩子撒醒觉了，已给伊洗干净，晒在园里了。"伊听了，心里蓦的一怔，赶忙去看，只见伊的儿子，已被剖开了肚子，洗得很洁白的晒在篱上了。伊惨痛到不可言状，倒在地上，哭个死去活来。伊的丈夫知道了，也赶回家来，都因此悲伤而死。

  从此世上便多了一只可怜的苦呀鸟，每在凄凉的夜里，一声声的苦呀苦呀，在水边狂叫，不知她叫到几时才止。

  林兰女士所编的《鸟的故事》，收录周健的《苦不过》，谷凤田的《姑姑苦》，君韶的《苦哇》三则故事，大概也就是讲这种鸟类，一并录下：

  从前有一个婆婆，折磨她的小媳妇（童养媳），一天到晚做苦工都不说，夜里还要织麻到五更半夜，才能去睡。一天，她从田间回来，遇着一个仙人（在她眼里却是个陌生人）问她要些什么，他是仙人，可以帮助她。她说：只要脱离了婆婆的拷打，变个鸟都情愿。

  到家已是黄昏了，饭也没有吃的，预备扫净地面，坐下来织麻。瞌睡不住地往眼皮上压，她不觉唱道："瞌睡神，瞌睡神，睡来了不由人。惟愿婆婆早些死，一夜睡到大天明。"恰为她婆婆听见，怒不可遏，问她说些什么？她连忙改口道："瞌睡神，瞌睡神，瞌睡来了不由人，惟愿婆婆永不死，把我小媳妇教成人。"她这样被饶恕了，不独免打，还有灶头半碗猫饭（指猫吃

花
鸟
鱼
虫
兽

之饭也)拿去吃了。她端起猫饭,眼泪忍不住涌出来。待将半碗饭泡着咽下,她就不能说话了。忽然想起仙人,就向外面跑,跑入塘内变了一种黑色水凫般的小鸟,我们叫她苦娃子。

她的未婚夫回家,到处找寻,找到塘边,听见他妻的声音叫道:"苦不过,苦不过。"他哭丧着回来。(《鸟的故事》,第22页)

相传有一女子,在她很小的时候,她的父母不幸就死掉了,只得依赖哥嫂为活。但是她的哥嫂们又都是天赋来那不仁慈的心肠,对待小姑异常苛虐:不满10岁的幼女,哥嫂们就强迫着她推磨捣碓,洗衣刷碗。这幼女受不得这些折磨,每到夜间就自己号哭。后来幼女刚长到15岁的时候,她的哥嫂就给她找了一家穷人家去作童养媳。然而童养媳的生活更苦了。她要到山上去打柴,要到河里去挑水,她的公婆还有时不给她钱,要她能空手买了油盐来!她想,这真不能过了,倒不如一死的清快。所以有一夜,她高唱着:"公又打,婆又骂,没有粮米空教把水打,这样生活过得吗?跳到黄河死了吧!"死的恋歌,就跳到黄河里淹死了。后来,她的公婆知道她跳河死了,连忙到黄河捞了上来,又请了她的哥嫂来看着成殓。在成殓的时候,忽然从那童养媳的脑门前飞出来一只鸟,伸长了脖子叫着:"姑姑……"童养媳的嫂子听了,对她大声叱道:'姑什么姑?你孤我不孤。'那鸟连着又叫:"姑姑——苦姑姑——苦!"(同前,第35页)

许多年许多年以前,有一个农家寡妇,在擦床摸席的生涯中,把她丈夫留给她的一个遗腹子带到能够自立的时候,自己为着悲哀过度,把一双眼睛瞎了。不过这儿子是很争气而又很孝顺,所以也过活得很快活。不到几年,儿子有了媳妇了,消费的多,不得不多耕田,所以奉养盲母的责任,概交在他的女人手里。时当三四月之交,农事忙得很,他仍如前一样,每天由田里捉得鳝鱼回来,交给她女人煮给盲母吃。——从前没有女人时,当然要自己煮。——他的母亲虽然吃时觉得有点异味,然而双睛不见,也没有想到自己吃的并非鳝鱼。

"儿呵!今天的黄鳝为什么有泥气而且腥得很呢?"她听她儿子回来时对他说,同时告诉他床头还剩得有吃不完的在。她儿子一看,原来碗中是一条一条的大蚯蚓,他于是发觉了他的女人把鳝鱼自己吃了,而代以蚯蚓去哄母亲。他揪着她的头发,结实的打了一顿,把她压在一个空禾桶底下。

一日二日过去,已经十七天了,他把禾桶掀开来,"苦×丫"一声,她变作一只禾鸡飞去了,以后,她只在半夜三更的水禾里凄声哀号,直到她眼

中叫出血来了,才有一条蚯蚓出来给她果腹。"(同前,第38页)

苦呀,苦哇,苦不过,姑姑苦,以及姑恶,苦苦等,声韵相近,大概因时代和地域的不同,乃多歧异变化,而所说的鸟,则就是一种。如君韶的《苦哇鸟》的故事中说:"变作一只禾鸡飞去了,"更可为假定苦呀鸟即秧鸡的证据。我们晓得,秧鸡的俗名,有些称为稻鸡,有些也称为禾鸡,盖秧,稻,禾完全是同意义的字,都表示她是田野水边的一种鸟类罢了。

4 鹀鸡

《本草纲目》云:"一种鹀鸡,亦秧鸡之类也。大如鸡而长脚红冠。雄者大而色褐,雌者稍小而色斑。秋月即无,其声甚大。"此种鸟类,似乎就是现今普通动物学书上所说的凫翁〔*Gallicrex cinereus*(Gmelin)〕。盖凫翁体色黑,脊以下的羽毛,有广阔的灰色缘。翼的拨风羽黑褐,翼缘及第一初列拨风羽的外羽瓣白色。尾羽黑色有褐缘。体下面均纯黑,仅腹部中央及下尾筒,混生少许白羽。嘴黄色,其基部及额上的骨质板赤色,即所谓"红冠"是也。脚苍绿色。雌鸟色彩大异,体上面各羽的中心黑褐,复有淡褐色的边缘。腰部羽毛其缘甚细。尾羽有同样的色彩。翼羽褐色。颜及颈侧黄褐色,腮白色。以下的下面都为黄褐,而散列细微的黑色横斑。分布区域极广,遍及印度、南洋、日本和我国全境。

友人朱守仁兄,在浙江各地,采集鸟类。一天讲起苦呀鸟的形态问题,他说确是凫翁一类的鸟类。

(原载《鸟与文学》,开明书店1931年出版)

啄木鸟

"啄木鸟"这三个字,对于人是很生疏的;虽然它有益于森林,与人的关系很密切,而且从初级小学以至中学校,在自然教科书、动物学教科书等内都常常提到它的名字,但是出了学校门的人,早已把它忘却,不会再和它相识了。

讲到森林,那又是与啄木鸟相同,没有人能够了解它的重要。虽然一年有一度的植树节,但树木不知种在那里。一般农人因为水旱灾歉,苛捐重税,只可随地斫伐树木,聊资糊口。但是试看那些埃及阿拉伯等文明古国,因为森林摧残,沙漠扩大,人力不能战胜自然,以至光荣的文明,给沙漠吞没了,只成为历史上的遗迹。再看我国黄河流域,渐受漠北飞沙的掩蔽,童山濯濯,赤地千里,这对于整个民族生存的关系,正比洪水猛兽更加紧要万倍呢。

这不是题内的话,回来仍旧谈啄木鸟罢。

丁丁向晚急还稀,啄遍庭槐未肯归。终日为君除蠹害,莫嫌无事不频飞。(陈标《啄木儿》)

这首诗已写尽了啄木鸟的功绩,虽然这只是1000余年前的一位诗人的一时感兴之作。树木的害虫中,有吉丁虫和天牛等的幼虫,潜伏树皮下或材质中,破坏组织,吸收树液,不仅阻碍树木的发育,且足以减损木材的价值。这些虫生育既繁,隐藏又密,决不是人的能力和时间所能除灭。唯有啄木鸟终日不辞辛苦的往来树林间,能为人尽除灭的责任。

啄木鸟的形态,有好几点特异的地方。第一,脚的4趾两个向前,两个向后,趾端生长而钩曲的爪,便于攀住树皮;所以在分类上是属于攀禽类的。第二,尾羽有坚硬的羽轴,当它的身体直立在树干上时,用尾羽抵住树干,使两脚和尾羽合成一个三脚架,把身体支持着。第三,嘴刚直坚硬,好像锥子,适于啄洞。第四:舌柔软细长,尖端生逆刺,适于钩取食物。

它捕食的方法,先止住树干上,用嘴敲击树干,柝柝作声,侦察树干内有没有害虫潜伏着;犹如内科医生诊察病人的时候,用手指敲击患部,听取声音,辨认病状。这时候,它假如听见某部分有低浊的声音,知道内部潜伏着害虫,就用嘴啄破树皮,向木材上啄起一个洞,通到害虫蛰居的隧道内,然后把舌头伸进去,钩取肥嫩鲜美的害虫,做它的食料。有时钩不到虫,随即到树干的反面去敲击几下,大概它以为虫已逃到背面,这样可以使虫重复走到前面来,给它捕住。

啄木鸟与别种鸟类相同,在春天产卵;但它的巢于上年的十月间已经预备好。它检那树干上朽腐的部分,啄起一个或数个的洞,通到树干的中心,再向下方掘一个垂直的洞,这洞底就是它产卵育雏的地方。在未产卵前,这洞作为躲避风雨霜雪的寝室。披尔逊(T.Gilbert Pearson)说:"有一次傍晚,我看见一羽啄木鸟走进洞内。另一次的清晨,我偶然击撞一株树,这树内却巧隐伏着一羽啄木鸟,因为受了扰动,就出来飞去了。"啄木鸟在冬季不必像燕子那样飞到温暖的南方去,这或许也是一个原因。

啄木鸟分布的区域很广,地球上除澳洲和马达加斯加以外,都有产生。种类在400种以上,我国所产也有数十种,确数尚待调查。因为它不作迁移生活,栖息在一定的区域中,常能造成地方变种。旧记载说:"此鸟有青黑者,大如鹊,头上有红毛如鹤顶;然以青者为主。"(《尔雅翼》)"小者如鹊,大者如鸦。"(《本草纲目》)那时没有分类的知识,自然不知深究,只能留下这一些简略的说明了。

(原载《生物素描》,开明书店1936年出版)

花
鸟
鱼
虫
兽

白丝翎羽丹砂顶

鹤有好多种,最著名、最常见的一种是白鹤。最初命名为鹤,就是从"白色翟翟"来的。除了羽毛洁白这个特征以外,头顶有一块朱红色的皮肤,因此又叫作丹顶鹤。丹顶和洁白的羽毛互相映衬,格外显得鲜艳。白居易《池鹤》诗:"低头乍恐丹砂落,"刘得仁《忆鹤》诗:"白丝翎羽丹砂顶,"都指的这一点。但羽色方面,说鹤洁白,并不确切。因

为它的颊、喉、后颈到背部是灰黑色的。翼羽也有一部分黑色,当它敛翼的时候,这部分覆在背上,遮住短短的白色尾羽,就好像有一个黑尾。

鹤的长嘴、长颈和长胫,都是生活环境和取食习性所造成的。《淮南八公相鹤经》说:鹤"食于生,故其喙长……栖于陆,故足高而尾雕。"《庄子》说:"凫胫虽短,续之则忧;鹤胫虽长,断之则悲。"都能说明它的适应意义。当然,这里也讲得不够准确,鹤一般栖息在沼泽地带,胫长与涉水有关,而不是栖息于干燥的陆地所造成的。它的食物是鱼、虾、小虫等,也

吃嫩草和谷物。一般又认为它喜欢吃蛇，饲养时可为人除去蛇害。

鹤休息时，常常直立身体，伸起长颈，向四方瞭望，故有"鹤望"、"鹤立鸡群"等词语。《晋书·嵇绍传》说："或谓王戎曰：'昨于稠人中始见嵇绍，昂昂然如野鹤之在鸡群。'"这是用以比喻他才能出众。但从现在的眼光来衡量，正好反映了晋代社会的讲究门第，轻视群众的意识，是不足称引的。

鹤能生活数十年，是一种比较长寿的鸟类，所以又有"鹤寿"这一类词语。在绘画上，它与青松、灵芝配在一起，称为"松鹤延年"。从长寿这一点出发，又结合它翩翩云汉的飞行习性，更传说鹤是仙人的乘骑，并且成仙的人能化为鹤，鹤也能化而为人。所以画鹤时，又常以云彩或浩渺的海洋为背景。宋徽宗赵佶有一幅画，画了二十羽白鹤，十八羽在碧青的天空回翔，两羽落在端门的鸱尾上。端门灰顶红檐，围绕着五彩祥云，气象堂皇，色彩绚丽。图名《瑞鹤》，还题了二百多个字，说明祥瑞的意义。这跟"松鹤延年"一样，从艺术角度来看，有浓厚的民族风格；从迷信这一点去看，便少有意义。

关于鹤的鸣声，《诗经》就有"鹤鸣九皋，声闻于野"之句。朱熹注说："闻八、九里。"是说它鸣声响亮，很远就可听到。这有生理根据，因为它的项颈长，所以气管也长。气管又在胸腔里蟠曲几转，增加了长度，像喇叭的管子一样，加强共鸣作用，因此，鸣叫起来，声音就显得格外嘹亮。

鹤的饲养历史，已很久远，最早的记载，见于《左传》。据说："狄人伐卫，卫懿公好鹤，鹤有乘轩（坐车子）者。将战，国人受甲者，皆曰：'使鹤，鹤实有禄位，余焉能战！'"这个故事，一直成为只知娱乐，忘却国家大计的鉴戒。晋代镇守荆州的名将羊祜，闲暇时从附近的江陵泽取鹤来养，却没有引起人的反感，人家反而为了纪念他，把江陵泽叫做鹤泽，后来整个江陵郡也叫做鹤泽了。宋代林逋在西湖孤山养鹤，更是一个尽人皆知的故事。据说有时林逋外出，家里来了客人，家人把鹤放出去在天空盘旋，林逋望见，就摇船回家。当然，从历史上考察起来，鹤的饲养，一直属于"吴人园中及士大夫家皆养之"的有闲阶级的玩物。只有到了今天，才在各处公园和动物园里成为广大人民共同欣赏的珍禽。

《花镜》上说：畜鹤"之地，须近竹木池沼，方能存久"。这是为了适应它野生时栖息沼泽间的习性。绘画中也常以修竹为背景，既与鹤的修长的姿态相调和，也反映了鹤的生活环境。

花

鸟

鱼

虫

兽

古人养鹤还注意训练它振翼徘徊,回旋舞蹈,叫做鹤舞。相传吴王阖闾葬女时,曾"舞白鹤于吴市"。(《吴越春秋》)南朝宋鲍照写有一篇《舞鹤赋》,可见起源也是很早的。《山家清事》叙述训练的方法:"欲教以舞,俟其馁而置食于阔远处,拊掌诱之,则奋翼而唳,若舞状。久之,则闻拊掌而必起,此食化也。"这正是应用了条件反射的原理。在科学上说来,是一则有价值的记载。

鹤夏季在西伯利亚、蒙古和我国北方的沼泽地上筑巢育雏。巢形很大,用杂草造成。每次产卵二三个,褐色,有不显著的红色或灰色斑点。《花镜》说:"生卵多在四月,雌若伏卵,雄则往来为卫,见雌起必啄之。见人数窥其卵,即啄破而弃之。"鹤在冬季,南飞到长江流域一带过冬。《风土记》说:"鹤性警,至八月,白露降,流于草叶,滴滴有声,即高鸣相警,徙所宿处,虑有变害也。""徙所宿处"是说它开始迁移。候鸟每年随季节而南北飞行,原因很复杂,把它归结为是由于闻到露滴声而引起的,那就太简单化了。

随着人类的活动区域扩大,原始森林、草原、沼泽受到砍伐、垦殖或破坏,会影响到许多野生动物的生存。像鹤一类大型鸟类,因为它们产卵少,繁殖率比较低;身体大,食量也大;又因为身体大,目标显著,容易受敌害攻击,也容易给人捕获。"晓日东田去,烟霄北渚归;欢呼良自适,罗列好相依。远集长江静,高翔众鸟稀。岂烦仙子驭,何畏野人机。"(张九龄《郡中见群鹤》)那种舒适的生活,只是诗人的想象之词。一般说来,它们的生存比较不利,数量是在逐渐减少下去的。现在科学家们正在研究如何让它们以及其他的珍禽异兽能够很好的繁殖,如设置自然保护区,规定狩猎期等,是一件重要的工作。

(写于1962年6月,原载《生物学碎锦》,福建科学技术出版社1980年出版)

布谷处处催春种

《斯大林全集》第九卷六九页和第十卷二二五页,都有"布谷鸟已经叫过了"这句话。第十卷原稿,这一句是译作"杜鹃已经预报过了"的。曾承来函询问:"布谷鸟"和"杜鹃"这两个名称,到底用哪一个比较妥当?

布谷鸟和杜鹃是同类的鸟。用分类学的术语来说,它们同"属"不同"种",跟狮和虎一样。

布谷鸟身体稍大,杜鹃较小。

羽色都灰暗如鹰,区别点是布谷鸟胸部的黑色横斑细狭,杜鹃则比较宽阔。

它们都是候鸟。冬季栖息在南洋、印度、非洲等处。春季,布谷鸟迁移到欧亚两洲的北部,分布区域广。杜鹃只飞到亚洲东部,即我国及西伯利亚、日本等处。

苏联的欧洲部分只有布谷鸟,没有杜鹃,所以这句话是指布谷鸟而不是杜鹃。后来第十卷照旧用了第九卷这句话。

民族不同，对各种动植物的认识和情感也不同。"布谷鸟叫过了"这句话，是托洛茨基说的，斯大林为了批判，才两次引用了它。这句话的意思，是说事情弄糟，布谷鸟给予警告了。比我国俗传乌鸦叫是不祥的预兆，更为严重。苏联或欧洲，这种迷信是怎样来的，应请民俗学者来解答。

布谷鸟又叫郭公，都是拟似它的鸣声的。布谷这个名称，最早见于《尔雅》的郭璞注。在《尔雅》，还有《诗经》等书里，原本叫它做鸤鸠鳲鸠，鸠，没有布谷这个名称通俗。就拟似鸣声作为鸟名这一点来说，欧洲倒跟我们相同，试念这几个字：К ч ку к а ш(俄)，Cuckoo（英），Coucou（法），Kuckuk（德），Koekkook（荷兰），Cuculus（属名，拉丁语），不是都在叫它布谷或郭公吗？

由于我们把它的鸣声模拟为布谷，我们对它的印象和感情，便与欧洲人不同。暮春季节，新绿遍野，杂树生花，麦黄椹熟，田亩漫水，布谷鸟刚从南方飞来，Ka,ko,ka,ko地鸣叫，既尖锐，又响亮，又连续不断，正像在催促我们赶快布谷，赶快春耕。声音虽然并不宛转，却有亲切之感。处处催春种。（杜甫）

布谷声中雨满犁，催耕不独野人知。荷锄莫道春耘早，正是披蓑叱犊时。（蔡襄《稼村诗帖》）

这是诗人的想象，也指出了农民对布谷鸟的认识。

把鸟名隐用在诗句中，令人不觉其为鸟名，而好像是寻常词语，这一类诗，特称禽言诗。古时，禽言诗往往用来描写农民艰难困苦的生活，如袁汝璧的诗说："布谷布谷，新陈不相续，富家笑，贫家哭。"可算得为贫苦农民发出了控诉的声音。

既然布谷是拟声，也可以用其他的意义来模拟它，如"割麦插禾"，"脱却布袴"之类，同样与农民生活和农事有关。

割麦插禾，泥深没驼。新妇饷饭投取螺，妇家煮糜奉阿婆。（清·邵长蘅）

割麦插禾，东田水涸，西田水多，天雨不匀将奈何！（清·江权）

这两首禽言诗，对农民生活的描写更为深刻具体。尤其是第一首：在牲口也要陷没的烂泥田里插秧，饭无法送，只好抛掷过去。丈夫辛苦劳动，勉强送与干饭；在家的婆婆，只好喝些稀粥。妇与新妇吃什么呢？诗人没有说，你能忍心给他补写出来吗？第二首指出了水利不修，靠天吃饭的错误。

徒唤奈何。正是那个时代造成的悲剧。

　　脱却布裤，布裤典钱三百数；夫要米，妇要布；催租人入门，索去裤钱两无语。（宋棠）

　　这首禽言诗，过去曾作过解释："'索去裤钱两无语'，使我们想象到，眼前仿佛有一对可怜、贫困、辛勤、诚朴、失望、无救的农夫，痴痴地、痛苦地正在那里呆想。呆想，怎能找到生活的出路呢？"

　　现在，这一切都早已成为历史陈迹。今天我国的农民是当家作主的社会主义集体经济的劳动者，劳动的成果，既为国家，为社会，为集体作出贡献，也为自己创造幸福。国家富强，集体富裕，水涨船高，个体也富了。布谷布谷，割麦插禾，是意义重大的劳动，谁再意识到布谷鸟的叫声，是在哀叹脱却布裤！

　　布谷鸟，欢畅地鸣叫吧！不，你不是鸣叫，而是歌唱，歌唱春耕，歌唱春种，歌唱我们的田园大地，歌唱我们的愉快劳动，并且预祝我们喜获丰收。在丰收的日子里，我们欢送你去南方作客休息。冬去春回，你又来了，我们依旧一起歌唱，劳动，劳动，歌唱。

　　（写于1980年2月，原载《生物学碎锦》，福建科学技术出版社1980年出版）

鸟类面面观

1 趣味的鸟类

饲养笼鸟的人,常把鸟类分作形鸟、色鸟、羽鸟、鸣鸟等类。形鸟姿态优美,色鸟色彩艳丽,羽鸟羽毛奇异,鸣鸟鸣声悦耳,无一不令人感觉可爱。

自然界中,不论何种鸟类,目光明亮,体态轻盈,动作矫健,飞行迅捷,都是天生的活泼有趣的动物。

鸟类的色彩,艳丽辉耀,人所共睹。例如孔雀,外国人形容它有天使般的衣服。我国特产的锦鸡,朱翠灿烂,鲜艳无比。还有热带的风鸟,或名凤凰鸟,因为它的羽色奇离变幻,简直和我国传说上的凤凰相似。

羽毛是鸟类所特有的,而且形状多变。如卷毛的金丝雀,散毛的鸡,都很特异。雉类的尾羽,大都修长,如我国产的长尾雉,尤其美丽,不是经常在舞台上可以见到的吗?日本产的长尾鸡,尾羽长达丈余,尤为奇异。头上有

发达的羽冠的种类，更是不少。如戴胜、卷尾、连雀、金丝雀等是。

至于鸣声的优美，更足以引起人的注意。"山中无音乐，丝竹在禽鸟，嘤嘤呼春晴，呖呖报春晓，娇吟与柔啭，圆滑斗新巧。"(杨基诗)鸟类鸣声真是自然的音乐。杜鹃声、鹧鸪声、雁声、鹤声，在我国从来就是诗歌的题材；在外国，则夜莺和知更雀，普遍地被人所欣赏。

2 鸟类的食物

鸟类的食物，因种类而不同。它们采取食物的习性，大体可以分为下列数类：

1.专食禾本科植物的种子，如狗尾草等杂草和谷、粟等农作物；以及富于水分的叶片或嫩芽的，如麻雀、鹦鹉、鸠、鸽等是。

2.除了前项的食物以外，兼食昆虫的，如云雀等是。

3.杂食昆虫和植物浆果，或草莓等的，如山雀、鸫等是。

4.专食昆虫，不采取他种食物的，如鹡鸰、鹪鹩等是。

5.各种食物都吃的，如乌鸦、悬巢等是。

6.常食鱼类的，如鸥、鹭、鱼狗等是。

7.常食鸟兽肉的，如鹫、鹰、枭等是。

鸟类运动频繁，体温高，它们的循环、呼吸作用比别的动物旺盛，需要的食物量特别多。尤其在哺育雏鸟的时候，曾经有人观察，孵化后10日的3羽鹩雏，午前4时至6时，母鸟运饵30次，食饵的种类和数量是：蟋蟀1，乌蠋1，蛾1，大蚊1，金龟子1，蚯蚓1，飞蝗29，甲虫1，其他不明者8。到了中午，次数逐渐减少，平均约为每小时10次。统计食饵的种类：飞蝗约占3/4，大概一次2只。推算起来，一羽鹩雏每天至少要吃虫80只，其中60只是飞蝗。飞蝗，每只平均重量是8厘5毫，60只合计5钱稍多；这种雏鸟的体重，不过12钱，所以它们每天摄取的食物，要占到体重的一半。

就鸟类食物的习性，与人生的利害关系估计起来，像麻雀那样啄食谷粒的，普通都认为是害鸟，但野草种子，被它清除的也不少。哺雏期内，捕食大量害虫，更加可以功过相抵。乌鸦也是一样，麦田下种时，常见它们在田中啄食麦粒，但同时也啄去害虫。食肉的鹰、枭等鸟，因为它们残食小鸟，或者捕捉饲养的小鸡，都被视作害鸟；但他们也捕食对我们有害的小兽，如野鼠等难于防止的动物，益处是不少的。只有鱼狗和翡翠，捕食稺鱼，在养

鱼业上有大害。然而这样的害处，也只限于一定的区域而已。

3 鸟类的共栖

鸟类采取食饵的习性，变化很多，最奇异的一种现象，就是鸟类与鸟类，以及与他种动物的共栖生活。非洲产的一种蜂虎，停在鸨的背上，利用它的飞行，哺食蝇类。还有一种鸥，栖息在鹈鹕的头部，啄取它巨大口袋中的鱼类。这两种似乎都是片利共栖。北美某种海鹭的巢中，有种种雀科鸟类，筑巢寄居，有时鹭类也寄寓着，食蛇鹰的巢里，也有种种小鸟一同住着。这种小鸟受着鹭和鹰的保护，实在是很有趣味的事情。按照鹭和鹰的本性，它们是吃小鸟的，可是它们能容许这些小鸟住在一起，是什么缘故呢？大概它们是利用这些小鸟做诱饵，以便哺食其他的小鸟；或者也像人类的玩弄小猫、小狗一样，出于一种游戏的动机吧。

鸟类与他种动物共栖，如千鸟与鳄鱼，是最著名的一个例子。千鸟常常飞进巨大的鳄鱼口腔中，啄取它齿缝间的食物残屑；有时鳄鱼的嘴偶然闭合，千鸟也不会被它咽下，千鸟只要把鳄鱼的上下颚稍稍撞击一下，鳄鱼就张口把千鸟放出来了。因为扫除口腔的工作，对鳄鱼有利，所以鳄鱼爱护千鸟，两者间成立了互利共栖的生活。还有八哥和鹊，常常栖息在牛背上，捕取吸血的蝇、虻等害虫。鸟类是敏捷伶俐的生物，它的目光锐利，是其他动物所不及的。跳鼠与兔，常营共栖生活，遇到敌害，跳鼠发出警戒的鸣声，兔得到警告，就可以及时躲避。

4 鸟类的情爱

鸟类的繁殖，每年有一定时期，都在春夏两季。繁殖的第一步，是配偶的结合。鸟类配偶的形式，也与人类相似，以一夫一妻为最普遍。一夫一妻之中又可分为两种：一种是终身的，如鸳鸯、鸽子和鹰等是；一种是暂时的，就是仅在繁殖期中结合，平时则群栖或单独生活，各种普通鸟类都是，一夫多妻的，如孔雀、家鸡等是。一妻多夫的如鹨鸠。鹨鸠本来也被认为一夫多妻的，后来经英国人西波曼的研究，发现鹨鸠雄多于雌，所以它们是一妻多夫，而不是一夫多妻。

一夫一妻的鸟类，爱情最为深厚，如鸳鸯、黄鸟、雁，都有一只被捕，

另一只悲鸣而死的传说。在日本，以前产鹤很多的时候，据说有某猎者担了死鹤回家，在途中，竟被飞来的一只鹤啄破头骨而死的故事。

鸟类情爱的表示，就是形影不离，最有名的是鹦哥类中的恋爱鸟，常常并栖在一起。所谓"在天愿为比翼鸟"，就是有感于鸟类情爱的真挚而说的。次之是合力工作。鸟类在平时，不需要固定的家室，随便什么树林、地面都可以栖息。到了产卵育雏的时候，便需要一个安全固定的住所，也就是有建筑窠巢的必要。这种窠巢的建筑，大都是雌雄共同完成的。

鸟类的巢，有精粗巧拙的分别；这与鸟类的习性，及其进化程度，大体相适应。现有最原始的鸟类，如鸵鸟等，并不造巢，仅仅利用沙漠上的凹陷处，或树木的根际做巢；白天靠太阳曝晒，晚间才自己来抱卵。再如海乌，直接在岩石上产卵，连选择一处凹陷处也不需要。千鸟在海岸边或河岸上，掘穴产卵。海鸥的地穴，深至数尺；鱼狗的地穴，弯曲有如隧道。其他如雉鸡等，采集杂草，堆积地面，便当作巢了。云雀则构造得相当巧妙，这是巢在地面的各种进化程度。至于在树上筑巢的，如啄木鸟，在树洞里产卵，简直是没有巢的；鸠用树枝架成盆形，构造很简单，乌和鹊也比较的粗糙。至如缝纫鸟用植物纤维，绵鸼用草穗来缝合树叶，显得异常巧妙。又如厦鸟，多数合力作巢，内分数室，各自分居，巢顶倾斜，好像屋脊，更是鸟巢中比较高级的形式。

造巢的材料，变化也很多。用树枝杂草，是最普通的；其他如湿泥、羽毛、蛛丝、藓苔等物，也是常用的；如燕巢，泥土占大部分。金丝燕分泌唾液，凝成燕窝，要算最为奇异。

各种鸟类，都有一定的造巢的地位和所取的材料，但有时也随环境而异。如在城市中的鸦，有以金属丝来造巢的；鸠在没有树木的地方，便把巢筑在地上。由此可见，环境有改变鸟类习性的可能。

5 产卵和育雏

鸟类筑巢以后，随即产卵孵伏。所谓卵，广义地说，是动物界所共有的；狭义的说，是指外生卵壳的卵，为爬虫类和鸟类所特有。鸟类比爬虫类进化，爬虫类的卵，卵壳柔软，形圆或椭圆，色仅白的一种。鸟类的卵，卵壳坚硬，形和色变化很多。圆形的卵最少；鸮鸟的卵产在树穴中，圆形，同穴的卵容易滚集一处，便于孵伏。反之，像上述的海鸟，直接产卵在海岸的悬崖绝壁上，卵形长圆，只能沿长轴转动，可以防止滑下海去。又如鹬卵等，长径比较短，而且一端圆钝，一端尖削，这可使卵常以尖端集合中心，排成圆形，充分利用巢穴面积，便利孵伏。

至于色彩，白色的卵，只有鸮、啄木鸟等产在树穴中的数种，其他都有各种色彩。色彩都属于保护色。例如产在混有介壳、石块的海滩上的燕鸥卵，总是白地褐斑；假使产在泥沼地的卵，那就常是污褐色。鸟卵的色彩，是在输卵管里染上的。卵在输卵管里移行的时候，着上去的色素呈云纹状；停留的时候，着上去的呈点状或圆形斑；云纹中，也有粗细轻重不一的，这是卵在输卵管里运动的速度，随时有变化的缘故。产卵的时候，钝端在前，尖端在后，所以斑纹总是钝端较为浓厚，有的浓厚到几乎呈黑色。鸟类不同，卵的色彩也不同；而个体间的变化也不少。

产卵的数目，也随了种类而不同，大体与产卵场所的安危成比例。如海燕、海鸥等产卵在远洋孤岛上，较少敌害袭击的危险，每产只有一卵。鸥和燕鸥等，产卵在近海岛屿上，这些地方偶然有人兽的侵害，危险较多，每产有2至3卵。鹬和千鸟等，产卵处与人类更加接近，每产有4卵。其他普通营巢于山野树林的鸟类，每产4到6卵。秧鸡、雉鸡等产卵于湖泽山林的地面，最为危险，每产七八卵至十多卵。卵形大小，大概与鸟类个体大小成正比，例如鸵鸟的卵，大如人头；蜂鸟的卵，则小如豆。

产卵以后，雌鸟便静伏巢中孵卵。雄鸟大都不负伏卵责任。它们所担负的工作，如雄凫，时常隐伏周围，遇到雌凫离巢时，就代替伏卵。如鸢、鹄、鹤等，雄鸟在巢旁守护。歌声婉转的鸣禽，雌鸟伏卵的时候，多由雄鸟搜寻食物。犀鸟，雄鸟把雌鸟紧闭在树穴中，只留一个可以让她伸出嘴的空隙。雄鸟从早到晚，往来捕捉昆虫，采摘果类，供给雌鸟。这时雌鸟像个懒人，而顽强的雄鸟，却牺牲自己的精力和体力，去捕取食饵，供给雌鸟和幼鸟，往往由于劳累和风雨袭击，体力不支而死亡。至于三斑鹑、彩鹬等类，雌鸟形体较大，色彩美丽，便由雄鸟担任伏卵。

鸡与雉等不善飞行，在地面生活。卵的形状较大，雏鸟孵出时，身体也较大，满生绒毛，能够行走啄食。反之，如鸠和燕等善于飞翔的鸟类，产的卵较小，孵出的小鸟，身体裸露，不能行走，要由亲鸟哺食。这种需要亲鸟哺食的鸟类，大多由雌雄两亲，共同搜寻食饵。但由雄鸟伏卵的种类，哺育责任也完全由雄鸟担任。雏鸟能够自力求食的种类，亲鸟仍旧随伴保护，这时候雏鸟还没有飞翔能力，不能远至他处觅食。如山鹬，亲鸟每每挟雏于两足间，携带到别处觅食。

鸟类哺育雏鸟的情形，如梁上的燕子，是大家所熟知的。鸬鹚把食物留在长大的食管里，张口让雏鸟自己啄食。养鸬鹚的人，利用这种习性，缚住它的颈部，便可以用它来捕鱼。鹈鹕把鱼放在下颚的大袋里，也让雏鸟自己啄食。欧洲古时候便误认它自己啄裂胸部，拿血液来喂养幼鸟。雏鸟的食饵，必须容易消化，所以素食的鸟类，如鸠和少数雀科鸟类，亲鸟总是把谷粒先行消化一遍，变成糜粥状态，然后吐出来哺育雏鸟。

6 鸟类的教育

刚刚孵出来的雏鸡，还不懂得啄取食物，亲鸟用嘴敲地作响，雏鸟闻声，才由反射的动作，开始练习啄取食物。初起的时候，不论砂糖或木片，一概都啄，后来才能够辨别食物和非食物。亲鸟发现食物，便发出一种特殊的声音，招呼雏鸟；并啄起食物，再落在地上，让雏鸟看到，赶来啄食。又如发现蚯蚓，亲鸟把它啄至半死，再招呼雏鸟啄食。雏鸟经过反复模拟亲鸟的动作，才逐渐能够独立生活。

雀雏刚从巢里出来的时候，天真活泼，不知道恐怖，人们走近去，它也不飞走。这时最容易用粘竿捕捉。因此亲鸟常在近旁注意保护，遇到危急，就带领小雀逃走，投入网罗或陷入阱中的雀，大都是黄口小雀。雀的寿命约为15年，年龄较大，受到亲鸟和自然的教育愈多，它们也就愈加聪明。

鸟类大部分能够飞翔。飞翔是运动中最困难的一种方法。特别是遇到暴

风雨的时候，飞行更加困难。初出巢的雏鸟，往往不敢试飞。这时，亲鸟衔取雏鸟最爱吃的食饵，从巢中飞出，诱它出来，这是施行兴味教育。或者把雏鸟掷出巢外，迫使它展翅飞翔，这是施行硬性教育。

南美产的大鹭，经过3年，才能够脱离亲鸟的监护，单独飞行，自立生活。到这个时候，羽色才与成鸟相同，嘴上的黄色，也脱去了。鹭和鹰猎击食物的教育，很有规则。先使雏鸟观察两亲的猎击；次之，两亲捕获食物，将半死的给与雏鸟；再次，长幼共同捕猎；最后才由雏鸟单独出猎，亲鸟则在旁边监护，遇到猎物逃走，才稍稍加以帮助。

水禽训练雏鸟游泳，同时使它学习捕鱼的方法，与猛禽类的指导幼鸟相似。最初单使练习游泳，食饵由亲鸟捕取供给；次之，亲鸟把半死的鱼放在离雏鸟1尺远的地方，让它捕取；再进而逐步拉大距离，最后达到可以捕获自然状态的鱼类，这时，亲鸟对子女的行动就不加过问了。

鸣禽类的雏鸟，闻见亲鸟的声音，逐渐学习，就能够发出本种鸟类固有的鸣声。假如听不到亲鸟的鸣声，那便只能发他种鸟类的鸣声了。

鸟类能够拟似人声和其他各种声音的很不少。如画眉、百舌、悬巢等，都能够发出种种动物的鸣声。我国的八哥和九宫鸟；印度、澳洲、非洲和南美产的各种鹦鹉，都能够模拟人的语言。特别是非洲西部所产的灰鹦鹉，名为贯珠舌的，记忆力最强，拟似最巧，最为有名。然而这些都是人类驯养教育的结果。由人饲养而可供役用的鸟类也不少，如传书的鸽，助猎的鹰，和善于演技的山雀都是。

7 鸟类的移徙

各种鸟类，有的终年可以看见，如雀和鹊等是；有些只限于某一季节可以看见，如春夏的燕和秋冬的雁等是。这是什么缘故呢？因为鸟类有一种移徙的现象。多数鸟类，是按照季节，作南北迁徙行动的。终年在我们这里的鸟类，称为留鸟；春夏从南方来到我们这里的鸟类，称为夏鸟；秋冬从北方南来的鸟类，称为冬鸟。还有，在它们迁徙的途中，只在我们这里经过，而并不作长期逗留的，称为旅鸟。有些并不是我们这里的鸟类，偶然迷途而来的，称为迷鸟。至于啄木鸟那样，既不是居留于一处，也不作迁徙的运动，它的生活是漂泊游荡，没有一定的，称为漂鸟。

鸟类的所以要迁徙，大概有4种原因。

第一是气候的关系。鸟类的体温最高，对于寒暑的感觉最为敏锐。如燕和杜鹃等，终身须生活在温暖的地方，所以一定要靠迁徙来作调节。

第二是食物。冬天北方冰雪遍地，昆虫和植物不再生长；地面即使有食物，也给冰雪封住了。所以雁、凫等鸟类，就不得不飞到南方来。

第三是繁殖。鸟类选择繁殖的地域，不但要注意食物，还要注意有无敌害。北极附近，夏天冰雪消溶，花草齐放，昆虫繁生，昼长夜短，光明可爱，人迹不到，肉食兽也很少，所以鸟类大都迁移到那边去繁殖，飞鸣歌舞，无忧无虑，不啻过着一个时期的乐园生活。

第四是内分泌的影响。有些鸟类学者发现移徙现象和内分泌有关，赤翅黑鸟和企鹅，雄鸟的移徙比雌鸟早，就因为生理的变化，雄鸟开始较早的缘故。

鸟类移徙的途径异常辽远，我们常见的燕，繁殖地远及西伯利亚，冬季南归远至澳大利亚。还有冬季所见的雁、凫等鸟，是从北极附近南来的。美洲产的一种千鸟，在北美的极区繁殖，秋季通过北美到南美去越冬。各种鸟类移徙的途径，大概都有一定，而且永远不变。辽远的方向，不知道它们怎么能够认识，实在是生物界中一个很奇妙的问题。

鸟类移徙的时节，也有一定。所以，燕子常常春社日来，秋社日去。移徙的时间，多在夜间，尤以月明风静时为多。日中休息，下到地面搜寻食饵。鸟类的飞行都在高空，常人的眼力难以看到。所以只有雁那样，偶然在傍晚或清晨开始飞行或降落时，人们才可以看到。移徙之前，某一定区域中的鸟类，常常先聚集在一处。移徙的途中，总是成群的，大概便于互相照顾，这也是从雁可以看到的。

（原载《动物珍话》，开明书店1932年出版）

鱼类的体形与运动

1 鱼类的主要体形与游泳型

鱼类的主要体形有四种：即基本形、侧扁形、纵扁形、延长形。基本形是最普通的鱼类，如我们所常见的鲤鱼等，身体形状是侧扁的纺锤形，头部、体躯与尾，大小有相当的比例。体表覆被薄鳞，没有甲胄等特殊装置；鳍形也是大小适中。这是鱼类全体共同的近于原始的形态，我们称它为基本形或纺锤形（fusiform）。有这样形态的鱼类，大多运动敏捷，取食活泼，在进化过程上，保持幼稚的性质。此种鱼类的基本形，身体的主轴，或称第一体轴，亦称头尾轴，即自头至尾的距离为最长。第二体轴，变称背腹轴，即

自背到腹面的垂直距离，长度饮之，但较前者，显然为短。第三体轴的左右轴，即身体左右两面的距离，那么，又较第二体轴为更短。

从这种基本体形，变化消长各体轴的比例，就发生种种不同的形状。特别可注意的，是头部的大小。头部与身体的其他部分相比，显然觉得细小的，称为小头形（microcephalic form）；反之，头部发达过甚，身体的其他部分现萎缩状态的时候，称为大头形（megacephalic form）。还有身体表面装饰甲胄，发达刺棘，以及鳍形的增大等等，都能使体形现出奇异的状态。种种形状，真有千变万化之概。

侧扁形　就是鱼类的基本形，抑止第一体轴的发达，增加第二体轴的长度，身体变成短而高，是为侧扁形(compressi form)，如鲳等是。此种鱼类，都栖息于水的相当深处，运动概不活泼。头的大小、变化不显著；仅有少数几种大头形和小头形而已。在板鳃类中，绝无此种体形，颇有注意的价值。

纵扁形　就基本形的第二体轴缩短，第三体轴延展发达，遂成上下扁平，左右广阔的形状，是为纵扁形（depressi form），如黄貂鱼等是。此种形状，大概附带的是大头形。多作静止于水底的生活，运动普通均极迟钝。

延长形　或身体的主轴，异常延长，就成为鳗鲡形（anguilli form），亦称延长形（elongated form），如鳗鲡、鳝鱼等是。此种形状，也许是由于潜伏水底沙泥中的习性而生；因为这种形状的鱼类，有潜伏习性的是很多的。多为小头形，运动不敏捷，有腹鳍、胸鳍的消失等现象，显示退化的倾向。板鳃类中，此形极少，现存种类，仅骡鲛一种，最初加孟（S.Garman）发现于日本的近海中，其后太平洋、大西洋的深海，亦有捕获。因为它保持鲛类最原始的形态，颇为著名。

鱼类的主要的游泳形也有四种：即基本形、鱼雷形、游艇形与蛇行形。

基本形　鱼类主要的运动法，即为游水基本的游泳法，可从基本的体形上推想而得。身体向左右作适度的屈伸，斜击后方的水，鱼体即因反作用的力量而前进。尾鳍是增大推进力的器官，背鳍和臀鳍是垂直舵，胸鳍和腹鳍是水平舵，都是保持身体平衡的器官。此种基本的游泳法，有适度的速力和持续力。再因体形和生态的不同，游泳法也就随之而多变化。阿柏尔（O.Abel）尝就水栖脊椎动物的游泳法，区分为鱼雷形（torpedoprincip）、游艇形（ruderbootprincip）及蛇行形（schlangenprincip）三种主要的形式。这些游泳法，有优劣的分别，可据此以论过去到现在的各种水栖脊椎动物的发展。鱼类的游泳，从基本形变化出来，也有这三种的主要形式可见，并且也可以因此而窥见各类盛衰的大势。

鱼雷形　这一形游泳法的鱼类，身体系纺锤形，硬直得几不能左右屈伸，仅以身体后端的尾鳍作强力的推进器。能在广阔的水中，用高速度作长时继续的游泳。强大的海洋鱼，如鲣、旗鱼、金枪鱼等，都是这一形的游泳法，要算是游泳法中最优秀的。

游艇形　游艇形的游泳法，身体与尾鳍不参与运动，而应用身体左右两侧的偶鳍（即胸鳍与腹鳍，都是成对的，故名），尤其是胸鳍，用其力量拨水于后方，使身体前进。尾部退化缩小，胸鳍左右广张的魟类，就是此种游泳形的适例。和鱼雷形相比而论，则其速度迟缓，难于长时继续，盖不是成功的游泳法，只是一种特殊体形的特殊适应而已。此形有一种变形，不用身

体和偶鳍为运动的主力，而使背鳍和臀鳍作波状活动，或左右振动以推进身体，如河豚、翻车鱼等是。

蛇行形 蛇行形的鱼类，必定是长形的身体。由于修长的身体，几回左右屈曲，拨水而前进。尾鳍多退化，胸鳍和腹鳍也多显示消失的倾向，与运动殆无关系。这是最拙劣的游泳法，速度最小，我们人类的游泳，差不多可以追及它。

2 鱼类体形与运动的适应变化

鱼类栖息的场所，自淡水的池沼湖泽，溪流江河，以至盐水的近海大洋，方面异常广阔。种种环境，极不相同。鱼类的体形与运动法的生态等，对于环境所发生的适应现象，亦极为纷繁复杂。大体上，各种鱼类可区分为自由游泳形与底栖形两大类，二形之下，又可细别为数小类。

（1）自由游泳形——流水形，浅海形，止水形，大洋形。

（2）底栖形——定着形，爬行形，埋没形，潜挖形。

流水形 栖息于江河的流水区域中的鱼类，常为此形，适应于水向一方流动的生活，体形与运动，均为基本形。流水区域，似乎是鱼形动物最初发达的场所，栖息的鱼类，体形与运动，多保持基本的形态，出是当然的事情。

浅海形 浅海区域中，物理的情形与化学的情形均极复杂。外与广阔的海洋各区互相连接，似为对于将来向各种方向发展的摇篮地。这种区域内的水，受潮汐波浪的影响，时或静止、时或激荡，变动无定；又因昼夜的推移，光线有强弱的变化；同时有礁岩、海藻及其他多种遮蔽物的存在，环境极为变化多趣。所栖息的自由游泳形鱼类，大体近似流水形；而水的运动，与流水区域相较，并非长时继续，故又与止水形相接近。总之，因种类的不同，各现种种特性，尤可窥见下述各形特征的萌芽。例如遍罗等，其体形与运动接近基本形，但静止休息于礁岩的裂隙和海藻间，或有潜伏水底沙中的习性，所以显示了底栖形的性状。

止水形 在不受潮汐波浪影响的相当深处，稳静的珊瑚礁附近以及止水的池沼湖泽中，所栖息的自由游泳形的鱼类，它们的代表体形，是体高的侧扁形。如棘鬣鱼科，即为位于浅海形和止水形中间的适例；鲳鲂等类，则为止水形中最发达的例子。在珊瑚岩附近，多侧扁而几近圆形的喋喋鱼。淡水中，如鲫鱼一类，显然有种种适应变异的程度。止水形中还有一种变形，则身体为条带状，例如最熟知的带鱼就是。这似乎是退化的形式。

大洋形　远离海岸和海底，在大洋上层自由生活的鱼类，体形与运动多为鱼雷形，有非常强大的游泳力。其身体的横断面，殆近圆形；尾鳍坚硬如板，成半月形，柄部骤然减细，适于作急速并强力的振动；身体侧面有水平隆起（lateral keel），可以减少水的阻力。旗鱼科、金枪鱼科、鲣科等强大的鱼类，是其适例。至于竹筴鱼、鰤、青花鱼等，似为中途出现的形态。

定着形　作游泳生活的鱼类，如对于水底的关系，逐渐加深，就变成水底静止的习性。为静止时的安定起见，身体下面，特别是腹部下面，每每成为扁平形，而胸鳍则发达作支持的用途。从鮋科、竹麦鱼科、鮎科等鱼类中，可以见到。竹麦鱼科的鱼类，胸鳍的下部鳍条，更发达为触觉器。较此形更进一步的，如牛尾鱼科、鮟鱇科等，身体形成纵扁形；极端的例，自然要推黄貂鱼类为最著名。鮎并科鱼类的体形和习性，则显示从自由游泳形向定着形移动的中间形。

爬行形　专向定着形适应变化，游泳力次第减退消失，就获得在水底匍匐移行的习性。胸鳍，或胸鳍与腹鳍，均变形为肢状，能作爬行的动作。这一形的适应范围，比较狭小，故类例极少，壁鱼可为其中的代表。又鳚科的蛙鱼、烛鱼和虾虎科的泥猴等，胸鳍变作爬行肢，适于在水底匍匐，并暂时可作陆上的生活。前者出现于礁岸上，后者见于砂泥质的海滩上，能以胸鳍爬行，或以胸鳍支持身体，而作跳跃式运动，在水中，仍旧能作普通的游泳。但马来西亚、印度等处所产的陆上步行鱼所谓攀鲈者，系由于着生刺棘的鳃盖骨的活动而运动身体，与这里所述的完全不同。

埋没形　此种鱼类，喜欢在柔软的砂泥底下，埋没身体，静止休息。这种习性，由各形分别发达而来；故习性虽一，而体形则种种不同。

从纯粹的流水形转变为埋没形的，似乎没有。鲤、鲋等有移入止水形倾向的淡水鱼，多有埋没的习性。特别是逃避敌害和冬眠的时候，最为显著。

从浅海形转变的埋没形，如前述的遍罗、乌前鱼以及玉筋鱼等都是。这种鱼类，游泳力十分强健，避敌与休息的时候，潜伏泥底。尤其是玉筋鱼，身体两端尖锐，全形如矢，表示自由游泳和埋没静止两种习性有趣的错综。

鲽、比目鱼、箬鳎鱼等，对于埋没的习性，有高度的适应能力。身体为高起的侧扁形，两眼已移生于身体的一侧，便于另一侧横卧水底。

惠曾科、牛尾鱼科、鼠䱛科、眼镜鱼科等，由定着形的习性，更进而为埋没形，身体略成纵扁，眼位于头上，左右接近。惠曾科和眼镜鱼科，定着

形的习性较少，似乎是从自由游泳形转变为定着形，同时又得埋没形的习性。惠曾科并且还保持着十分的游泳力。

潜挖形 这一形的鱼类，喜欢在柔软的污泥中，穿孔潜行，必有延长形的体形是它们的特征。鳗鲡、海鳗鲡、黄鳝等，为代表的例。此形的起源，大概系由于基本形的鱼类，获得埋没潜行的习性，身体次第延长而成。泥鳅科的鱼类，似乎是表示此种初期习性的体形。至于虾虎科的隐目鳗，则又从第二次的定着形变化而来。

跳跃及飞行鱼类的运动法，尚有一种跳跃的现象，极为常见。发达的程度，因种类而不同，飞行当是跳跃中最进步的方法。文鳐鱼科、鳡鱼科、秋刀鱼科、鲻科、梭子鱼科等，都有极普通的跳跃习性，并且跳跃地进行，能够长时继续。其他大洋性的鱼类，普通均能跳跃。大概此种习性，以游泳于水的表层与水面多接触机会的鱼类，较为发达。

鱼类的跳跃，有三种形式。一为原始的跳跃法，跳跃时身体离水面不远，如鲤科中的小淡水鱼，最多此种现象。二为斜行向上方空中跃出，达于最高点时，即垂直地落下，如鲤、鲻等即是。落下的姿势，或头向上，身体横斜，或头向下，而身体伸屈，因种类而不同。三为跳跃的路，在空中画一半弧形，而头部向水中飞入，如文鳐鱼等是。此形为跳跃中最发达的程度，动作最敏捷，有类于飞翔，故亦称为"飞行"。

跳跃及飞行的原因关于跳跃及飞行的原因，有种种的推考，大体可作如次的分类：

（一）环境诱发的跳跃

（1）逃避危险的跳跃鳡鱼、文鳐鱼等所常见的现象。

（2）捕取食饵或施行攻击的跳跃如追逐鳡鱼的鱀鳅等是。

（3）栖息的水及其他状态不适于生活时所引起的跳跃，如金鱼缸内草种金鱼的跳跃等是。

（二）鱼身自发的跳跃

（1）可作一种游戏本能的解释日暮时鲤鱼的跳跃和月夜文鳐鱼的群飞等是。

（2）繁殖时的兴奋现象当繁殖季节，各种鱼类，跳跃于水面，是我们所常见的。但对于此种现象，尚无科学上的详细观察和分析。

飞行鱼类，以文鳐鱼为最著名。其实此种飞行，不过是空中的滑走而已。前进的原动力，由于出水的瞬间尾鳍击水而得。其他豹魴鮄科的鱼类，

古来也有飞行的传说，然而确实的报告，却还没有。非洲西部河流中产的小鱼（*Pantodon buchholzi* Peters）、南美洲的小淡水鱼（*Gastropelecus*）和印度产的小淡水鱼（*Nuria*）等，也有几种书中说是能够飞行的，但基于观察的确实报告，尚未见过。

（原载1931年《学生杂志》，节选自《贾祖璋科普文集》下卷《鱼类生活论》，福建教育出版社1993年出版）

鱼类的色彩与发音

鱼类色彩的构成 鱼类，特别是硬骨鱼类，色彩斑纹的发达，在动物界中，除鸟类以外，是无与匹敌的。尤其是热带珊瑚礁附近栖息的鱼类，富丽华炫，灿烂夺目，殆可凌驾鸟类。还有几种鱼类，色彩和斑纹，顷刻之间，能现变化；它们变化的迅速，只有乌贼、章鱼等类，可以仿佛比拟。

鱼类色彩的显现，是存在于真皮下面的色素细胞（chromatophore）和虹胞（iridocyte）的作用。色素细胞是阿米巴形分歧的细胞，细胞中有色素粒沉淀。色素粒分红、橙、黄等色的脂肪素群（lipochrome group）和黑色（浓褐）的黑色素群（melaningroup）两大类，分别沉淀于不同的细胞内。色素细胞作镶嵌细工状的排列，由于各种色素适宜的混合，就显现各种不同的色彩；又由于色素细胞的收缩或伸长，浓淡程度，也随之而不同。不过此种运动，是色素细胞自身作阿米巴状的运动呢，还是细胞内色素粒的流转和变动，尚未有定论。据最近的研究，大概细胞自身，不做运动，乃由于细胞内的色素粒，或聚集细胞中心，或散布于细胞全面而已。这种由于色素粒而呈现的色彩，是化学的作用，故可称"化学的色彩"。

虹胞是白色鸟粪素性质的沉淀物，成颗粒状、球状、多角形、星形或扁平小板状。此种沉淀物内，不含色素，由于反射光线，而显现色彩。这不是化学的作用，是物理的作用，故可称为物理的色彩。此种色彩，都有闪光，有时呈白垩质的白色，有时现美丽的银光。

色素细胞与虹胞，在皮肤中混杂排列，遂现出种种的色彩和光泽；同时又因互相干涉的结果，发生美丽的虹状彩色。

鱼类短时间内色彩的变化，以环境的色彩和光线的强弱的影响为最大。此种变色的直接支配者，当为神经系；如爬虫类与两栖类那样的内分泌作用现象，现今尚未有认知。

斑纹的种类鱼类的色彩，既然富丽华美，种种色彩所组成的斑纹，尤为复杂奇丽，是一个极有趣味的研究问题。可惜关于这一方面的知识，所得尚少，现在只能将日本人内田惠太郎氏所类归的九种斑纹，分述于下。至于各种斑纹形成的经过，各种间相互的关系，以及对于环境的适应等等，未遑多论。

一横条纹条纹与身体的主轴成直角，即对于鱼体普通的姿势成垂直关系者，例如绣鲨、缟鲷等是。

二纵条纹条纹与身体的主轴平行，即在普通的鱼体上，作水平的分布者，例如狐鲣等是。

三蛀蚀斑与云形斑不规则的斑纹，细而复杂的，现虫蛀的痕迹，例如青花鱼的脊纹。粗的现浮云的回旋状，如鲉科鱼类是。

四点斑分两种：

（a）实点斑或黑点斑浅淡的底色上，现深浓的点斑，例如鲍。

（b）虚点斑或白点斑与实点斑相反，系在深浓的底色上，现浅淡或白色的点斑，例如蓝子鱼。

五弧条纹此种条纹，大多为始于身体背部，至腹部作弧状弯曲而向后方。与身体的主轴，斜行交切。如箭杂鱼是。

六斜条纹这是与身体主轴斜交的直条纹，以从背部斜向下方为多。如鹰斑鲷是。

七鸳鸯斑或对比斑身体色彩，分两部分，极端的程度，则为半身深色，半身浅色，如作对比的状态者。

八混杂纹上述种种的斑纹，同时有两种以上，出现于同一鱼体上者，以栖息于珊瑚礁附近的鱼类为多。此种繁复的混杂纹，大概是斑纹中最发达的

程度了。

九勺染色不现斑纹，只是身体的背部深暗，至腹部次第淡褪。这是斑纹初步发生的状况，或者也是斑纹发生后退化的现象。

鱼类的发音　关于鱼类发音一事，向来报告很多。发音的习性，一般地考察起来，鱼类以上的动物界中，是很流行的。将来生态的观察进步，一定更能发现多种鱼类发音的事实。考察鱼类的发音，对于偶然的、单为生理作用的发音，与主动的、有生态意味的发音，不应混为一谈，但实际观察的时候，也颇不容易严格分别。现从鱼类发音机构上着眼，稍稍引申到它们发音的生态意味或生理作用。

（一）摩擦音　这是骨骼、棘、齿等身体坚硬的部分由摩擦作用所发的音。例如最熟知的黄鳝鱼，能ang ang作响，是胸鳍的棘摩擦而发的声音。如鲴，能摩擦颚骨而发音。又如河豚科鱼类，能磨动上下齿而发音。这一类的声音，似乎有生态的意味，但不尽然的也多。

（二）呼吸音　呼吸的时候，因空气的经过而发音，是种种淡水鱼所常有的现象。如泥鳅，即由于肠管中空气的漏过而发音。此种发音的生态意味，多属可疑。

（三）鳔及其附属的肌肉所发的音　这一类鱼类的发音，最堪注意。它们的发音器官，特别发达，颇有生态的意味。这种发音的鱼类，已有多种报告。如美洲大西洋沿岸所产石首鱼科的鼓鱼〔drum fish,Pogonias chromis（Linnaeus）〕和地中海产的斋鱼〔Maigre,Pseudosciaena aquila(Lacépède)〕，最为著名。石首鱼科鱼类，恐怕全体都有发音习性。如日本所产的鮸，据有经验的渔夫说，可以闻声而知鱼群的所在。我国最普通的黄鱼，它的发音现象，可惜没有人研究过。其他能如此发音的鱼类尚多，如竹麦鱼、石鲷、缟鸡鱼、箭鱼等都是。当它们发音的时候，用手指触碰胸鳍基部的后方，显然有振动的感觉。

鱼类发音的生态意味，有认识音与警戒音这两种可以分别。石首鱼科多栖息沙泥海底的浊水中，至产卵期则群集而盛行啼鸣，可以想象到是认识音的一例。又渔人潜入海中，常闻石鲷啼鸣，似为警戒的声音。捕竹麦鱼时，也有这种意味的啼声听到。

（原载1931年《学生杂志》，节选自《贾祖璋科普文集》下卷《鱼类生活论》，福建教育出版社1993年出版）

哑动物的鸣声

鱼类和爬虫类通常都不能发声,我们不妨称它们为"哑动物"。发声的功用大概最初是便于呼唤异性,例如各种鸣虫。高等动物营社会生活,需要互相表达复杂的情意,所以发声更为必要,而且也更为进步。还有,发声与呼吸器官的构造有关,高等动物呼吸器官构造完备,发声也较为便利。

哑动物中也有少数种类能够发声,这可以证明生物的各种构造和习性都不是突然产生,而是逐渐演进发展而成的。鱼类中黄鱼的发声最为人所熟知。欧洲海洋中所产的黄鱼发出的声音好像鼓声,也有人认为好像笛声和风琴声。声音相当大,在几十米深处鸣叫,也可以在海面听到。据有经验的渔民说:鸣叫的都是生殖季节的雄鱼,如果模拟它们的鸣声,就是不用钓饵也容易把它们捕得。

关于我国黄鱼的鸣声,16世纪就已有记载。李时珍《本草纲目》说:"石首鱼出水能鸣。"又说:"田九成(应是田汝成)《游览志》云:'每岁四月来自海洋,绵亘数里,其声如雷。海人以竹筒探水底,闻其声乃下网截流取之。'"这里更记述了探测鱼声的方法,是很有意义的。同样的文字,也见于失名的《渔书》一书,只可惜不知哪一则是原始资料。

鱼类发声的机构,种种不同。例如蛇鱼,由于喉部肌肉的收缩,使咽喉骨互相摩擦而发声,并由附着鱼鳔的特种肌肉把声音传到鱼鳔而引起共鸣。鲂鱼单由鱼鳔内肌肉的颤动而发声,声音拖长,有一音阶之多。黄鳋鱼由于鳍刺的摩擦而发声,完全是一种机械声。

蛇类除了能够发低微的嘶嚅声以外,以响尾蛇所发的机械声为最著名。响尾蛇蜕皮的时候,尾端的一层皮不会脱下,积厚起来,造成一个坚实的硬茧,与地面摩擦,就发出一种特殊的声音。有人曾看见一条响尾蛇,蟠曲身子,昂起了头,发出声音。大约经过半小时之久,就有一条蛇过来和它交

配。他虽然没有辨明这两条蛇哪一条是雄，哪一条是雌，却可以知道它发声的作用是在招引异性。除了这种招引异性的作用以外，警戒其他动物不得攻击，威吓弱小动物以便捕捉，也是可能的。

蜥蜴类中能够发声的，有台湾等地所产的壁虎，常在夜间咮咮作响。

印度产的一种龟类叫做丽龟，雄的争斗时，发出喧闹的声音。加拉巴哥群岛所产的巨大的象龟，交配季节雄的发出一种粗厉的吠声，在100码外就可以听到。

（写于1944年7月，选自《贾祖璋全集》，福建科学技术出版社2001年出版）

金鱼

花

鸟

鱼

虫

兽

一个多月前的某一期《申报·春秋》栏《儿童周刊》内有着这样一篇蚕子变金鱼的文章。

这里原文照录，一字未经改易，恕我浅学，除了可以辨认一二字是"手民之误"以外，实在不明白那位君朋君在说些什么。这真是儿童年开幕声中儿童教育家对于数千万可爱的儿童们巨大的贡献。可惜我生焉过早，已经不是儿童。不然，参透君朋君这篇大文章，照样试验起来，育成一种"蚕子变成的金鱼"，岂非获得了一个新的发现，可以创立一种新的理论来刷新我国科学落后的现状了吗？

只可惜"蚕子变金鱼"是一种陈旧的传说，那些旧的变戏法的书里，早就记载了这种方法。君朋君不免有费抄袭之劳了。跟腐草化萤，雀入大水为蛤的传说一样，在稍有生物学常识的人，一定知道它是不足信的。在这儿童年的开幕声中，竟还有君朋君那样的人，把这类毫无意义的知识，作为"小试验"来介绍给天真的儿童们，岂非笑话！

金鱼是鲫鱼变成的，古人也早已知道。李时珍说："《述异记》载：晋桓冲游庐山，见湖中有赤鳞鱼，即此也。自宋始有蓄者。"岳珂的《桯史》说："今都中（杭州）有豢鱼者，能变鱼以金色，鲫为上，鲤次之……余考苏子美诗曰：'沿桥待金鲫，竟日独迟留'。东坡诗曰：'我识南屏金鲫鱼。'则承平时盖已有之，特不若今之盛多耳。"十年前，陈桢著《金鱼之变异》一文（英文），就是依据此种资料，断定金鱼的饲养，起源于宋代。

又据《桯史》云："贵游多凿石为池，置之檐牖间以供玩。问其术，秘不肯言。或云以阛市洿渠之小红虫饲凡鱼，百日皆然。初白如银，次渐黄，久则金矣。未暇验其信否也。又别有雪质而黑章，的皪若漆，曰玳瑁鱼，文彩尤可观。"可知宋代金鱼形态还似鲫鱼，颜色则已有红、黄、白、黑数种。

《直省志书》云："有三尾五尾者，皆近时好事者所为也，明弘治（1488-1505年）以前盖无之。"屠隆《考槃余事》说："眼虽贵于红凸，然必泥此无全鱼矣。……若三尾四尾，原系一种，体材近滞，而色都鲜艳。"据此，明代已有凤尾、龙眼等品种。又看1726年完成的《图书集成》中的插图，有一尾是缺少背鳍的蛋种，所以蛋种是清代初年出现的。

至于朝天眼、水泡眼、狮头、鹅头、绒球、翻鳃、珍珠鱼等，过去都没有记载，应是近代才培育成的。野生的鲫鱼，也有体色橙黄而微现金彩的，这应与金鱼的起源有关。

金鱼的形体为什么会有这样多的变化，应给予一种理论的解释。达尔文认为是人工选择的结果。莱谛尔（Ryder）以为"双尾的金鱼由于卵或胚胎初期受伤的缘故，而且这种由于受伤而造成的形态，是能够遗传的。"这是用拉马克的获得性遗传来解说的。杜尼尔（Torneir)以为金鱼眼睛突出，身子团紧，尾鳍张大，都是病态。因为它们被饲养在氧气不足的污水中，胚胎衰弱，便发育成这些不正常的形态。这对莱谛尔所说的受伤，又给了补充。有了变异，再加选择。而这些性状是能够遗传的，于是金鱼的各个品种，便固定下来了。

从科学的见地说起来，把金鱼做"小试验"，确是一种很好的材料。现成的材料不取，却要它去从蚕子里变出来，这不是比"缘木求鱼"更荒谬了吗？

（写于1934年6月，原载《生物素描》，开明书店1936年出版）

鲫鱼

俗语说："杨柳放鞘，鲫鱼上钓。"去年冬天没有大冷，开春以来，只飘过几朵雪，这几天竟是风和日暖，宛然阳春天气了。走路过，杨柳枝上的冬芽，已经脱去外面的鳞片，放出雀舌那样的嫩叶，不觉就记起了上面这两句故乡的俗语和有一年钓鱼的事来。

钓鱼须得每日起早，天亮以后的二三小时内，是钓鱼最适宜的时刻。下午从三四点钟起，可以一直到夜。雨天终日可以垂钓。晴天忽转阴霾而雨尚未下时，也最适于垂钓。这可以表示鱼类觅食的习性，或者与它们的视觉有关。

各种鱼类衔取钓饵的举动不尽相同。鲫鱼上钓时，先是浮子轻轻地动几下，次之钓丝一直向下沉，再次钓丝又向上浮，这是鲫鱼先来试吃钓饵，随后衔取钓饵游去，游不多远，又转身回来或向上游了。在浮子上浮这一刹那间，迅速地，但是轻轻地举起钓竿，一尾活泼跃动的鲫鱼就被提出水面。鱼在水底游行，大概有一定的路径；不同的河流和池塘，鱼的多少不一。所以有的地方，放下钓钩去，很快就有鱼来上钓；有的地方，却钓不到鱼。

钓鱼是一桩很费时间的事，半天或一天，竟可以一尾鱼也没有钓到。假如没有耐心，在水边站立一二小时，就会颓然而返。但是，在这样等待的时候,假如凝视水中小鱼来往,水面涟漪轻漾,倒也有一些静趣。当时给友人的信中,曾这样说:"雨过后,翠碧苍绿的远山和近山,都披上淡烟薄雾的轻纱,持钓竿站立水边,枝头鸟声婉转流利,如合管弦。微风吹过,水面波纹如绉,正像留声机上缓缓转动的大蜡盘;钓丝浮动,则是刻住蜡盘的机针,而鸟声便成为这机针上放出来的悦耳的音乐。此情此景,颇可玩味。"当时,似乎真正沉醉在钓鱼的兴趣之中了。

渔人素来被认为富有诗意,如那些歌咏渔人生活的"独钓寒江雪"等名句,不都是脍炙人口的吗?但是,假如为生活而钓鱼,那末,"半天或一天,竟可以一尾鱼也没有钓到",将怎样去过生活呢?诗人所歌咏的渔人,应不是世间的渔人,至少不是现代的渔人。渔人而有甚么诗意,除非那个渔人真是"一箪食,一瓢饮,不改其乐"的颜回!(其实像颜回这样可以只读书不劳动,也决不是真正的穷人。)

鲫鱼是我国分布最广,出产最多的一种鱼类。常见的长仅数寸,据说成长时可长至一二尺,但我们没有见过。河湖溪涧池塘中都有栖息。黄霉季节,流水中常有数分长的小鲫鱼逆水上游,这是它们正在作向各处分布的旅行。在此以前的一二个月,是鲫鱼的繁殖季节,它们雌雄相伴,清晨,选择水草丛生之处,跳跃产卵。卵附着水草上,受精而孵化。每尾雌鱼能产卵10万到30万粒,但未必全部能孵化,幼鱼更多死亡和被别种动物所食害,因此能够成长的,只是少数。产卵多,正反映它们生存不易。

鲫鱼常栖息水底污泥中,垂钓时,钓钩一定要沉到水底,才能钓着。冬季伏处水草丛中、树根下、泥穴中冬眠。遇池塘干涸时,潜伏污泥中,也能生活,因为它的鳔略能帮助呼吸,可以暂时适应失水的生活。

(写于1935年4月,原载《生物素描》,开明书店1936年出版)

极乐鱼

极乐鱼就是斗鱼，它和火烧鳑鲏形态相似，而且都产于我国。林那的书里(1758年)已经提到斗鱼的名字，据传又过一百年，才有人把它携带到法国，饲养做观赏鱼，因为体色美丽，被称为极乐鱼。现在已经产生各种变种，而且也在欧洲等地成为野生状态了。火烧鳑鲏也会争斗，但性情比较和缓，体色也灰暗些，所以没有斗鱼那样引人注目，但也常被误认为就是斗鱼。

火烧鳑鲏是南京等地的俗名，据说上海等地叫做蝶鱼，北方叫做媳妇鱼，其他地方当然还有其他的名称。这种鱼身体侧扁而长卵形，连头部也披着细鳞，有粗糙的感觉。一般鱼类都有侧线，而它是没有的。体长一二寸，精密的说，连尾长40至75毫米不等。尾鳍圆形，约占躯干部长的1/2。脊鳍和臀鳍上下对生，起点在腹鳍的稍后方，后端广阔而延长呈丝条状，超出尾鳍外，比腹鳍稍长一些。腹鳍位于胸鳍的下方，也延长呈丝状。游泳的时候，这些鳍条袅动如流苏，相当美观。胸鳍圆形而不甚大。体色暗绿，鳃盖的后角有眼径大的暗绿色球状纹，围着金红色或金黄色的圈纹，极为显著。头部还有三四条斜行的黑褐条纹，以起自上吻，通过眼球而直达鳃盖后缘的一条为最长，最显著。躯干部有V字形或电光形的黑褐色条纹10条或11条，左右不同；近尾部的几条不甚明显。尾鳍带黄红色，镶着一圈深红色的边。脊鳍和臀鳍也带黄红色，散点白绿色小斑点，好像黑夜的星光，边缘碧绿。胸鳍淡黄，腹鳍淡红，丝条碧蓝。感情激动的时候，体色愈加鲜明。这是雄鱼春季生殖时期的色彩，在平时较为灰暗。雌鱼没有这样美丽，形体较小，鳍条也短。

斗鱼身体的形状与火烧鳑鲏相似。所不同的是尾鳍分叉而长，脊鳍和臀鳍的丝条没有超过尾端。体侧有11条蓝黑色横条纹，不呈V字形；头部有两

条交叉于眼球的黑条纹。生殖季节的雄鱼，躯干朱红色，异常美。鳃盖的球状斑点暗绿色，镶着金红色的圈子。胸鳍淡灰，腹鳍的丝条鲜红；脊鳍和臀鳍灰黑，边缘朱红，最外方又镶着一条碧蓝色的美丽带子；尾鳍朱红，散布碧蓝色小斑点。

  这两种小鱼分布的区域不同。火烧鳉鲏是温带性的，见于长江下游，北至鸭绿江流域和朝鲜西部，南边以南岭为界。斗鱼是热带性的，分布于闽、台、粤、桂、黔、川、滇等省区，远及南洋等地。它们的习性大致相同，栖息在湖沼沟渠等静水中，捕食小形的活动物，常会攻击别的鱼类。鳃盖内有蓄气泡，离水时能够长久生活。所以容易饲养，水稍污浊，也不会闷死。性好争斗，尤以雄鱼为甚。在生殖季节，雄鱼和雄鱼相遇，就张开鳃盖，竖起脊鳍，渐渐游近一处，互相咬住不放。愈是用力争斗，体色愈加鲜艳，犹如人涨红了脸一样。最后是咬断了鳍，或是脱落了鳞，分着胜负，方才罢休。

  斗鱼这种习性，远在宋朝已经被人注意到，张世南所著的《游宦纪闻》这样说："三山溪中产小鱼，斑文赤黑相间，里中儿养之，角胜负为博戏。"《汇苑详注》一书，记载得更为详细："斗鱼大如指，长二三寸，身有花纹，红绿相间，尾鲜红，有黄点。善斗，儿童辈多盆养之。每斗相持不舍，久之胜负乃决。负者跃而游，颜色衰谢；胜者洋洋自得，颜色充如也。俗呼为花鱼。"

  斗鱼有许多的旧记载，它的名称又有丁斑鱼、钱爿鱼、文鱼等等。丁斑、钱爿二名现在也是闽、粤等地的俗名。至于火烧鳉鲏则没有旧记载可考。

  这两种小鱼还有一项常为生物学者所叙述的奇异习性，就是雄鱼能够造浮巢以保护雌鱼所产的卵。把斗鱼输入欧洲的卡彭尼，曾经有过详细的记载，于1869年7月和1870年1月，发表于巴黎的风土学会会刊中。他说雄鱼展开尾鳍，有似孔雀开屏，以活泼的姿态，环绕雌鱼游泳。雌鱼也并不漠视它的美丽，缓缓游近雄鱼，依偎在它旁边。于是雄鱼把口沫吹成小泡，再衔取雌鱼产下的卵。这时候卡彭尼感到惊异，以为它要把卵吞下去了。但是随即看到雄鱼把卵放进气泡，然后丢开雌鱼，而用心守护这个气泡和卵。有时候气泡破裂，它会重新修补；有时候卵漂到气泡以外，它会重新衔回。直到小鱼孵出以后，仍然守护不去。这种情况，现在我们在饲养的鱼缸中也可以见到。

  （写于1946年2月，选自《贾祖璋全集》，福建科学技术出版社2001年出版）

是花是鱼两不知——桃花鱼小记

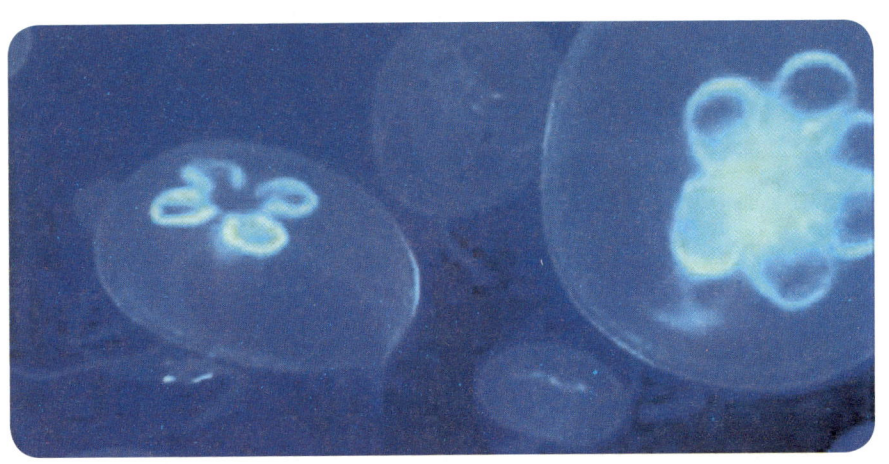

电视片《三峡传说》有一个镜头，清亮澄澈的溪水中，几片圆形透明的桃花鱼，好像一块块极小极小的手帕，缓缓地一张一缩，悠悠然飘荡上下，这么稀奇的小动物，多可爱。

但是，电视片的解说词说："桃花鱼学名桃花水母"，却有点不妥，不妥在"桃花水母"不是学名，歪曲了学名的意义。所谓"学名"，是用拉丁文拼写、世界通用的动植物种名和变种名。种名由一个属名和一个种名合成，共两个字（附定名人姓名则是三四个字），变种名由四个字组成（附定名人姓名，则在四个字以上）。用汉语或其他语言来称呼和书写的动植物名称，只通行于一个国家或地区，只能称为"俗名"或普通名。所以桃花鱼的学名是 *Craspedasusta sowerbii* Lankester，而不是桃花水母。不论桃花水母或桃花鱼，都不是学名，而都是俗名或普通名。当然，因为语文系统不同，就我国来说，在一般场合，使用学名，是不够通俗的。这个学名里面的第二个字 sowerbii，是指1880年在英国伦敦发现这种动物的科学家苏厄比(Sowerby)。今年刚巧是100周年，写这篇文章倒也很凑巧。

"桃花水母"这个名称，显示出这种动物的类属关系，知道它是"水母"，而不是"鱼"，完全正确。但"桃花鱼"这个名称，由来已久，依据"名从主人"的惯例，仍然叫它"桃花鱼"，也未尝不可。水母是海蛇这一类的动物，大部分生活在海里，独有桃花鱼和其他少数几种生活在淡水里。从这一点来说，它确是一种珍贵的动物，虽然它很小。

我国桃花鱼的科学记载，开始于1907年，那是在湖北宜昌发现的。1934年和1935年，又有人在宜昌与葛洲坝之间的西坝屯甲沱的桃花潭作了考察。葛洲坝与屯甲沱之间，涨水季节是一条小溪，枯水季节就只在屯甲沱这一边有这一个桃花潭。西坝与宜昌之间也有一条小溪，据说过去也产桃花鱼，但当时没有发现。

现在葛洲坝已在兴建雄伟的长江大坝，坝建成后，这个桃花潭如果成为陆地，或是淹没水中，桃花鱼就不会再有了，除非它能在附近找到一个新的适宜环境。这倒也是一个与自然保护有关的问题。当然工程设计人员无法注意到这样一种小动物。好在只是少了一处产地，其他地方还有。但也可见，关于生态平衡和自然保护，是一种异常复杂的现象，人类的活动，稍不注意，就会影响到某种或某几种动植物的生存。

在四川，最先知道桃花鱼产于新津岷江的支流中，俗称"桃花扇"，大概以其游行时有似扇子的摇动而得名。1934年又发现于忠县的黄华洲。1936年发现于重庆的珊瑚坝，数量极多。土名"马鼻子"，意即"马的鼻涕"。

长江下游及华南有四处报道：一是江苏的太湖西岸。二是浙江杭州西湖西泠印社内只有2米×7米大的潜泉，1930年8月发现，俗名"士淑水母"，意义不详。三是福建厦门大学不到5米见方的人工水泥池，1935年发现，出现期是九十月之间。四是广州东山的荷塘里，1935年9月发现。这四处产的桃花鱼，与长江上游产的相比较，在生态上有两点不同，即一：这里都生在小池的静水中，长江上游则生在水流有时与大江相通的水潭中。二：这里出现于夏秋二季，长江上游则出现于春季。

在科学研究上，桃花鱼的发现，历史不长。我国过去的文献中，却已早有记载。南宋熊文稷有《忠州桃花鱼记》一文，他说，忠州东南五十里的黄华水即黄华洲，淳祐十年(1250年)"石出双鱼"。壬子年(1252年，原作"庚子"误)前去游览，所见是：

睇视之，觉花蕊蠕蠕然动，且浮沉于勺水中而悠悠然自适。

是鱼形五出，色近淡墨，蕊其足也。

生于社日前后，桃花开时，始逐队而出，入夏日即化去。土人以形似桃花，故名。

这应是1252年的记录，距今已有728年，不仅在我国，也是在全世界有关桃花鱼最早的记载。他描写桃花鱼的形性，虽然简略，但也生动逼真。

也是宋代，湖北孝感人徐韦，撰有《桃花鱼赋》一文，文中没有指明产地，可能是宜昌；如果是孝感，那就多了一个可以探寻的地点。

色之无别于水兮，初若睹而弗见；形之疑假于烟兮，体实真而非幻。方游泳之可掬兮，甫入手而已变；怪辟翕之莫察兮，瞥惊闪而绕线。既无首而无尾兮，时若隐而若见；复不介而不鳞兮，亦非萼而非瓣。

限于作品体例，措辞比较抽象，但神形跃然纸上，不是出于实际观察，是无法写得这样生动的。他指出"无首无尾"，"不鳞不介"的特点，更足重视。

到了清代，关于宜昌桃花鱼，记载特多。首先值得一提的，是刘家麟的《桃花鱼记》：

桃花鱼，东湖（宜昌）之异虫也。生于江，以桃花为生死，盖自城渡内江为西洲，洲又西为桃花园，其渚为屯甲沱，上下东西不一里，而是物生焉。质甚微，视之仅有形。或取着盆中，大如桃花，翕张往来。中高而轮后卷，轮之周痕发碧，前着数点，后攒蕊则尾也。

漉诸手，涎一掎而已，触人手辄死。桃花既尽，则是物亦无有矣……且不闻出此上下百步之外，何也？

又《荆州府物产考》云：

桃花鱼出彝陵（宜昌古名），非鱼也，生于水，故名之曰鱼；生于桃花开时，故名之曰桃花鱼。形如榆荚，大小不一，蠕蠕然旋游水中，动则一敛一舒，若人攒指收放之状。不知避人，取贮盂水中亦然。离水取视，不过如涎一捻，绵软无复形体。惟一溪有之，溪在松隐庵后，距城三里许。

花
鸟
鱼
虫
兽

这两则都明确记载桃花鱼产于西坝的屯甲沱，与现在发现的产地相符。对于它的形态的描述，也都详尽细致。所谓"大如桃花"，"形如榆荚，大小不一"，把概形说得很逼真。桃花鱼的实际大小，重庆产的较大，直径有的达21毫米；浙闽产的较小，直径仅10毫米左右。

刘《记》云："中高而轮后卷，轮之周痕一发碧，前着数点，后攒蕊则尾也。"解说它的身体构造，已近于科学的描述。"轮"是现在所说的"伞盖"，中央向上突起，所以是"中高"。周缘组织比较结实，就呈现"一发碧"的痕迹。"前着数点"，应是指伞盖下面生殖腺映出的影像。而"尾"则是"触手"。熊文稷称它为"足"，与"触手"的名称，更为接近。桃花鱼的触手，长江产的较少，在256~288条；厦门产的较多，有488条；广州产的在512条以上。就触手数、形体大小，和前述的生态不同等项来看，桃花鱼只是一种，还是几种或几个变种，可作进一步的研究。

清代还有不少歌咏宜昌产桃花鱼的诗篇，试录三首：

浮沉何处结根荄？为蕊为鳞总费猜！
燕子矶头衔不去，渔翁江上打难回。
跃渊才似临风下，在藻还疑照水开。
未似武陵温畔路，年年空惹问津来。
（罗潜《桃花鱼》）

春来桃花水，中有桃花鱼。
浅白深红画不如，是花是鱼两不知。
花开正值游鱼嬉，鱼嬉转疑花影移。
渔人不敢下钓丝，怕逐春风上旧枝。
（杨裕仁《桃花鱼歌》）

花开溪鱼生，鱼嬉花影乱。
花下捕鱼人，莫作桃花看！
（林鸣莺《桃花鱼》）

诗人是富于联想的，由于桃花，就联想到桃花源；由于鱼，就联想到渔人。但要渔人"莫作桃花看"，不要"不敢下钓丝"，未免不切实际。不过，纵然是"空惹问津"，如此"是花是鱼两不知"，"鱼嬉花影乱"的美丽小动物，能够观赏一下，总还是值得的。

至于说"浮沉何处结根荄？"倒是提出了一个它是怎样发生的，它的生活史怎样的问题，颇有科学意义。水母的生活史，一般都由卵孵化成固着生活的水螅体，再由水螅体无性分裂成游泳生活的水母体。桃花鱼的水螅体一般人不容易注意到，就不去说它了。

文献上记载的桃花鱼产地，现已证实的，只有忠县和宜昌。像新津、重庆、杭州等地，现已发现桃花鱼，却并无旧的记载。《湖北通志》一书，列举了另外几个产地，都尚待调查：

郧阳各属及东湖、归州、巴东诸志皆有之。案刘家麟《桃花鱼记》云："桃花鱼，东湖之异产也……桃花既尽，则是物无有矣。"《归州志》云："出叱溪河，有红白二种。"《巴东志》亦有之。又《长乐志》有桃花斑，云："出长茅河，身备五彩，鲜艳可爱，此物类之特殊者。"

这五个地区，除东湖就是宜昌以外，其他四处都未经过科学考察。归州就是现在的秭归，即王昭君的家乡。《三峡传说》中出现桃花鱼的那条小溪，如果就是"叱溪"，桃花鱼的镜头也是在这条溪里摄得的，那么这个记载便已得到证实。巴东是秭归的邻县，出产桃花鱼也有可能。长乐是现在的五峰县，地处湘鄂交界处，与宜昌相距较远，又说的是"桃花斑"，是不是桃花鱼，只好存疑。郧阳已属汉水流域，如果也有桃花鱼，那末比现在已经知道的分布区域，向北扩展1度，到了北纬33度，是有特殊意义的。

桃花鱼虽然广分布于欧、亚、北美三大洲，但产出区的范围都很狭小，可能它对于生活条件的选择是比较严格的。现在有些地方环境污染比较严重，对于它的生存不知是否会有影响？

30年代编写的《初中动物教本》，也曾提到桃花水母这个名称，竟已完全忘却。现在偶然写这篇题材生僻的文章，无意中把这些无关紧要的知识又回忆了一下，也算是一点意外的收获。

（写于1980年2月，选自《生物学碎锦》，福建科学技术出版社1980年出版）

释"缘木求鱼"

《孟子·梁惠王》中写道："以若（你）所为，求若所欲，犹缘木而求鱼也。"是说人们做事方式方法不对头，就达不到目的，好比爬到树上去找鱼那样，是荒谬的。

那么，在生物世界，究竟有没有能够爬树的鱼类呢？鱼类中的攀鲈、弹涂、鳗鲡，却能够短时间离开水，到陆地上活动。鱼生水中，无脚无爪，又怎么上岸、爬树呢？下面就来说说这几种鱼的生理功能和习性吧！

攀鲈是1797年达杜夫（Daldorf）最先发现它在树上而加以记载的。他说："我从池塘边一株椰子树的树皮隙缝里采集到了这条鱼。"当时传说，攀鲈爬上椰树，吸取椰子汁。后来有人说，曾做过实验，在水池上张一幅几乎垂直的布，它会利用鳃盖和鳃盖上的刺，从布上往上爬行。印度加尔各答博物院的恩但尔说，另一种攀鲈，会像啄木鸟那样，利用尾巴爬上湖边支撑水阁的柱子，吃那些着生在柱子上的小虫和植物。也有人认为，攀鲈在夜间，会在湖边的草地爬行；下雨时，为了寻找蚯蚓等食物，也往往上岸，鸟类发现，就把它啄取，带到树上。

还有一种弹涂鱼，也叫泥猴，它长着强壮有力的胸鳍，能在滩涂上跳跃爬行。退潮时，它栖息在浅水潭中或停息在岩石上晒太阳。它的双眼突出在头顶，作张望状；有时爬上红树根部，停在那里，倒真是"缘木之鱼"了。

攀鲈和弹涂鱼能够离开水面在陆地活动，是由于它们鳃的构造，与一般的鱼不同：攀鲈的鳃，鳃片上生着一丛花朵似的骨质迷路，上面布满血管，从嘴里吸进的空气，通过迷路把氧气吸收到血管里去，同时吐出二氧化碳，从鳃腔排出体外。它的鳃既能从水中吸取氧气，而骨质迷路又能直接吸收空气中的氧气，所以能够较长时间离水在地面活动。

弹涂鱼也有很大鳃腔，当它在水中的时候，也随时要到水面张口吸气，以补充鳃呼吸的不足。弹涂鱼比攀鲈更习惯于陆上生活，它几乎已经不常在海水中活动，只是遇到敌害时，才仓惶跳回水中去躲避一下。

鳗鲡也在夜间从浅水处游到湿润的草地爬行觅食，从一处迁移到另一处，一些与河流隔开的池塘，也会发现鳗鲡，大概便是这个缘故。它的体表有黏液，能保持湿润，便于通过皮肤交换空气。

这些鱼类的活动，也许是"缘木求鱼"的起因吧！

（原载《贾祖璋全集》第四卷，福建科学技术出版社2001年出版）

萤火虫

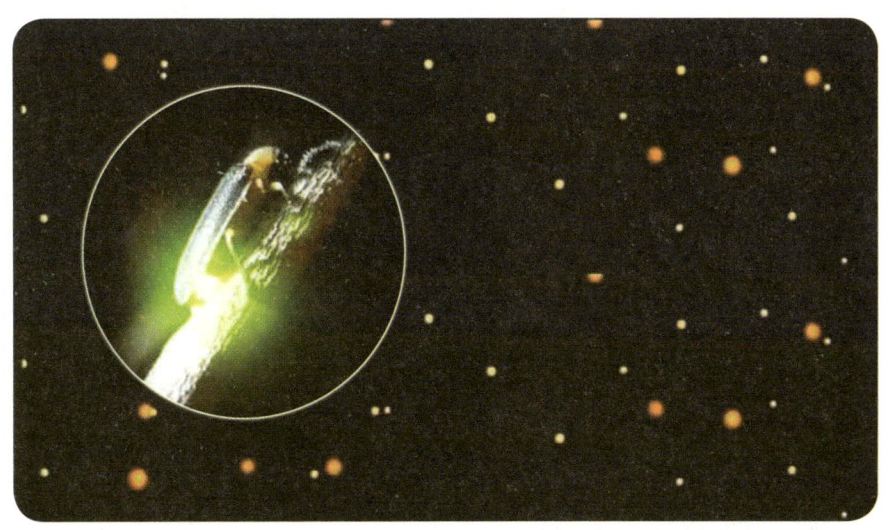

满天繁星在树头闪耀着,树林和地面都沉浸在黑暗中。只有东面的一个小小池塘,把天上的星星,皱作一缕缕银波,反映出一些光辉来。池边几丛芦苇,一片稻田,也都模糊不清。芦苇随着微风摇曳,却可以隐约辨认。经常从芦苇底下,从田边草丛中,出现一点点忽明忽暗的白光,向池面,向旷地移动,那是萤火虫。它们好像在乱窜,但也显出一点互相追逐的形迹。有时一个飞在前面,另一个向它一直赶去。被追赶的一点白光,忽然隐没了;或者飞到水面上,混杂在被水波揉碎的星光里;或者飞回芦苇丛中、稻田里,给枝叶遮住;追赶者失了目标,就迟疑地转换方向飞去。或者自己反而成为被追赶的目标,就又一前一后地飞行着。这时,水面上,旷地上,稻田里,一明一暗,一上一下,点点光亮,与天上的星星同样繁多。

这是幼年暑假期中,在乡间纳凉时所见的情景。当时与弟妹等一边听着在烈日下辛苦了一天才得这片刻安闲休息的邻舍们的谈笑;一边向萤火虫唱着质朴的儿歌:

萤火虫，夜夜红：
飞到天上捉仇公，
飞到地上捉绿葱，
绿葱开花满地红。

唱着唱着，偶然有几个萤火虫飞到身边，赶忙用芭蕉扇去拍，凑巧就把它拍在地下。有时拍个空，远飞而去，即使立即追赶，也往往空手而回。拍在地上的，不再闪光，黑暗中难以寻找，往往突然逸去。那些被捉住的，首先是用它来卜年成丰歉。把一个萤火虫放在地上，用脚一拖，地上就出现一条萤光。这条光线粗而长，象征稻穗肥大，可望丰收；否则，象征稻穗细小，收获一定很少。不消说，这是迷信，是"以生命为儿戏"。但是不也蕴含着世代劳苦的农民们那种渺茫的希望吗？那些不被牺牲的幸运个体，就给放进日间准备好的鸭蛋壳里，让它一闪一闪，像一盏小灯笼。拿回家里，放在枕头边，静静地看着，便催入甜蜜的梦境。但大人们认为萤火虫会钻进耳朵，甚至会吃脑子，因此总是被禁止带进卧房。

萤火虫是怎样发生的，乡间没有谈起，古书上却说它是腐草化成的。《红楼梦》曾把它演成一个有趣的字谜：

李纨又道："绮儿是个'萤'字，打一个字。"众人猜了半日，宝琴笑道："这个意思却深，——不知可是花草的'花'字？"李绮笑道："恰是了。"众人道："萤与花何干？"黛玉笑道："妙得很！萤可不是草化的！"（第五十回）

由于萤火虫，腐草竟然变成鲜花，文学语言，何尝不可。但是，去年，竟然还有一位罗广庭博士发表什么生物化生说，仿佛腐草化萤，千真万确，那便是痴人说梦了。

萤火虫种类很多，全世界所产，能够发光的有2000种，不能发光的也有2000种。我们常见的一种，身体黄色，翅膀尖端黑色。这是雄虫，能够飞行。雌萤体形近似幼虫，不生翅膀，不能飞行，终生住在水边杂草里，但也能发光。古人观察不清，见到草里有萤火虫，就说它是腐草化成的，这也难怪。

雌萤产的卵有三四百粒，球形而小，黄白色，能发一些微光。经过二十七八天，孵化为幼虫。幼虫身体长纺锤形，略扁平。有13个环节。头和尾黑色，体节两旁有黑点。尾端有吸附器，可代足用。尾端稍前方体侧有发光器，能放青色的光。日中隐伏泥土下，夜间出来觅食。吃的是蜗牛、钉螺等有害动物，所以它是益虫。第二年春天，长大成熟，潜伏地下脱皮化蛹。蛹淡黄色，夜间也能发光。到了夏季，就化为成虫。

最令人感兴趣的萤光，是从哪里来的呢？以前，有人认为是某种发光性细菌和它共栖的缘故，现在知道是一种化学作用。发光器的构造，随着萤火虫的种类和发育期而不同。就这种常见的萤火虫来说，成虫的发光器位于尾端腹面，表面是一层淡黄色、透明质硬的薄膜，下面排列着多种整齐的细胞，形成一个扁平的发光板。细胞里含有多数黄色细粒，叫做萤光体，遇着氧气，就氧化而发光。细胞周围有许多毛细管，连接着气管，受神经控制，随时送来空气。与发光细胞相对，还有一层含有多数蚁酸盐或脲酸盐小结晶的细胞，呈乳白色，好似一面镜子，把光线反射出来。另有人认为，血液里还含有一种萤光酶，萤光体受到萤光酶的激发，才会氧化发光。

萤光不含红外线（热线），只有光，没有热，是一种理想的照明用冷光。但我们还不能直接利用它，也不能仿照它的化学成分制造出一种人工冷光来。人类所能利用的，历史上有晋代的车胤，把它盛在绢袋里，代替烛火，勤奋读书。在国外，墨西哥出产一种巨大萤火虫，胸部有两个大发光器，放射绿光；腹部也有一个发光器，放射橙黄色光；两色相映，极为美丽。妇人把它簪在发间，作为夜舞的装饰。在萤火虫自己，可以引诱异性，威吓敌害，在生活上有重要的作用。

在电灯、煤气灯、霓虹灯交互辉映的上海，无法看到萤火虫。故乡的萤火虫，更是一年、两年，几乎十年没有见过了。最近乡间来信说，三个月没有下雨，田里的稻都已枯死，桑树也都凋萎。那末，小小的池塘，想必也已干涸，稻田树林都已改换景色，我那辛苦的邻舍们，在夜晚，还有心情纳凉？还能有一些笑声吗？

因了萤火虫，令我记忆起遭遇旱灾的故乡。祝福我那辛苦的邻舍们，应该有一条生路可走。

（作于1934年8月，原载《生物素描》，开明书店1936年出版）

蚕

江南是鱼米之乡,也是蚕桑的家。暮春时节,一片海洋似的白茫茫的水田中间,散布着一方方岛屿似的桑田,长着均齐鲜绿的嫩叶,那就是为成千成万蚕儿准备着的粮食,也就是人们无尽藏的财源。这时候,田野间显得格外寂静,但是家家户户的妇女们却愈加忙碌,因为她们都在饲养蚕儿。

蚕是我国原产,也是我国最先驯养的一种昆虫。它的头昂起来,蠢蠢然咬啮桑叶的时候,很像个马头;全身皮肤洁白娇嫩,又像美女。因此有个神奇的传说,说它是个裹着马皮的少女变成的。可是故事只是故事罢了,要明白蚕的究竟,须从动物学上去研究。蚕是昆虫的一种,属于鳞翅类。它的发生经过变态,分为卵、幼虫、蛹和成虫四个时期,蚕是它的幼虫时代,蛹的时代叫做蚕蛹,成虫时代叫做蚕蛾,卵的时代叫做蚕子。

初从卵孵化出来的蚕,黑色,有毛,仿佛一只蚂蚁,所以叫做蚁蚕。孵化不久,它就感觉饥饿。这时候,桑叶也新从树上舒放,人们就用鲜嫩的桑叶来喂它。它吃了桑叶,身体逐渐长大。到了一个时候,它忽然仰起了头,静止着不动，不再吃桑叶，仿佛人睡眠一样，我们就称它为眠。一二天后，它蜕去了一层皮，又开始吃桑叶，身体继续长大。

蚕通常要眠四回，才达到成熟的时期。第一回眠叫做头眠，最后一回就叫做四眠。眠过一回，犹如人过了一年，大了一岁，所以蚁蚕可以叫做第一龄蚕，经过头眠的蚕叫做第二龄蚕，最后叫做第五龄蚕。从第一龄到第五龄，时间不过一个月功夫，一共要吃六七百克桑叶。身体的增大，就长度计算有40倍左右，就容积计算有七千余倍，就重量计算有九千余倍。人的成长假如也像蚕那样快，从出生到20岁左右，真要成为比金刚更为巨大的怪物了。

取一条五龄的蚕儿来观察一下吧，它的形状好像我们的指头，由多数环节合成。全体可以分成头、胸、腹三部。头部很小。胸部三节，比较的粗大，每节都生一对脚，叫做胸脚。腹部共有十节，但末两节是合成一节的，所以看起来只有九节。从第三节到第六节都生一对脚，叫做腹脚，是行动的器官。末一节也生一对脚，叫做尾脚，生有无数微细的毛状钩爪。这尾脚有攀缘的作用，可以把身体倒挂，以免偶然失足堕地。腹部第八节的背面有一枚突起的肉刺，叫做尾角。野生时代，这尾角是一种恐吓别种动物的武器，但现在已经失却它的效用了。

蚕身的颜色是白色微绿而颇光洁的。前胸部背面有个褐色微红的眼状斑。腹部第二节背面有一对内黄外黑的半月形斑，最为显著。第五节背上也有一对半月形斑，但是形状较小而不显著。有一种蚕纯白而无斑，俗称玉蚕。更有一种全身有红黄蓝黑的条纹，异常美丽，俗称花蚕。大概蚕在野生时代本来有这种美丽的色彩，无色的蚕还是人类饲养以后产生的。所以花蚕身体比较强健，吐的丝比较粗硬，现在饲养花蚕的已经不多了。

蚕的头部虽然很小，但是构造很为复杂。有一对很小的触角，只由三节合成。它有人的手和鼻的两种作用，能够司触觉，也能够司嗅觉。还有六对单眼，位于贴近触角的外方，排列形式和北斗星相仿。每只眼睛的表面都透明而光亮，周围呈黑色或红色，随种类而不同。头部最重要的器官是口器，由上唇、下唇、大颚、小颚四部合成。上唇好像一把扇子，把口腔遮住。下唇附有小肢和吐丝管，构造较为复杂。大颚分成左右各一片，边缘生锐利的细齿，咬合拢来能够切断桑叶。小颚位于大颚的下侧，也有附属的小肢，大概与下唇的小肢相同，都像人的舌头，能够辨别味道。

一般动物的口，上下对生一排牙齿，所以口向上下开合，可以咀嚼食

花

鸟

鱼

虫

兽

物。蚕儿咬食物的大颚系由左右向内开合,所吃的桑叶又是扁平的一片,所以它要用胸脚捧住桑叶,扭转了头,从边缘渐渐吃到中心。古人用"蚕食"两字来形容侵吞别国的土地,就是这个缘故。蚕儿吃叶常常选择鲜嫩的部分,而叶脉部分,往往留着不吃。大颚很坚硬,与桑叶摩擦,微微发声。因此,蚕房里多数的蚕一同吃叶,就有沙沙的风雨似的声音。古人诗里所说:"东家西家罢来往,晴日深窗风雨响"(高启《养蚕词》)便指的这个。

蚕除了能够摄食消化以外,也有其他各种生理作用。它有血液循环全身,但血液不是红色的,只是微带绿色的水液状的东西。分量也不多,所以受了伤也不会像人那样鲜血直流。一条长大的蚕,血液的分量约占体重的百分之二或三。心脏是位于背上的一条长管,后端闭塞,前端开口。血液从两侧的小孔进去,从前端注入血管,分布到全身。

蚕也需要呼吸,但没有肺,也没有鼻孔,只在身体两侧生九对椭圆形的气门,即第一胸节和第一至第八腹节各生一对,以便空气进出。内通气管,气管分支遍及全身。

蚕的身体内部还有一对特殊的器官叫做丝腺,分为前中后三部:后部是一条长管,中部粗大而二回弯曲,前部成为一条细管,通到下唇,合开一个吐丝孔。蚁蚕时代,丝腺很细,长大后才发育完全。丝腺的构造,外方是一层腹;中间是许多特殊的腺细胞,能分泌丝质;内方是一层内膜,在前部特别厚些。左右丝腺会合的地方生一个黏液腺,分泌黏液,可以把左右两个丝腺所分泌出来的两条丝粘成一条。五龄蚕到了老熟的时候,不再摄取桑叶,身体转成透明,因为丝腺长大了,内部已经充满了丝质。它袅动头部,吐出丝来,结成茧子,把身体围住,所谓"作茧自缚"就是。等到丝质吐完以后,身体已经变得很小,再蜕一层皮,就变成一个花生米似的没有脚的黄褐色的蛹。蛹不食不动,蛰伏茧内。

假如把茧破开,取出蛹来,触碰它一下,它也会微微扭动。它的身体也可以分成头、胸、腹三部。头部也很小,可以看出眼、触角和口器的痕迹。胸部三节,翅和脚的形迹可以分辨。腹部有九环节,占全体的大部分,这就是能够扭动的部分。

蛹在茧内经过了10天左右,又蜕皮而化成蛾。它吐出碱性液体,把茧的一端腐蚀,然后钻出茧外。初蜕化的蛾,翅膀还没有完全展开,需要休息一会,然后能够扑动翅膀。因为经过人类长期的饲养,它已经失却飞行的能力。雄蛾身体小,喜欢骚动;雌蛾身体大,娴静而不常活动。

蚕蛾身体白色，扑动的时候，被在身上的粉纷纷散落。用显微镜来观察，这些粉是呈片状的，在身上排列得很整齐，所以称为鳞粉。蚕蛾身体的构造也分为头、胸、腹三部：头部比幼虫时代大，有一对黑色半圆形的复眼，分列左右，由多数六角形的小眼集成。复眼的前方有一对显著的触角，形状好像羽毛，也像人的眉毛，所以古来用"蛾眉"两字作女子的形容词。左右复眼之间是口器，也由上下唇和大小颚构成。形状与幼虫不同，因为它不再摄取食物，所以各部分都不很发达；尤其是小颚，在其他蛾类本来是一条长管，但蚕蛾只呈囊状而已。

胸部有三环节，腹面生三对细长有节的脚；背面生两对翅，与身体相同，满被鳞粉，呈白色。前翅生于中胸，三角形，较大；后翅生于后胸，略带椭圆形，较小。腹部不像幼虫那样生着脚；雌蛾较大，有七节；雄蛾较小，但有八节。

经过交尾以后，雄蛾先死，雌蛾产卵而死。养蚕的人使它把卵产在纸上，以便保存。每只蛾最多可以产卵七百余粒，通常是五百余粒。卵的形状很小，扁平而微带椭圆形，在一张一尺见方的纸上，可以散布四万粒卵，重量合计不过一两。卵的颜色初产时微黄，将要孵化的时候，转成紫褐色，因为卵膜透明，卵内形成的黑色胚胎映到外面来了。

养蚕的目的在于采茧缫丝，所以除了育种以外，一般的蛹都在炭火的烘炙或沸汤的煎煮中死去。不论鲜茧或干茧，放在沸汤中煮过，就可以抽成一缕长丝。从一个茧子抽出来的丝，可以长到4千米（即4公里），它的重量只有两克左右，所以是很纤细的。这样纤细的丝，经过纺织制练，就成为各种光亮柔软的绫罗绸缎，可以裁制华丽耀眼的衣服。过去，蚕丝出于穷苦的乡间，而绸衣多穿在富人的身上，所以古人有诗云："昨日到城郭，归途泪满巾。遍身罗绮者，不是养蚕人！"（张俞《蚕妇》）

（写于1935年3月，原载《生物素描》，开明书店1936年出版）

春蚕到死丝方尽

相见时难别亦难,东风无力百花残。
春蚕到死丝方尽,蜡炬成灰泪始干。
晓镜但愁云鬓改,夜吟应觉月光寒。
蓬山此去无多路,青鸟殷勤为探看。

这是晚唐诗人李商隐几首著名的《无题》诗中的一首。李商隐的诗以用典生僻,词句晦涩,意义朦胧暧昧著称。但这首诗却近于白描,典故不多,且极平常,单看字面,可以说极为浅显。

首联(一、二两句)说,一对不易会面的恋人,终于要永远分离,何况又是在百花零落的暮春时节。"东风"意即"春风","东风无力"便是春光渐渐消逝。

颔联(三、四两句)是广为传诵的名句。"丝"谐音"思",烛芯成灰比喻生命的终结,油蜡融解,比喻离人的相思泪。情浓意切,感人肺腑。

颈联(五、六两句)是想象别后的恋人,晨起梳妆,对镜自怜,深恐形容憔悴，光润的长发变了样。夜晚久久吟诗不眠，映照她的皎洁月光，多么寒冷。这两句与杜甫《月夜》"香雾云鬟湿，清辉玉臂寒"，情韵相似，可以看出本诗的渊源。

尾联（七、八两句）用了两个典故：蓬山是蓬莱山的简称，见于《史记·封禅书》，是渤海里的一座神山，这里用来比喻恋人的住所。青鸟最初见于《山海经》，后来就把它作为传递消息的使者的代词。分居两地，虽然相距不远，但侯门深闭，音讯难通，只好祈求神话中的青鸟来帮助了。

诗中"春蚕到死丝方尽"一句话最脍炙人口，而且经常为人所引用。但从蚕的生活史来看，"死"和"丝尽"这两件事，并不联系在一起。蚕吐丝作茧，丝尽茧成，蚕没有死，而是变态成暂时处于休眠状态，仍然活着的蛹。蛹再变态成蛾，还会生活几天，然后死去。总之，蚕的"死"远在"丝尽"之后，"丝尽"并不在"死"的时刻。这里科学的说明，与文学的描写，不免有点矛盾。这首诗不知已经吟咏过多少遍，但今天忽然对它有这样一种想法，也算是一种顿悟吧。

巴金说："我是春蚕，吃了桑叶就要吐丝，那怕放在锅里煮，死了丝还不断，为了给人间添一点温暖。"这样说才更合理。当然文学描写，允许夸张，允许虚构，用科学常识去对照它、分析它，未免过于机械，有悖于文学欣赏的情趣。

（原载1986年第5期《福建青年》）

蝉

盛夏初秋,蝉终日在绿阴中临风高唱,它究竟有什么目的没有?有人说,动物的鸣声,有痛苦声、喜悦声、悲哀声、惊骇声、威吓声、发表意志声、发挥天赋声、招呼异性声等等。蝉的鸣声,属于哪一种呢?蝉被鸟啄住时发悲鸣声,被蜂刺螫时发痛苦声,被小孩捕捉时发惊骇声或乞怜声,被小鸟触碰时发威吓声。法布尔说,蝉的鸣叫,对于引诱异性,并没有什么功用;它也不知道表示意志,它不过借此表示生的喜悦,发挥鸣叫的本能罢了。蝉的发声器官占身体容积的1/4,器官大,发声便高。台湾产的一种蝉,体长3厘米许,它的鸣声,可以远达800米以外。假如它的身体有人那样大,它的鸣声就可以远达千百公里以外了。蝉是一种发声最高的动物。

蝉的发声器位于后胸和第一腹节的中间,主要部分是1对薄膜(鼓膜),外面有1对腹板(腹瓣)遮盖着。发声的机能有二说:一是鼓膜发音说,即鼓膜附着体壁强韧的肌肉(发音筋)上,肌肉收缩,使鼓膜振动而发声。一是气门发音说，即呼吸时，空气从后胸背的气门进去，触着一种突起而发声。现在大都承认第一说。

鸣叫限于雄蝉。雌蝉被剥夺了鸣叫的本能，对于她起到保护作用，因为默不作声，可以减少敌害的注意。同时腾出发声器官的地位，扩充卵巢的容积，便于她担负生育后嗣的责任。

希腊人对于蝉倍加赞赏。以希腊当时文化的进步，而对于单调的、好像齿轮摩擦那样刺耳的蝉鸣却会感觉兴趣，是难以理解的。希腊神话说，爱诺莫斯、阿里士笃这两位音乐家比赛竖琴时，爱氏的琴弦断了，刚巧飞来一羽鸣蝉，它的鸣声继续了琴声，因为有了这一意外的帮助，爱氏便获得了胜利。神话又说，大英雄赫克利斯睡在莱根地方，蝉鸣搅扰了他的美梦。赫克利斯动起怒来，向缪斯请求，永远不许蝉鸣，于是莱根就没有蝉了。但莱根河边对岸的洛克利斯是有鸣蝉的，所以洛克利斯族使用的货币，有蝉的雕像。

诗人安那克伦有一首赞美蝉的歌：

幸运的蝉，
你栖息在高枝上，只饮一些清露，
却是歌唱的女王。
你所见的原野，就是你的国土。
绿阴沉沉，都为你而繁茂。
你的行动，没有一人不爱，决没有人会害你。
大家都因为你是夏季的信使而尊敬你。
你是缪斯的儿女，
你那悦耳的鸣声是爱普庐亲自传授的。
你没有痛苦，也没有血和肉，
所有的是神的素质。
这对于蝉可说是推崇备至的了。

我国历来对于蝉的态度，也和这位希腊诗人相似。在咏蝉的诗文里，经常推重它的廉洁和清高。如曹植所说："实澹泊而寡欲兮，独怡乐而长吟；声嗷嗷而弥厉兮，似贞士之介心；内含和而弗食兮，与众物而无求；栖高枝而仰首兮，漱朝露之清流。"可以概见一切。

 花
 鸟
 鱼
 虫
 兽

蝉的生活史尚未充分明白。美国产的17年蝉，有人曾经把它的幼虫饲养了14年，因泥土干燥而死亡，终于未能确定它的寿命。后来知道，像加利福尼亚那样温暖的地方，这种蝉的寿命是13年。近来知道，印度产的一种蝉，寿命9年。蝉每年都在一定的季节出现，有的年份则出现的个体数较多。这较多的年份，总是有规则地相隔若干年重复一次，这相隔的年份，也就是幼虫生活的年龄。1919年，美国纽约地方17年蝉出现较多，明年（1936年）又将是较多的一年了。我国产的蝉有几年寿命，尚未明白。一般的书里都说蝉的幼虫，生活一两年。法布尔说生活4年。从它的生活习性考察起来，应该有较长的发育时期，因为它在地下，只吸取植物根部的液汁，养分少，不利于它的迅速成长。试看金龟子的幼虫，它有咀嚼口器，能咬啮树根，取食养分较多的固体食物，也要四五年才能成长呢。

蝉的成虫寿命极短，所谓"朝茵不知晦朔，蟪蛄不知春秋"就是这个意思。一般只有一两天，长的也不过1周左右。它差不多不吃食物，只用针状的口器吸一些植物液汁。交尾产卵以后，就都死了。

雌蝉产卵时，用尾端生有锯齿的针状产卵管插入树枝木质部，穿成纺锤形的穴，产卵十数粒于其中。这穴排成2纵列，共产卵百数十粒。树枝有的会因此而枯死，不枯死，生长也受到一定的影响。卵白色，椭圆形，两端尖。两周左右孵化，幼虫沿树干下降，穴居地下。初孵化时，身体白色而柔软，后变褐色而硬化，前脚粗壮，适于挖掘泥土。中后两对脚长形，胫节有距3~5枚，跗节末端有爪1对，便于钩住树根，吸取液汁。前头部呈半球形，两侧有眼状突起，但不能见物。触角粗短，由7节合成。

幼虫居住地下，有时深入数尺之处，17年蝉幼虫末期（拟蛹），在地面造高0.1米许的窠（蝉塔），居住其中。这窠由尿液拌和泥土造成，坚硬如陶器，内部呈筒形，外部附着多数疣状突起。法布尔说，蝉的幼虫住在圆筒形微微弯曲的隧道里，深半分米许，出口处与地面成直角，没有土堆的痕迹。蚯蚓蚕食泥土，吉丁虫和天牛幼虫啃食木材，同时就开凿了隧道，在外面可以不露形迹。蝉的幼虫只吸收树根液汁，不会吞食泥土，隧道是用脚来扒开的。扒开的泥土，它怎样处理了，是一个谜。

蝉的幼虫和拟蛹，旧称蛣蟟和育蜉。拟蛹在晴天的夜间爬出地面，攀登树上，背部纵裂一线，蝉就从裂缝中向外蜕出。初时身体柔软，翅白色而下垂。不久，体质硬化，翅色透明，就能够飞行。

蝉的形态：头部略呈方形，复眼1对，大形；单眼3个，红色，夹生在复眼的中间，触角呈针状，由7节合成，司听觉。口器针状，由3节合成，平时平放于腹面。翅2对，薄而透明，旧时以"蝉翼"一语，比喻轻微之意。腹部由6个环节合成，雄大雌小，容易识别。

关于蝉，还有一则有名的寓言：

庄周游于雕陵之樊，睹一异鹊自南方来者，翼广七尺，目达远寸，感周之颡而集于栗林。庄周曰："此何鸟哉？翼殷不逝，目大不睹。"褰裳躩步，执弹而留之。睹一蝉方得美荫而忘其身；螳螂执翳而搏之，见得而忘其形；异鹊从而利之，见利而忘其真。庄周怵然曰："噫！物固相累，二类相召也。"捐弹而反走，虞人逐而谇之。

这从人类社会的关系来看，是一则有意义的寓言。从自然现象来看，它说明了"生命之网"的复杂关系，是一则有科学价值的资料。

（写于1935年6月，原载《生物素描》，开明书店1936年出版）

蝶

现在世界上已经知道的蝶类,有2万种左右;蛾类更多,近20万种。蝶大都昼间飞翔,蛾则夜出。蛾有飞扑灯火的习性,蝶则不然。早春就有蝶类出现,夏季为蝶类最繁生的时日。或在平原,或在高原,或在山岭,环境不同,所有蝶类,也随之各异。大概寒带和高山,所有蝶类,个体虽多,种类却少;热带情形,完全异样。又热带的蝶,多形大而美丽,寒带的蝶多形小而不美丽。何以热带蝶类,色彩较为美丽,犹未充分明了,但在同地不美丽的蝶类,实际上也是很多的。

自然界中,蝶舞鸟鸣,实为最有生趣的景色。蝶类,它的形状,它的色彩,它的运动,都具备美的要素。它常为诗人所歌咏,哲人所赞扬,就是这个缘故。生存竞争异常剧烈的生物界中,蝶类似乎是超然物外的神仙,它没有炽盛的食欲,它不去侵害他物;当它被仇敌所袭击的时候,更能异常忍受,愿作牺牲;始终保持它怡悦的态度,栩栩然翩翩然地度过它的一生。我们常见蝶类飞行花间,吸取蜜汁,它们这种举动,毫不与花以妨害,反为异花授粉的媒介,造成大自然的经济利益。盖蝶类正在专心憧憬于恋爱的生活,食物并不是重要的问题。犹如植物,叶的活动,专为制造养分。由此得以舒发花朵，竞芳斗艳。蝶类是当幼虫时代，致力于制造养分，贻其余荫于成虫时期，可以只顾夸耀美丽，闲游终日了。这正与继承祖业的纨绔子弟，得以安享丰裕生活的情形相同。在昆虫中这样的例子很多，如夏夜闪闪放光的萤火虫，也是不摄取什么食物的。至于萤的幼虫，曾食过无数无辜的蜗牛。莎士比亚说："你蝶呀，尝为蛆虫！"像这样推究它的祖先，那么它们实在是粗恶的暴徒。犹如澳洲有不可语及祖先之谚，因为那边是古代英国流徙罪人的地方。

　　蝶的一生，为生物界中升沉现象的最真挚的表现。生物界的现象，完全是一个高跷板的现象，一方上来，一方就下去。蝶类一方耽嗜于食欲，一方则憧憬于恋爱。换言之，一方蓄积养分，一方利用这养分来繁殖。也就是一方为自身的生存而奋斗，一方为子孙的绵延而努力。蝶类有螺线状卷曲的长吻，似乎只能吸收蜜液。但口吻的两侧，有小形的大腮痕迹。现在的蝶类，果然贮蓄养分的任务已经付之幼虫。但在往古时代，成虫当然也为维持自身的缘故而摄取多量的食物。犹如蛾类，有些种类口吻发达，常插入成熟的桃李等果实中，吸取液汁，而多数的蛾类，如家蚕、天蚕蛾等，口吻都已退化。天蚕蛾的身体和双翅，甚为巨大，何以它不取食物，能够维持生命，这是一件神秘的事情。总之，现在我们很容易看到蝶与蛾的退化的口吻。试细察徘徊花间的蝶类，吸食花蜜，为量极少，到底不能和蜜蜂、花蜂等相比较。由青虫变化为蛾、蝶，它们是食物的幕闭而恋爱之幕开了。挚尾期的犬常废寝忘食地追逐异性；蝶类也为寻求异性而徘徊花间。蝶在花园中，宛若人类在跳舞场中，知心的异性双双携手，飞回于绿阴间，花，却做了它们的月下冰人。这个恋爱生活的副产物的子孙，又复食芽嚼叶，贮藏养分，积蓄势力，化为蝴蝶。总之他们都是受过去物质之赐而生活的。人间有因袭祖先的产业，子子孙孙得以安享尊荣的，也正如这些幸运的蝶类。我们看徘徊柳梢的闪紫蝶，寻访百花的凤蝶，它们那种临风翩翩，怡然自适的姿态，正可以比拟富有之人，在浪游名胜，或安居别墅的风度。

　　至于蝶现美丽的色彩，是什么缘故呢？例如珍珠，并没有什么色素，但能放虹状光辉。又如石块磨成粉屑，能呈现白色。这些都是从构造上显现的色彩。又如鞭打生活的章鱼，或现红色，或现青色，或现白色，这是皮肤下面含有色素的缘故。蝶翅的美色与孔雀的羽毛相同，是物理学的构造与化学的色素混合而显现的：那蝶翅表面，生有无数小形鳞片，这种鳞片上，有显微镜的沟道突起，它的作用，犹如将蜜柑的液汁，流放水上，发生无数反射

面能现虹状的光彩。凡现金属性光辉的昆虫，大都是这种物理的原因。翅色为青或紫的蝶类，无色素的时候，都因这种物理的构造，由太阳光的反射而显现。例如闪紫蝶的雄体，以光线的配合，呈现美丽的紫色。蝶的美色，实在是自然界的奇观。产于南美的慕尔虎蝶（Morpho），全翅放射珍珠状光泽，璀璨耀目。当蝶类静止于花上的时候，几有不辨它为花为蝶之慨。世有称蝶为飞翔的花朵的，并不过誉。

蝶类的雄蝶常散发某种芳香，以引诱雌蝶。又如家蚕和天蚕蛾等蛾类，雌蛾的尾端，会分泌特种芳香的腺体，在二三英里外远方的雄蛾，也能嗅到此种香气而来集。在逆风中，更容易感到，近顷伊笃林哿博士，发明一种称为蝶诱惑的香粉，对于蝶类的采集上，极有效用。犹如捕狐与貂，在阱上涂抹异性生殖器的液体，同一理由。斑蝶常分泌臭液，驱逐仇敌。但这种臭气，被同类的异性闻到，就变成一种富有引诱性的特殊芳香了。有名的汤姆孙教授，以为蝶类异性相知的能力，好似磁石引针，毫无受外界刺激的必要。蝶类的嗅觉，多在触角末端的膨大部，能力异常伟大。味觉当然是在口部，至于赤胥那样前脚有小齿，职司味觉，这是特别的一例。蝶类嗅觉和味觉的方式，实在与人大不相同，视觉也是不同的，它的眼称为复眼，由数千小眼集成，固定于头部，丝毫不能活动，并且是近视眼，视野不过3尺左右，反映眼底的物像，又不像我们那样的倒转。至于色彩，它们当然也有识别的能力。因为各种蝶类，常飞翔于它们各自喜悦的花上。粉蝶更常常误认地上舍弃的白纸为同类。天蛾每飞入室内，把屏风上的彩画，误认做天然的花草，想插入口吻吸取蜜汁。

蝶卵有美丽的形状，有时，又有美丽的色彩。蝶类出现于地球上，至少，当有300万年的历史。它的卵，现在实已达到可惊的完成境域，极尽美丽之至了。卵是一个单细胞，其中蕴蓄着300万年来连续不断的遗传素质。我们除惊异蝶类的美形、美色以外，对于这微小的卵子，更当赞叹。它们都能够产卵于将来从卵中孵化出来的幼虫所喜欢的食草上。我们见叶上蠢动的裸虫，一变而成窈窕优美宛如天女般翩翩飞舞的蝶类，这是如何的含有魔意的事实呀！蝶类的变态，和我们的改建新屋相同，不用的部分，须加以破坏。它们当蛹的时代，就是担任这个破坏和重建工作的。但是破坏下来的物质，如何处置呢？近来是把白血球能使破坏物质同化的学说来解释的。至于翅的基础，在幼虫时代，实已具备；幼虫缺第2节和第3节的气门，就是这个缘故。幼虫时代的食物，化蛹时也完全破坏而重建。凡此种种变化，更须迅速完成，所以化蛹时以休眠为调节。当人类的蒙昧时代，看见叶上蠢动的蛆虫，一跃而成活泼的蛾、蝶。于是，他们也相信，人类死后一定可以变化为着生羽翼的天使而重复苏生的。

以上概述了蝶类的普通现象，现在试专就最常见、最普遍的粉蝶加以研究。粉蝶是春天最早出现的蝶类，一阳来复之际，就可见它飞翔于原野。它们徘徊花间，为异花交配的媒介，有益农家。但幼虫蚕食菜叶，利害相权，有功不补过之概。它们嗜好十字花科植物，特别喜欢萝卜和芸苔花，俗称为菜花蝶，就是这个缘故。有时于一定的区域内，出现大群的幼虫，菜叶每全被食尽，在中欧，尝有一次，粉蝶的幼虫，满布地面，汽车也因之滑跌而不能进行。照罗恩博士的记载，这种孱弱的青虫，能够阻止象和水牛的行动，能力的巨大，实堪惊叹。

尝有某农夫，每日在菜圃中捕取青虫，继续1月之久，捕得的数，依然没有减少，这是什么缘故呢？这并没有甚么奇怪在里面，原来粉蝶每日产卵数10个，分别放在菜叶下，产卵的时间，可以延长一周之久，所以发生的幼虫大小当然是不等的。农夫所能看见的幼虫，一定须有相当的大小；假如今日捕去1寸内外大小的幼虫，明日较小的幼虫，又复成长到1寸左右了。尤其夏日成长极快，约经2周，即羽化成蝶。所以昨日农夫所忽略的小形幼虫，一夜之间，就长成到能够使农夫注意的大形幼虫了。这驱除的方法，假如改用砒酸铅等毒药，结果当然不同，盖数千年来毫不变易的手捕方法，已不是合用的科学方法。现在人类的劳力和时间，当较古人来得昂贵，所以现在对于与菜同色的青虫，已经不是用手拾取的时代。未受教育的农夫，无怪它要徒劳无功了。并且在日中粉蝶的幼虫多隐伏叶底等处，为农夫的眼力所不易及到。它们从叶里匍匐到叶上的时候，多在夜间，因为这时候敌害较少。特如蜾蠃那样，专以青虫饲养自己的幼虫，但青虫隐伏叶的里面，它就不容易被发现，所以粉蝶有产卵于阴处的习性，以避免这一类的敌害。粉蝶如何能认知十字花科植物，而产卵于其叶下，这是一件十分神秘的事情。蝶类的触角，犹如无线电信的天线，能感受放送的香气。不过现在就十字花科植物加以分析，尚未发现一种全科共有的特殊物质。从卵孵化出来的幼虫，浴受亲恩，不必有搜寻食物的劳乏，就可以安然成长。粉蝶当黄昏时，有集合于草丛间而睡眠的习性。清晨因受夜露的濡湿，飞行拙笨；太阳稍高，渐见活泼；上午九十时左右，飞行最为矫健。雨来时，它们有预知的本能，窜入草丛，不再飞行。

花

鸟

鱼

虫

兽

这种粉蝶学名 *Pieris rapae* L。身体黑色。翅白色，前翅底的半部和前缘灰白色。翅端并稍稍中央，有两个黑纹。后翅的后缘有一个黑纹，里面淡黄色；反翅的前缘黄色。雄蝶前翅中央的两个黑纹，不但不十分明显，有时并且缺如。体长2厘米左右，展翅7厘米左右。

卵为梨形，色黄，长约3厘。约经2周而孵化。

幼虫体呈绿色，所以俗称青虫，旧书所误认的螟蛉幼虫，就是这种青虫。背线，气门线，并气门上的线条黄色。但气门线断续无定。气门黑色，腹面黄绿色，头绿褐色。全面散布无数小褐纹，由此密生褐色并白色短毛。老熟个体，体长4厘米多。

蛹有暗褐、绿褐、灰绿、灰黄诸色，具不甚明晰的黄色纵纹3条，并散布黑点。蛹为带蛹，常吐一枚的丝，縊于自体中央，丝的两端和自己的尾端，都固着于小枝或草梗上。头部有楔状的突起，胸背的中央，有直隆起一条，长3.3厘米左右。

每年发生两回为常。末次发生的蛹，每每越冬，到翌年的四五月间，羽化成蝶；羽化时蛹带白蜡色。第一回的蛹，普通都隐伏叶下。第二回的幼虫，老熟时，常求篱垣、板壁等隐蔽之处化蛹，以便越冬。在半热带地方，每年发生三四回。蝶的寿命，约一个月；与别种蝶类相较，可算是长寿的了。

从农业经济的观点上论起来，粉蝶完全是害虫，我们为顾全农作物的生产起见，自然应该把它驱除。人工的驱除法，可分为两种，一是用网捕蝶，照前面讲，黄昏时，粉蝶有集于草丛间休眠的习性，在这时候前往掩捕，最最容易。又择粉蝶所喜欢的植物，种植于一处，趁它集合时前往捕捉也好。第二是除灭幼虫，可用砒酸铅的粉末，加50倍谷粉，撒在叶上。或用1斤粉末，约以五六斗（1市斗=10升）的水溶解后，用喷雾器灌注；若用石油乳剂，可加20倍的水稀释后，也用喷雾器散布。除虫菊粉末，可混合50倍的木灰而使用。

在自然界中，本来有着相生相克的限制，各种生物方得保持均衡的情势。粉蝶所以不致随时发生阻断汽车行驶那样的现象，因为它有许多自然天敌的缘故。这些自然天敌之中，向来不被人所注意而对于除灭青虫的功效最大的，是各种细小的寄生蜂和寄生蝇；其他如蛙、蟾蜍等两栖类，蛇、蜥蜴等爬虫类，以及椋鸟、乌鸦等鸟类，都喜欢捕食青虫，都是青虫的自然天敌。

（原载《生物素描》，开明书店1936年出版）

蚯蚓

假如现在是在乡间，当夕阳西下以后，庭园间就可以闻得一种悠长的鸣声，相传下来，这叫做蚯蚓啼。其实是蝼蛄的鸣声，却给蚯蚓冒充了，直到现代，多数人还没有把它分辨清楚。蝼蛄是一种昆虫，为麦类的害虫，能够像蟋蟀那样振翅发声。蚯蚓是一种环虫，为著名的益虫，不生发声器官，终身过着盲哑的生活。以这样两种利害不同，类缘各异，而且都是常见的动物，竟辨不清它们谁哑谁响，这也可见我们相沿下来生活的糊涂了。

蚯蚓穴居地下，所谓"上食槁壤，下饮黄泉"（其实蚯蚓是不会饮的），过的真是一种廉洁的生活。像战国时代陈仲子那样主张躬耕力行的人，也不足以比拟它的清高，所以孟老夫子说："若仲子者蚓而后充其操者也。"

蚯蚓的穴，据达尔文说，通常垂直或带几分倾斜。穴的壁上涂有细泥，使坚固而且滑润，便于出入。穴的下端有一小室，是它居住的地方。穴中通常只住一条，惟在冬季多数群聚于一起，而且深入地下温度少变化的地方。蚯蚓掘穴的方法有两种：一种把身体的前端钻入泥土的间隙中，胀大起

来，撑开泥土。用这个方法，在普通的地面上，经过15分钟，就可以隐身不见；在坚固的泥土中，要经过40分钟。另一种方法就是吞食泥土，用这个方法，依据它从肛门排出的粪的分量推算起来，在坚固的细砂土中，要经过25分钟，身体才能没入地下；通常向地下深处侵入，都用这个方法。泥土就是蚯蚓的食物，吞入体内，把有机物消化了以后，余下的泥变成粪，从肛门排出，堆积穴口，成功一个圆锥形的粪堆。这种粪堆都在夜间造成，于晴天的早晨，最多发见。这种粪堆的大小，据达尔文的记载，在唐村得到的重4盎斯，那司（Nice）附近得到的高3吋。蓓利司（M.A.Baylis）引用克立司丹(C.Christy)的记录，在非洲采集的某种蚯蚓的粪堆，状似红黏土的烟突，直立枯叶中，高达四五吋。又据达尔文的计算，这种蚯蚓粪平铺地面，1年可以厚2/10吋，10年可以厚2吋。结果把下层的泥翻到上层，上层的泥积压在下方，经过它的吞食，再翻到上层，循环不息而土质日趋细腻疏松，愈适于植物的生长。所以蚯蚓虽然只是一条盲哑污秽的蠕虫，但是它能引起地质上巨大的变化，推倒山丘，造成农地，真是人类的益友呢。

蚯蚓的生活

蚯蚓身体柔软，皮肤外面分泌黏液，保持润湿，便于营呼吸作用。平时避光趋暗，潜伏地下，就为避免体面干燥的缘故。夏季烈日下，常见有蚯蚓宛转于泥尘中，结果至于死亡，据达尔文说这是蚯蚓受蝇类幼虫寄生的缘故。别的学者以为当归因于神经机能的变化。原来蚯蚓的脑是避光的，腹髓是趋光的，如脑的功能衰退，就因了腹髓的作用，表现向光的动作。蚯蚓通常在地面上搜索食物或找寻配偶，并不全体离穴，总留身体的1/4在穴内。但夜间彷徨于地面也是常有的，达尔文以为这是探索新栖息处的举动。蚯蚓进行的速度，平时每1分钟可以走0.2米，快的时候可以增加2倍。

地面上凡有泥土的地方都有蚯蚓栖息着，尤以适于人类居住的地方较为繁生。据勃莱企尔（K.Bretscher）的研究，每1平方米的森林地，可得蚯蚓90条，原野间可得140到160条。在高山上栖息着一种小形的蚯蚓，最高的记录达到2550米，即为植物生长最高的限度。高山的冰雪中另有一种小形的蚯蚓，它们大概是吃雪中红色的单细胞藻类成长的。

在雨后的庭园内，积水中常有宛转延伸或死了的蚯蚓，这大概是栖居的穴内被水浸没了所以匍匐出来的，阿伦（G.O.Allen）说，喜马拉雅山麓，大雨后，山坡的路面都被蚯蚓所遮没；也有匍匐于垂直的树干上或攀登绝壁而坠落的。但蚯蚓对于淡水并不是不能忍受。达尔文把蚯蚓养成水里，经过4个月没有死亡，康拨尔脱(A.Combault)把栖息于过分湿润的土中要死亡的蚯蚓，饲养于清水中，能够经过好几个月。所以死亡的原因是氧素缺乏的缘故。

蚯蚓是雌雄同体的，但除极少数的种类，经过学者的研究，证明它能够自体受精的以外，通常都要异体交配，才能生殖。产下的卵包藏在卵囊内，这卵囊从环带腺细胞分泌黏液凝固起来，身体向后退脱出而成。卵囊有种种形状，普通都呈卵形或纺锤形；内含多枚的卵，受自然的温热而孵化。

蚯蚓的身体细长柔软，容易切断。例如田地中耕种的时候就会被锄头所铡断。遇鹊等鸟类啄会时，而不被全体吞食，也往往受伤或只剩身体的一半。这种断下的身体，有强大的再生力，在身体前半部的切口，能够再生一个尾部；后半部的切口能够再生一个头部，这样一条蚯蚓就可以变成两条；假如再遇切断，仍旧可以再生。

（原载《生物素描》，开明书店1936年出版）

蜻蛉

蜻蛉是夏天最繁生的昆虫,在水边,在草地上,在天空中,随处可以见到;尤其是傍晚或起阵头雨的时候,每每合成大群,在天空回绕飞行。到了秋天,虽然不再见有这样大群的飞行,但不是天气极冷,也不会完全绝迹的。

在蜻蛉这一个名词下,包括着许多种类;全世界所产有2600种,我国尚未经详细调查,至少当有二三百种。从分类上讲:比较大形的一类叫做蜻蜓;小形的一类叫做蜻蛉;还有身体极纤细的一类叫做豆娘,比豆娘稍大的一类叫做水蜻蛉。豆娘和水蜻蛉前后翅同样大小,常在比较阴暗的树林中、草地上和水边单独飞行。蜻蜓和蜻蛉前翅较为狭长,能够高飞,有几种又能合群。

它们身体的概形大抵相像;蜻蜓比较的细长坚实,尾端常向上举,好似要作刺螯的样子;能追逐鸟和其他比自己身体大的动物,所以欧洲叫它作马刺,以为它有毒刺,能够把马刺死的。蜻蜓虽然没有毒刺,但已是昆虫界的王了。它有强大的口器,能够捕食各种虫类。当它在空中追捕食物而直进飞行时,好像单翼飞机袭击敌人;盘旋飞行时又好像飞机的投掷炸弹;突起突落,倏往倏来,看它有无上雄健胜利的态度。它飞行的速度,可以与汽车相比似,普通一小时能行四五十里。所以用网去兜捕它,往往不容易捕住。

飞行迅速的昆虫,须有能够目击远方的眼。在昆虫类里,蜻蜓的眼最为发达。不仅是形状大,构成复眼的小眼数也非常的多,大抵在15000个到20000个之间。每一个小眼,只能看见物像的一部分,合起来才能得一个完全的物像。在两只巨大的复眼中间,还有3只小形的单眼。这单眼只能感觉明暗,不能正确地识别物像,而且是近视的,所以假如把复眼用漆涂好,再放它飞去,就直上云霄,不再回来;又假如把它的腹部切断,也作这样的飞行;这是失却平衡的缘故,与视觉没有关系。蜻蜓的颈细小,只占头大的1/20,因此它可以很自由地把头回转,扩大视野,使它的视觉获得最大的效能。

用一根长头发,一端系一个苍蝇,一端系在棒上,装成钓竿的样子,携到蜻蜓飞行觅食的草地上,像钓鱼那样等它来吃,就可用扇子把它扑住。或用捕蝉的蛛网待它栖止草叶上的时候去粘也可以捕住,但往往把它的翅膀染上粘质,或者把翅膀扯碎,没有钓取那样的完全。还有用一根头发,两端都系一粒用纸包裹好的小石子,当蜻蜓在空中群飞的时候,把这根头发抛掷上去,它们误认小石子做虫类而追逐,往往被头发缠住而落下地来,这更是一个有趣的方法。还有几种蜻蜓,雌雄的分别很显著。例如普通的蜻蜓,雄的翅极透明,雌的略带红色;用线系住雌蜻蜓,可以引诱雄蜻蜓飞集拢来。捕蜻蜓是儿童时代所认为十分快乐的一种游戏,这也是人类狩猎本能的一种表现。

考察蜻蜓的性器官,最为奇异:它们的形状与其他昆虫不同;雄性凹陷,而雌性是突出的。雄蜻蜓在第二腹节,另生一交尾器;真正的生殖器生在第九腹节,中央有一小孔,交尾前从这里排出精液,放入第二腹节的交尾器内。雌蜻蜓的腹部弯曲成钩状,使尾端与雄蜻蜓的第二腹节相接触,就算是交尾。待产卵时,则雄蜻蜓用尾端的铗,夹住雌蜻蜓前胸部的背面而飞行;遇到适于产卵的池沼,就以雄蜻蜓的力量,使雌蜻蜓的腹部完全沉入水中,把卵产在水面下的水草茎上;否则卵产在水面上,容易被其他动物吃去,对于它种族的繁殖上,是很不利的。有时见单独的一羽蜻蜓,在水上用尾点水,这时候并不是产卵,只是一种游戏的或捕食的行动而已。

花
鸟
鱼
虫
兽

蜻蜓都是肉食的。吸人血的蚊虫，是它们的主要食物，其余在空中飞行的小昆虫，也都是它们的食饵。捕获大型的俘虏物时，常静止在树梢等处，细细咀嚼。它们的幼虫叫做水虿；形状有些像虾，但身体扁平，头大而腹阔，又没有长的触须。它的下唇变成假面的形状，垂在下面；假面的基部生一对铗，能够像手那样伸出去夹持食物。它的直肠能营呼吸作用，所以肛门内有水进出。它在水中以孑孓为主要食饵，所以蜻蜓的亲子正是以蚊的亲子为食饵的。

（原载《生物素描》，开明书店1936年出版）

蟋蟀和金铃子

炎夏的酷暑刚刚过去，墙角的淡竹丛中，一阵阵低幽的金铃子声，阶前的石块下面，几声清越的蟋蟀叫，随着凉风飘散，带来了秋的意味。和它们同时存在的昆虫，种类很多，只因为它们能够鸣叫，最惹人注意，所以和其他几种也会鸣叫的昆虫，如叫哥哥、纺织娘等，一起被称为秋虫。在这里，"鸣叫"两字其实很有问题，因为它们的发声并不是用口来鸣叫。高等动物由空气振动喉头的声带，从口里发出声音，才是鸣叫；这种声音在声学上叫做声乐。秋虫只有身体的一部分互相摩擦而发声，所以不是真正的鸣叫；这种声音在声学上叫做器乐。它们与乐器所发的丝竹之音相同，所以清晰悦耳，令人感觉可爱。

秋虫发音的机构随种类而不同。金铃子和蟋蟀类缘相近，所以它们的发音机构也相同。它们前翅的近基部处，即约占全翅之长的1/3处，在下面有一条半月形或直形的隆起线，叫做炉状脉或镲状器，从翅的上面可以透视到。把它放在显微镜下观察起来，表面生着许多微细的突起，与锉刀相似，所以称它为"镲"。突起的多少随种类而不同。依据朗德瓦的记载，欧洲产的田蟋蟀有131至138种。我国产的各种金铃子和蟋蟀，这种突起究竟有多少，还没有人报告过。假如备有显微镜，自己来观察计算一下，倒是轻而易举的事。对着镗状脉尽头斜上方的翅的表面有一条平滑的半月形脉叫做摩擦脉。左右两翅的构造相同，右翅放在上面，左翅放在下面的时候，左翅的摩擦脉碰着右翅的镗状脉而发声。左翅放在上面，右翅放在下面的时候，右翅的摩擦脉碰着左翅的镗状脉也会发声。但通常总是右翅放在上面而发声的。这样，镗状脉好像一把锯子，摩擦脉好像一把弓弦，金铃子和蟋蟀正是最早的工用锯拉奏的发明家。发声的时候，翅膀总是稍稍竖起，这不但便于振动，更可以造成一个小小的空间，引起共鸣，使声音更为响亮。

用玻璃片糊成方形或其他形状的小匣子，便可以饲养金铃子。虫担子上有木头制和牛筋制的圆形的，上面嵌有玻璃的小匣子，形式小巧，便于携带。但体积较小，不若玻璃匣子那样可以同时饲养数对。蟋蟀会把硬纸片咬破，而且喜欢黑暗，所以一般都用陶制的蟋蟀盆来饲养。它们的食性相同，饭粒、菱肉等是适宜的食品。

饲养金铃子，目的只在听它的鸣叫；饲养蟋蟀，则在于看它们的斗争。鸣叫的蟋蟀都是雄虫，它们喜欢单独生活，遇见别的雄蟋蟀，便会用大颚作武器，互相斗争起来，直到胜负分明为止。这时候，失败的便一声不响，只想逃遁；胜利的必然振翅作声，自鸣自意。蟋蟀的个体变异很多，身体大小不等，色彩深淡不一，斗争的能力也不同。专门饲养蟋蟀的人，对于善斗的蟋蟀有种种特殊的名称。假如用分类学的眼光来研究，考察它们究竟是种的不同，还是品种的不同，那倒是很有意义的。

在人为的环境下使蟋蟀从卵孵化，可以观察它一生的生活史。方法是用陶制的瓶罐，盛土二三寸厚，取蟋蟀两三对放在里面，几天以后，把雄的取出；等到雌的产卵而死，也把它取出丢弃。于是把这瓶罐放在室内隐僻的地方，到了明年5月间，把它取出来放在温暖的地方，并且与以相当水分，不久便有可爱的幼虫孵化。每日用饲养小鸟的粉饵给它作为食物，到8月中便长成而开始鸣叫了。假如有温暖的设备，2月中就可以让它孵化，到5月已长成。但是这样违反自然，提早养成的个体，身体较弱，所以它的生命不能很长。

（原载1946年9月16日《开明少年》第15期）

从恐龙时代繁衍到现代的小动物

古生物学家考察地质时代的动物化石的时候,有一种与现代的蟑螂异常相似的小动物,时常会遇到。所以与巨大的恐龙一同生活于石炭纪的各种生物,只有蟑螂能够单独留存到现在。它们是经过了21600万年沧桑的变化,但是依然保存原来的样子。

没有一个人不讨厌蟑螂这种小动物,因为它时常要毁坏我们的书物。但是让我们平心静气地从它的特长方面观察一下吧!它真是一种精细的生物,聪明而温和,善于处理自己的生活,得以生存得比恐龙和无数已经灭绝的生物更长久。它是昆虫界中的杰出者,它的生活艺术或许是堪为人类效法的。

有什么秘密能够使蟑螂生存到2万万余年之久呢?

第一,它很聪明地把它的恋爱生活趋于正规了。所有昆虫,差不多都把一生完全消耗在恋爱上面,这真是一种浪费的行为。蟑螂却不然,它把生殖季节限定于春天,一朝产卵以后,便筑起巢来,用心保护,直到小蟑螂能够独立生活为止。

第二,它显然胜过了我们人类,知道同类间不应该发生争斗的行为,知道互相退让,决不因小事情而酿成战争。如有一族的蟑螂已经占据了一个地

盘，别个蟑螂决不再闯进它们的门槛，纵然里面有着鲜美的食物，那个过路的蟑螂明明是望见食物，馋涎欲滴，它也不会再走近去。每个蟑螂的家都像一个堡垒，在蟑螂的社会中，大家都知道遵守这个互不侵犯的信条。

还有，蟑螂种族得以绵延久长，是因为它们对于食物并不精细挑剔。蟑螂随便什么东西都可以吃，墙上落下来的粉屑，硬纸板和旧皮鞋的碎块，以及各种药品，都可以列入它的菜单。它对于墨水、油布、厨房里的泔浆，和对于面包、洋芋、肉类，同样的感到兴趣。有时候它想换一换新鲜的口味，将会乘你睡着的时候，舐吮你的睫毛或指甲。

得不到食物的时候，它便会忍耐饥饿。某科学家曾经把许多蟑螂关在一个玻璃瓶里，完全不给食物，经过76天之久，它们依然生存。后来放了它们出来，身体柔弱而透明，显得异常的疲乏。它们怎样恢复自己的活力呢？并不像人类那样的贪食，它们先是只捡一些精美的食物来充一点饥，等到胃口好转以后，再逐渐和平时一样去吃各种我们认为不能吃的东西。

蟑螂有着无数的仇敌，人类和几乎所有的动物似乎都不愿意它安然生活，虱子和蚤都要刺它。黄蜂、蛙、刺猬、鸟类、狗和猫，当它们饥饿的时候都要吃它。当它们觉得无聊的时候，更会拿残杀它来作为娱乐。人类更是几千年来总是费尽心机，想要把它除灭。

蟑螂怎样应付这许多敌人呢？第一要件是它的强健活泼的身体，它的腹部虽然扁平，但是它是一位最最敏捷的运动家。当它行动的时候，它的6只短腿像活塞一样的灵活，即使是仙人也无法追到它。它可以隐身在狭隘的隙缝中。它可以展开翅膀，突然飞走，逃避袭击。

再说它的眼睛，能够见到我们所不能明白的红外线。它的眼睛是由1800以上的透镜所合成，在黑暗中能够毫不费力的见到一切东西。一点微小的食物隐在隙缝中间，它也很容易发现。

你假如把它沉在水底，经过了20分钟之久，它依然能够跑出水面，好像没有这回事似的。

它永不需要外科手术或装假肢，因为它有可惊异的再生能力。假如它的触须突然折断，几天以后，它可以再生一条新的——或者是更好的。已经有许多记载，证明它的脚断了的时候，同样能够新生。

至于它的智慧，也并不弱于它的体格。

和蟋蟀比较起来，它是更聪明的。蟋蟀时常唧唧地鸣叫，暴露了它栖的处所，以致发生危险。蟑螂却十分静默，得以保持安全。

遇到问题的时候，蟑螂更显得比其他昆虫有善于解决问题的才能。例如蚂蚁遇到两注食物：一注是可口而大得不容易搬运，一注是滋味不佳而便于携带，那末蚂蚁便搬运那美味的一注，但要为这重负而挣扎得气喘力竭。蟋蟀遇到了这两注食物，便要费去长长的时间，把它们都吃在肚里。而蟑螂呢，它将先吃一些美味的，然后把剩下来可以携带的部分搬运了去。

这一类智慧就是蟑螂所以能够一直生存到现代的缘故。它在石炭纪时代悄悄地滑翔在巨大植物的浓荫之中，所以翅膀成为叶的形状，可以逃避仇敌的眼光。巨大动物如大懒兽等，没有想到这种同样的方法，它们便终于灭亡了。至于那些美丽的昆虫如蜻蜓等，曾经尝试把翅膀发展到一码长，但是也终不及这种极不显著的蟑螂那样得以永久繁衍它们的种族。这可以说明为什么有些古生物学家宁愿把石炭纪称做"蟑螂时代"的原因了。

蟑螂的分布遍于全世界，因为它是精明的航海家，古希腊人开始作海上航行的时候，它为了要换一换新鲜空气，征服新的土地，便暗暗地躲在它们的船舱里了。在新世界，它是最初的殖民者之一。

我们的厌恶蟑螂，一部分也可以归因于人类的嫉妒心。人类的历史最多不过追溯到50万年——依据谨慎的计算，那不过25万年，但是蟑螂却已经超过了2万万年。

对于蟑螂这样普遍的嫌恶，可以说完全是一种心理作用。像科伦布那样伟大的人物，曾有许多国家要认他为国民，但是对于蟑螂，大家却都不愿承认它为土著。例如在俄国称它为"德国蟑螂"，在德国却又一定不易的叫他做"俄国蟑螂"。这种"不愿意"的感觉引致人类对它不会有满意和正当的判断。

其实蟑螂也有若干的用处。科学家发现它的身体是研究昆虫身体构造上一种适用的解剖材料。在过去，俄国农夫曾相信酒浸"普鲁士蟑螂"对于医治水肿有特效。在美国，有某种的丸药，其中含有蟑螂。

在战争中，许多地方感到食物缺乏，于是有些人便认为生食蟑螂，滋味很佳，而且可以制成精美的酱油。

我们虽然一直称赞蟑螂的美德，但是认真说起来，我们是必须扑灭它的，因为它能够传染危险的疾病。不然，它或许能够得到最后的成功。无数年代以后，地球上人类绝迹了，而现代的蟑螂的后裔将会幸福地生存着。

（1947年3月写于上海，选自《生命的韧性》，开明书店1949年出版）

蜘蛛

蜘蛛和昆虫都是节肢动物，但有许多点是不同的。例如，蜘蛛的头部和胸部不像昆虫那样有一个细狭的颈部来把它们隔开，在腹部也没有显著的环节。蜘蛛不生触角，纺织器不是生在口里而是生在腹部的尾端。

蜘蛛有6对脚，第一对形状很小，变成一对钩曲的毒钳，生在口器的前面，尖端有一个小孔，从这里流出毒汁，可以杀死小虫，拿来作为食物。第二对叫做触肢，比第一对稍微长一些，可以擒住小虫，榨出它的液汁，以便吸食。其余4对是步行的脚，形状细长，不像前两对那样变形而不容易认识，所以通常我们只说蜘蛛有8只脚，而不说有12只脚的。这8只脚都生着毛，尖端还有2枚或3枚的爪。

蜘蛛通常有8只细小的眼睛，分作4组，固定在额前，不像我们的眼睛那样能够活动。也不像昆虫那样的是复眼，而是单眼。

蜘蛛腹部下面有两点是富于趣味的；第一，接近胸部你可以发现两个裂孔，它们是肺的开口处。肺的构造好像重叠的书页，所以我们叫它作"肺书"。肺书的每一页上都充满血液，空气经过的时候，血液便可以吸收氧而释放二氧化碳，完成呼吸的作用。

第二是前面说过的尾端有纺织器，一共是3对。每个纺织器的表面都生着许多细孔，好像一个莲蓬头。每一个细孔里面有一个小的丝腺，可以放出丝来。

从纺织器的细孔里出来的丝是半液体状态，遇着空气，它便干燥而精韧了。蜘蛛用后脚来把它们合成一条，所以我们通常见到的一条蛛丝，其实是无数条细丝合并起来成功的。

蜘蛛的结网与蜜蜂的造巢、蚕的做茧为动物界杰出的技术。

蜘蛛结网的时候先张一条水平的直线，这条直线的两端有时隔着不能越过的水流，这是它让丝头自己飞飘过去，附着在适当的地方，它便可以把它作为天桥，在那上面来往，而且把它加粗了。这条水平的直线张好以后，它从一端把身体向地面垂挂，使蛛丝在相当长的地方附着了，再依照顶上一线的方向走到另一端去，然后向上爬，回到第一条线的附着点。这样布置四条或五条蛛丝，作为网的纲线，便第一步确定了网的范围。

再从上面一条纲线的中央把身体向下垂，通过网的中心，而使蛛丝粘在下面一条纲线的中央，这样造成了一条直径，作为网的第一条纬线。于是回身向上爬，到了中心点的时候，使蛛丝另起一个头，再继续向上爬，走到纲线的左侧或右侧的2/3的地方，把这条蛛丝收紧，并且使它在这里附着了，成功一条半径，作为第二条纬线。于是再从这条纬线爬到中心，把蛛丝再另起一个头，仍旧沿这条纬线爬到第一条纲线，转向第二条纲线的1/3的地方，再把蛛丝收紧，附着，成功第三条纬线。这样继续下去，就把纬线都布置好。造成这些纲线和纬线的蛛丝，都迅速干燥，没有粘性。

最后从网的中心依螺旋形向外方布置经线，仔细观察它一跳一跳似的越过纬线的举动是很有趣的。它的两只后脚好像我们的一双手，把蛛丝从一只脚传到另一只脚，然后使它固定在纬线上。把这些经线放在显微镜下观察起来，可以发现排列着一颗一颗黏性的小球，好像一串珠子。蜘蛛布置这个螺旋形的经线，并不是一起把它完成的，往往先在中心绕了几圈，然后再从外方向中心绕圈子。它造成一个蛛网，大概只费一小时左右的辰光。

造巢的时间大多在傍晚。它工作完了以后，便在网的中心休息。8只脚分布在每条的纲线上，有什么飞虫粘上网来，起了振动，它便可以感觉到。

在白天，它从中心布置一条蛛丝，直通到它静伏的隐僻的地方。依靠这条蛛丝，它可以感到网上的动静，遇到俘虏物粘着的时候，它立刻走过来把它杀死，而且由前脚用丝来把它捆缚起来。

发风的天气，为了要把蛛网固定，蜘蛛往往从中心垂下一条蛛线，直以离地面不远的处所，把它固着在树枝等物上，使它有稳定的作用。

蜘蛛每天要把蛛网修理一遍，有被破坏的地方便把它补好，有灰尘附着便用脚上毛刷似的刚毛来把它刷清楚。遇到破损很大，不堪修理的时候，它便把旧的拆去，重新建造一个新的。

蜘蛛在夏天产卵。它把卵放在用丝来造成的卵圆形的袋里，用心保护。孵化出来的小蜘蛛不是幼虫，而是与父母同样形态的，小蜘蛛从卵里孵出以后，不久便飘着游丝，四散分走，因为它们是肉食的，聚集在一起，不容易找到食物，便要一同挨饿了。它们长大的时候，也要蜕几次皮，与昆虫相同。

蜘蛛的脚折断脱落的时候，能够再生一只新的出来。这样，当它遇到危险的时候，就可以毫不迟疑地舍弃它不重要的一只脚，而保存整个身体的生命。

（原载1948年12月16日《开明少年》第42期）

苍蝇

苍蝇又开始它们"营营逐臭"的生活了。

它们出入于饭堂馆舍，来往于粪便垃圾之间，身体上面的细毛、脚上的肉垫、口里的唾液、尾端排泄物，以及身体的其他部分，都能够携带细菌，传播疾病。一只苍蝇的身体表面可以携带细菌五六百个至五六百万个，身体里面的消化器可以含有细菌10000多个到2000多万个。这许多细菌，虽然并非都是有害的种类，但是你可以看到，苍蝇正在粪便上面、痰液上面停息着，一忽儿它就飞到我们的白饭上、菜肴上来了，这样，像伤寒、副伤寒、痢疾等危险的病菌，便最容易有机会传播到我们食物上来，使我们有可能患病。而且不仅是细菌，就是病毒、寄生虫卵，也是可以由苍蝇传播的。所以我们的食物，如被苍蝇停息过，不但你会想到它的唾液和排泄物沾惹在上面，觉得污秽，最危险的是，在这种污秽的东西里面，潜伏着无数危险的病菌，正在等待机会，走进你的肠道里面，给你苦痛，你要十分注意不可。

夏天是细菌最容易繁殖的季节，同时也是苍蝇最容易繁殖的季节。每只雌蝇每次产卵150个。卵通常产在湿润腐败的有机物如鱼、肉、垃圾、粪便

等上面,然后在那儿由卵孵化成蛆,蛆发育成蛹,蛹再羽化成会飞的苍蝇,总计8至10天即能完成一代。现在假定一年之中,一只苍蝇只繁殖6代,每代长成的苍蝇是雌雄各半,而且没有一只半途死亡,都能完成生殖的任务,那么它的子孙的个体,便可以把全世界的陆地都铺满。这样大的繁殖速度,不是可以吓人的吗?

实际上,苍蝇虽然并没有遮盖了地面,但从称呼苍蝇为"家蝇"这一个事实考察起来,足见苍蝇的确是与人纠缠在一起的极普通、极常见、数量极多的动物。我们为了要保持身体的健康,必须把这样多的苍蝇除灭。清除垃圾、消灭孳生地,使蝇蛆无法繁殖,这是最根本的除蝇方法。乡间的露天粪坑,最容易孳生蝇蛆,非设法遮盖不可。此外,应采用隔离、驱逐和捕捉成虫,闷杀蝇蛆的方法除蝇。如所有的食物,都要用纱罩或其他的东西遮盖起来,使苍蝇无法接触食物。喷射药液,苍蝇闻到了气息,便不敢飞近。利用捕蝇笼和粘蝇纸、粘蝇绳等,可以直接捕住苍蝇。粘蝇纸和绳的制法是用松香七份、红糖一份、废机油二份,溶化后涂在纸或绳上。用草灰或谷糠往粪面上撒,可阻断空气来源,藉以闷杀蝇蛆。

(原载1983年7月1日《福建卫生报》)

狐

1 狡诈的手段

狐能够拟似各种动物的声音，例如小羊鸣声、兔的叫声等。而尤以拟似小羊鸣声，最为常常可以听到。但注意倾听，那么它的声音比较粗杂，容易分辨。与人类的利用媒囮来引诱动物是同样的作用。狐的拟声，招致被拟动物的异性，最为有效。或者装作受伤兽类的呻吟声，使它的同类听见声音而聚集拢来，也是常有的。鼠陷在陷阱中的时候，常作"呋唔、呋唔"的鸣声，报告同类，同类间不知发生了什么事故，便四面八方跳集拢来，狐就利用鼠的这种习性，当它要抓捕鼠的时候，常常发出这样的拟声。

据说在英国，有一次猎狐的时候，一头狐被一群猎犬追击着，几乎不能脱身了。它逃到铁道上，沿铁道一直奔跑，忽然觉得火车快要来了，便转身潜匿在路旁草丛中。犬闻着狐跑过时候残留的臭气，仍旧沿着铁道追赶，火车驶来，躲避不及竟被辗死。狐在这种危险的时候，例如遇到羊群，就将身上的气味转移到羊身上，然后安然逃逸。有时遇着水道横亘，它就跃入水中，泅水而逃。

2 制御狡诈的手段

狐伶俐智巧，不容易陷进罗阱。它们现在还能到处繁生，确是智慧所赐给的。它们能够辨别钢铁的气味，对于钢铁的气味，表示异常恐慌的样子。它们假如有过一次陷进罗阱，脱逃以后，就决不会再度遭劫了。我们用更为巧妙的手段，可以制御狐狸的狡诈，我们可以用机阱沉在小河水中，阱上盖着水草做成突起的陆地样子。两岸的草间放着狐所嗜好的食物，如猫尸之类。它渡河时，除非异常危险，总不愿意把脚浸湿。所以当它把一岸的食物吃过以后，再要渡到对岸去吃的时候，必定喜欢踏在好像陆地的水草上面，于是机阱的弹簧松开，它的脚就被夹住了。狐纵然狡猾，也不免为了贪食而丧命。又用生殖器的分泌液，涂在机阱上，也容易迷惑它，把它捕住。

3 学习森林生活的秘诀

狐类教育幼狐，善于用循序渐进的方法，以期养成狡猾的性情。最先训练幼狐熟习使用鼻头的方法，亲狐捕得食物严密隐藏，然后叫幼狐去搜索。伶俐的随即能够发现食物；愚笨的常常只能舐拭残渣。次之教它们在草丛里捕鼠的方法。最后使它们知道追赶飞翔的鸟类，是愚笨徒劳的举动。

亲狐有时鸣叫，有时嗅物，有时竖起身上的毛，幼狐看见，便跟着同样表演，嗅物一事，是幼狐将来行动上最重要的事情，避免敌害，找寻异性，幼狐游戏时常用的玩具，是雉鸡的羽毛；伶俐的幼狐把羽毛衔在口中，颇现得意的样子；常在兄弟姊妹之间，夸耀示威。比较强悍的，常常和它争斗，而原来衔羽的幼狐，常发一种特殊的声音，表示它有既得权，情形极为滑稽。

生下来三四个月的幼狐，还丝毫没有狐所固有的臭气，这是自然所以要保护幼儿的妙计，因为这样，犬等敌害，就不能辨认它们蛰居在那里，而加以危害了。等到幼狐稍大以后，月明之夜，常在穴前游戏。至于人迹罕至的山间，虽然是昼间，也常常看到它们游戏。幼狐游戏的时候，亲狐隐蔽开去，暗暗窥视它们的举动。至于雄狐，则在离穴稍远之处，担任侦察敌害。它常常有诱引敌害远离巢穴的方法。鸟类中，当敌害行近巢旁的时候，亲鸟常常装作跛脚的样子，诱引敌害追击；待到离巢有相当距离，便突然恢复常态，举翼飞遁。雄狐也用这种方法。

4 衔物而旅行

幼狐长大到自己觅食饵、经营独立生活的时候，便互相分离散处。栖息在同一地方，为食物的缘故，容易引起阋墙之争；所以亲狐常常驱迫幼狐到远方去。这是食肉动物的通性，与蜘蛛的子女，乘着游丝所造成的大桥，向远处的山间移动，是同样的情形。幼狐各自找寻自己的幸运，数日间，越山过岭，穿林渡水，都赶自己的路去了。其间有可感趣味的一事，便是在出发的时候，口里一定衔着相当的东西；或羊角羊蹄，或是蛙和鼠，或是一片肉。这有什么用意呢？大概因为旅行途中难免遭遇到任何困难，难免经过无食可得的荒野，所以它们要裹粮而行。狐本有贮藏食物的习性。遇食物丰富的时候，常常选择僻静的地方造作仓库；等到空闲的时候，再去掘取，作为娱乐。不但是食物，因为它富于好奇心的缘故，不论什么东西，凡是罕见的，都要贮藏。有时候发掘它的仓库，可以得着药罐、拖鞋等物。这种仓库，大概在大树根际。它又晓得剥下枯树的皮，寻觅隐蔽的昆虫来做食物。

狐的寿命大概有10年，现在它们的生活，已沦入很悲惨的境地，因为人类文化逐渐进展，狐的活动领域日益狭窄，食物也稀少起来，生活自然艰难了。它们活到8岁，视觉就渐衰退。而视觉对于它，实在是最最必要的，衰退了，不便捕攫食饵，迫于饥饿，身体渐渐衰落，即使不被其他动物捕杀，也必定被癣疥虫所侵袭，终于死亡。饲养的狐，每次产生的幼狐是5至12头，野生的每次产生4至9头。在最近的将来，或许野生个体将要灭种，而只有饲养的个体留在世界上了。

5 敏锐的嗅觉

狐的嗅觉最为敏锐，它常常把鼻掀动迎风而嗅，以便明白食饵的所在。它的眼睛还没有看到草间的兔的时候，它早已用鼻察知兔的所在。兔晓得隐遁的方法，秋天身体的颜色好像枯草，冬季像雪那样的白，但是在狐的嗅觉

之下，它是无法逃遁。狐虽然能够用鼻来发觉数尺距离以内的兔，但不是一定能够把它捕获，兔所住的地方，每每栖息着一种跳凫，能够预先知道潜行前来突然狙击的狐，跳凫见到了狐便发出高声，向兔警告。狐虽足智多谋，对于这种日夜置备哨兵在侦察它的动静的跳凫，是完全无策可施的，兔与这种跳凫共栖，狐的爪牙，无法逞它的伎俩了。

狐的蹠底生有厚肉，与他种猛兽相同，行走的时候不发声音。它的嗅觉又能够感觉到没有目见的食物，所以被它捕食的小动物，对于它实在是一种恐怖的大敌。这些小动物，为了适应避免敌害起见，嗅觉也同样的发达，它们也能够远远感知狐的所在；在狐还没有接近以前，就预先遁走了。所以狐常从下风处向前搜寻食饵，以免被它们察觉。

在无风的时候，五六尺以外的地方，狐的嗅觉已经不能十分明白，借助于风力，那就能够确定远处有无食物。它的鼻不仅司理嗅觉，又能够侦察风向。我们要晓得平静天气的风向，可以溅湿指端，高举空中，从感觉去推断，狐的濡湿的鼻，也有同样的识别能力。就是它感到寒气的一面，便是上风的方向，猎犬鼻头干燥的时候，嗅觉每每不灵，对于风的方向，也不能辨别，所以饲主每每用水来濡湿它的鼻头。狐有同样的鼻端干燥病，那时候它往往暂伏在穴中休息，等待鼻端重复濡湿。

（原载《动物珍话》，开明书店1932年出版。原题：狡诈的狐）

虎

阴历的五月五日这一天，儿童们既有甜美的粽子等食物可吃，又可以穿了新衣服尽量的乐一天。在这一天儿童的衣饰中，往往戴老虎帽，着老虎衣，又画"王"字形的老虎纹于额间。这个端午节，儿童和老虎为什么会联合在一起，我们还没有明白。现在，就单把虎来谈一谈吧。

虎的形貌与家养的猫异常相似，不过虎的形体较大，毛色较为美丽。还有一个不同点就是猫的瞳孔能随光的强弱收缩放大，而虎则不能像猫那样收缩成线形的。虎的毛色寻常叫做虎黄，就是橙黄色的，但变化很多。从黄褐到淡黄，种种不一。全体有深褐色至几近黑色的条纹，在额部成为"王"字形，至尾部成环纹。腹面白色，颜面和耳也有白色的斑点。在幼年和壮年色彩较为鲜明，衰老时就渐变淡薄。偶然也有完全黑色或白色的个体，这是毛色变异的缘故：十数年前印度的东北部发现过一只黑虎。1820年英国伦敦动物园中有过一只白虎的标本；据记载说，它是淡黄色几近白色的；随光线的反射，可以隐隐辨认条纹。在我国因为历来没有明确的记载，所以认黑虎和白虎差不多是神话上的动物。毛的长短疏密，随季节和产地而有变化；即冬季较为稠密，夏季较为稀疏；印度产的较短，西伯利亚和我国东三省所产的较长而粗硬。虎没有鬣，年老的雄虎，面部的毛长而披散，与鬣相似。

虎的大小，以鼻端到尾端长5呎5吋至6呎5吋为最普通：其中尾长为头和躯干长的二分之一。雌虎常比雄虎要短1呎许。体重以400磅左右为常。印度所产的虎有身体比狮子还要大的，猎获过一只体长9呎8吋，重520磅，这是从来仅有的一个记载。

虎的地理分布限于亚洲，从幼发拉底河起，沿里海、死海和贝加尔湖的南岸，向东一直到东海滨省而及于库页岛。南方遍产于我国、朝鲜、印度、印度支那、马来半岛、苏门答腊和爪哇等地。至于西藏高原，喜马拉雅山南麓的一部分和锡兰等处是没有产出的。

虎是夜间活动的动物。白日潜伏草丛和森林中。在气候温和湿气多的季节常彷徨于各地，没有一定的住所；炎热时和小川的水流干涸时，它们栖息的范围就异常狭小，只限于河岸或湿地的植物丛中。这时常各据一方，不互相侵犯。其他旧市街的遗迹和岩洞等处，也是虎所常栖的场所。炎夏时烈日的曝晒，是虎所最不能忍受的；产于我国北部及西伯利亚、朝鲜等寒冷地方的个体，更喜欢住在较为阴凉的地方。虎不仅喜欢住在润湿的区域中，夜间觅食时，也能在水中游泳；所以住在海边的虎，能向岛屿中去找寻食物。

虎的食饵以鹿类、野猪、羚羊等为主，也加害于家畜，或捕食猴和孔雀。饥饿时更吃蝗虫等昆虫和蛙等小动物。幼时常食家畜和鸟类。年老力衰的个体，不能再捕捉活泼的野兽，就到村落附近来捕人，因为人比较的最没有抵抗的能力。在没有吃过人的虎，平时见了人总是惊恐逸去的。

虎觅食时，听觉、嗅觉和视觉并用。闻远方鹿的鸣声时，常注意静听，辨认声音传来的方向。有人在冬季寒冷时，悬挂鹿肉于天幕中，夜间闻得幕外有虎的声音；翌朝察看足迹，系从百丈外的远方走来的。在月夜中，能远远望见鹿的行走。所以它的听、嗅、视三觉都很锐敏。它的捕食与猫的捕鼠相同，总是静静地伏着，待野兽走过时，突然跃出，用前肢抓住，或用口咬住；前肢的力量甚强，能把捕获物的脊椎骨打断；人被打着时，肩胛骨等很容易碎裂。咬时大抵咬住动物的颈部，因了被咬动物的挣扎，就把颈骨折断，便不能脱逃。

雌虎每回能产2子到5子，间或6子，但以3子为最普通。对于幼子爱护备至，哺食训练，直到它们自己能够捕食活动物。遇敌害迫击时，母虎异常凶猛。与猫的训练小猫捕鼠相同，当幼虎将近离乳时，母虎就捕取鹿等小动物，杀至半死，给它们吃，同时使它们练习捕捉的方法。幼虎初能捕食时，极为残忍，成长的虎每次只杀死一只动物，幼虎往往同时杀死到二三头；它们一边吃，一边正寓着游戏的意味呢。

（原载《生物素描》，开明书店1936年出版）

猪

苏曼殊说,"牛乳不可多饮,西人性类牛,即此故。"在我国不常饮牛乳,猪却是最普通的肉用家畜;曼殊和尚这句批评西洋人的话假如可以成立,那末"肉食者鄙"这一句老古话,一定同样没有错误了。但是我们那些惶惶然的"肉食者"之所以"鄙",原因竟是这样简单的吗?那当然未必可靠,而且有点近于滑稽;这几句话只可算是讲到猪的一个开场白。

这猪实在是一种不幸的动物,它既然要被宰杀以充人的口腹之供,又要被人看作"不洁"、"懒惰"、"无用"等恶德的象征。例如诸位在学校里读英文的时候,读到了Pig这一个字,总喜欢用以在同学间互相戏谑;又如那些开汽车的人,有人穿过马中,碍了他车子的进行,就得奉敬一句"猪猡";这就可以见到对于猪的见解了。

现在历法早经改革,然而商家的总结账期还是2月3日。一切与历法有关的迷信,也仍旧很坚固地留在人们的脑筋里;"生肖"就是这些迷信中的一种。猪虽然是一种不名誉的动物,但也是生肖中12种动物之一,今年正是轮着它值年,所以对于它应该有这样一篇纪念的文章。生肖之说,据云起源于西汉,假如要问究竟,须请民族学者或宗教史研究者来考证,这里只可撇开不讲。

猪的形态：身体肥大，脚是短短的，所以走起路来不能很快。脚的第3趾和第4趾极发达，趾端的爪变化为蹄。第2趾和第5趾形小而附着于后方，不能着地，叫做悬蹄或副蹄。那个第一趾已经退化了不留痕迹。眼睛很小，不像狮虎等类的炯炯有光。耳朵有大有小。随品种而不同：小的向上竖起，大的下垂；细小的眼睛和垂着的耳朵似乎于视觉和听觉有妨碍；但它是受人豢养的动物，不必抵御敌害，也没有缺乏食物的危险，所以并不需要敏锐的视觉和听觉。鼻和口吻向前突出，鼻端呈圆盘状，适于挖掘泥土。口内的牙齿，门齿、犬齿、臼齿3种完全，能够杂食各种食物。尾细小而常卷曲，不像牛马那样生了长毛，能够拂除蚊蝇等害虫。身上的毛粗直刚硬，不甚稠密，毛色有黑、白、褐和花斑等，黑色的对于暑热的抵抗力强。

在动物的分类位置上，猪与牛、羊等同属有蹄兽的偶蹄类中。但牛、羊的悬蹄较为退化，着生的位置较高。又牛羊只吃植物的食物，胃的构造复杂，食时经过反刍；猪能杂食各种食物，胃的构造单一，食时不经反刍，所以它们虽然同属偶蹄类，但牛、羊是反刍类，猪是不反刍类。

猪饲养的起源，已经不可考究。从中央亚细亚发掘所得的家畜遗骨推算起来，猪和马、牛、羊都是在12000年前为人类所驯养的。猪的原种就是野猪，大抵欧洲的猪和亚洲的猪，是分别从就地所产的野猪驯养成功的。近代注意育种以后，已把这欧洲系和亚洲系的猪造成杂种，使产生优良的品种。我国现在虽有一二外国种输入，但民间所饲养的，还仍旧是原有的土种，就是属于亚洲系的。

现在全世界的猪据统计共有2.1亿头；在家畜中数量的多仅次于牛、羊；平均人口1000人可得155.9头。分布状况欧洲和北美各占30%，亚洲约占27.3%。以全世界陆地的面积来计算，约1000平方公里有19.6头。以欧洲分布为最稠密，可得64.3头。我国饲养的猪究有若干，尚没有明确的统计，将来如加入我国正确的数字，那末，上述的比例一定要另换一个面目。

猪宰杀后除去血液、体毛、内脏等，所得的肉，与生活时全体的重量比较起来，可得83%~84%，牛、羊等只有50%~60%。从这一点上看起来，猪为优良的肉用家畜是很显然的。

虽然说"肉食者鄙"，但肉中含有动物质蛋白，最易被人消化吸收；又有脂肪，可使人肥壮；在营养上是占有相当价值。猪肉的成分，除脂肪较多外，与牛、羊等肉相比，并没有甚么大的差别，所以营养价值是不相上下的。

（原载《生物素描》，开明书店1936年出版）

熊的堂兄弟罴

  2月12日《申报》本埠新闻栏载日本东京上野动物园赠上海市立动物园罴一头，即将运沪陈列。在盛唱中日提携亲善的声浪中，这也是一种亲善的表示罢。罴为熊的一种。相传从前有两个人同行遇熊，一人避在树上，一人匆促间不及逃走，只好睡在地面，装作死人；熊走近来向他嗅了一嗅，竟以为真是死人，就掉头而去。可见熊类是不加害于抱不抵抗主义的人的。现在受赠的我方早已是一个卧在地上装死的人了，但未知赠与的彼方能不能有熊那样的义气否。因了这一则新闻，竟令人发生不少的感想，就来谈谈罴罢。

  罴与熊在动物分类学上同隶于一属，所以它们差不多是堂兄弟。身体粗壮；四肢短，各有5趾，趾端都生强而钩曲的爪，不能缩入趾内；全蹠着地，行动缓慢，后肢略能直立步行，前肢能够捧住东西；尾的发育不完全，这是它们同具的特征。

  熊俗称狗熊，身体较小；毛色黑，有光泽；胸部有一块白色的马蹄形斑纹。产于波斯，向东越过喜马拉雅山直到我国和日本。栖息森林区域中，常食果实和植物根，有时也捕食羊、小牛等家畜以及鹿等野兽。

罴俗称马熊或人熊，身体较大，长可达2米余。毛蓬松而长，颜色褐；随产地的不同，有黑色、黑灰、黄褐等变种。产于欧亚两洲的北部，从西班牙向东直到日本，各地都有。栖息林木茂盛的区域中。除繁殖期外，都单独生活。能够爬树，也能够游水。据汤姆生说：它在森林中游行，常走每天走熟的这一条路。每天出现的时间也常有一定。从它留下的脚印中，我们可以追溯它每日的行踪。大抵日中在洞穴内睡眠；夜间出外觅食。果实、青草、昆虫、蜂蜜、鱼、鸟类、家畜和小型的野兽都是它的食物。在春季，它会追随迁移的鱼群，逆流上溯；但这时候食物丰富，所以捕得的鱼，往往只吃一个头就把身体弃在岸上。到了冬季，身体很肥壮了，就寻觅一处不会受外界纷扰的树洞或岩石窟，在里面绝食熟睡，很像下等动物的冬眠。雌兽在这时候产生二三头幼兽，哺乳后感到饥饿，就出外去觅食。

古时候，欧洲产罴很多。罗马时代举行狩猎，认为一种乐事；现在却只繁生于挪威、苏联等区域。据旅行家说："它的皮土人用作被褥、帽子、手套和狗的围巾。肉和脂肪用作食物，肠用作假面具，又绷在窗上以代玻璃。就是肩胛骨也保存起来，用以削草。"所以它是一种极有用的动物。

罴在夏季，因为食物丰富，性情比较的和顺。到了冬季，昆虫已经藏匿好，果实也稀少了，为饥饿所迫，就不得不寻觅兽类来做食料。但人类往往要在这时候去猎击它；当它陷于绝境，无路可走的时候，就会愤怒起来，对人也施攻击了。雌兽为保护子女的缘故，性情尤为躁烈。我国旧时以为罴的性情比虎还凶猛，大概就是指此。

其实罴的性情比虎和平得多；而且很容易驯养，可以训练它直立起来随了乐声而跳舞，只要给它些甘薯、豆腐渣等食物就能安然生活了。

（原载1936年2月25日《新少年》1卷4期）

熊猫真面目

　　熊猫有大小两种，都是我国的特产，而且都产在我国西部的深山中，一向很少有人知道。旧记载还没有考查过，一般新式的动物学书，如销行颇广的故杜亚泉氏主编的《动物学大辞典》也没有提到它。关于熊猫最早的中文记载，要算1929年登载在《自然界》里的慨士从威尔逊（Ernest Henry Wilson）那本《华西的博物学者》（A Naturalist in Western China）中译出的那一篇《西康四川的鸟兽》。（此文后来收入商务版百科小丛书《中国西部动物志》，1934年刊行）依据威尔逊的记载，大熊猫是1869年法国的大卫（L'Abbá David)最先在马边发现的。1892年到1894年，俄国的倍尔左夫斯基（M·M·Berezovski）又在甘肃、四川的边境发现它。他们都是从本地人得到的标本。到了本世纪初，另有几张不完全的毛皮寄到欧洲去，但没有一个外国人见过活的实物。成都偶然有毛皮出卖，价值很贵，威尔逊自己连毛皮也没有得到过。本年9月15日《新闻报》登载过一篇熊猫的特写，据说：

　　"第一个替熊猫宣传的人是美国的游猎家罗斯福。他根据马可波罗的路线，从安南经大理、丽江、西昌到打箭炉，又从雅安进入小金川的木坪厅。在木坪的深山中狩猎，他最初发现了这个美丽和平的野兽，把标本带回美国，立刻轰动了全世界。"不知是根据何种记载的，姑且录以备考。

熊猫西名cat bear，直译是猫熊。大熊猫西名叫particolored bear或giant panda，学名Aeluropus melanoleucus。威尔逊说，川康本地人叫它做白熊，就是我国书上所说的罴。但罴在《动物学大辞典》里是用以指褐熊（又称黑熊或狗熊，Ursustorquatus）的，究属那一方面正确，是一个尚须研究的问题。1939年出版的杜亚泉译的《动物学精义》称它为花头熊。又说："中国旧时所谓貘者，殆即此兽"，也是一个尚待考订的问题。它的形态是"耳肩和腿是黑的，眼睛周围有黑环纹；其余的部分作脂白色。它有一个不大长的尾，足底是生毛的。毛长而绒，有点软，样式极美丽。……长成的标本据说长4到5尺，重约200磅。"它有圆形的头，灵活的举动，与猫相像；又有肥壮的身体，多毛的脚，那又像熊了。

大熊猫的分布"从瓦屋山附近西到打箭炉旁的林中，北到松潘，并从此东经高山而达武平的近地。它住在高度6000和11000呎间的竹林中。……上述的区域内，……在稀疏的木材带和在畅朗的银枞林中，竹生得进身不得的茂密。干细长，高达10到12呎。……笋是从6月到9月底一直生长出来的，随高度和种类不同，色白而好吃，"大熊猫便把它作为主要的食物。那边的本地人说它不吃别的东西，这话并不可靠。据美国饲养潘多拉的记载，一天给它进食4次，上午6时吃牛乳、蜜、一个蛋和少量鱼肝油。正午吃牛乳。下午2时吃一杯橘子汁和蜜。下午5时的食物和早餐相同。到了晚上还要放些绿色玉蜀黍茎、杨柳条儿、芹菜、莴苣和烘山芋，让它自由选食。大体说起来，它是素食的。

威尔逊和宰普（Zappey）都相信本地人所说大熊猫每年有六七个月隐居在空木中或干燥的岩洞中，因为他们在瓦屋和打箭炉西南曾经看到过。大熊猫是"独处的动物，往来的山林中都踏出痕迹，常常它的居住是很长久的，从竹林里常有大堆的粪可以证明这个。"（以上引文都是慨士的译文）10月8日《新闻报》有一篇熊猫的通信，叙述在汶川捕获一头熊猫的经过，就是根据这种习性来描写的："据说熊猫的行踪多在深山的竹林中，因此捕捉的人不论鸡声初唱，或月上柳梢的时候，都不断派人在竹林丛里前后守候。……今年5月初旬，终于发现了一老一小的熊猫母女。……当老熊猫发觉有人来捕捉它的幼仔时，立即挺身抗拒。……捕捉的人……不得已拔出枪来将老熊猫射死。老熊猫死了，幼熊猫像一头刚出娘胎的羔羊一样，毫不抵抗，而且很顺服的就投入了捕捉者的怀抱。"

小熊猫英名panda，学名*Aelurus fulgens* styani，中国的土名九节狼，因为它尾上有九条环纹。背、肩和体侧呈铁青色，腹面黑色，"爪白色，足底带灰色；前额栗壳色而有褐赤色条纹，从眼睛起达近鼻处；而唇边、耳朵内面都白色，耳朵外面黑红色。……长38到44吋，重量9到10磅。"尾长16到18吋。云南出产"较多。四川离建昌流域的西南角有得看见，常住在高度5000到10000呎之间丛林密布的地方。重庆、宜宾、成都和别的城镇里，皮是常有出卖的。"（均依据慨士译文）这种小熊猫分布到喜马拉雅山的南侧，但在那里所产的，体色较淡，形状较小，被认为原种，学名*A.fulgens*。

从分类系统上说起来，熊猫既不是熊，也不是猫，而是介于熊和狗之间的一科动物，所以一般的刊物称它为"猫属动物"是错误的。《动物学精义》把大熊猫隶属于熊科(Ursidae)，小熊猫隶属于浣熊科(Procyonidae)，是一半错误，一半正确。为求通俗起见，可以提议把"浣熊科"改译为"熊猫科"。同科中只有两种熊猫产在中国四川、云南和喜马拉雅山区，其他种类都产在美洲。熊猫的所以可贵，也就在这个奇怪的分布现象上。

从骨头和其他的骨骼研究起来，素食的熊猫与英国和南美智利所产的某种化石食肉类有很亲近的类缘关系。熊猫与北美产的浣熊(racoon)，热带美洲产的蜜熊(kinkajou)等（它们都与熊猫同属浣熊科，《动物学大辞典》把它们隶属于熊科，也是错误的）都是从三四十万年前的中新世时代的一种小形食肉类演化而来的。这种小形食肉类，第一步演化成一种稍大的狗形动物叫做半狗(hemicyon)，由此而产生熊和一切似狗的动物。约在15万至20万年之前，有一支定住于北美，产生了浣熊、蜜熊、熊猫等动物。由于白令海峡那时候还是一座陆桥，所以它们就迁移到亚洲，而且一直远徙到英国。后来欧亚两洲所有的熊猫科动物都死灭了，只在喜马拉雅山周围到现在还留存着大小熊猫。熊猫的进化，在外形上采取熊的路线，在内部构造上，尤其是头骨、牙齿和一切消化器官是采取适应于可以获得较为丰富的竹笋等植物性食物。有一位作家说：熊猫从中国送到美国，正是它们在客地留寓了10万到15万年之久，又复重返故乡，倒是很风趣的。

（写于1946年10月，选自《生命的韧性》，开明书店1949年出版）

熊猫与猫熊

今年8月29日《人民日报》海外版有一篇关于熊猫的文章,题目是《大熊猫的别名》,讲到"熊猫"和"猫熊"这两个名称时说:大熊猫的近代名称,最初叫猫熊或大猫熊……50年代初,当重庆北碚博物馆首次大熊猫展出时,说明标题用横书,名猫熊,而当时参观者习惯了直书从右至左的认读,读认成熊猫。长此以往相传讹误,久而久之也就习以为常地把猫熊更名为熊猫了。

依照这个说法,似乎在我国使用"猫熊"一名在先,而使用"熊猫"一名在后,这与历史事实不符,可以商榷。

根据手头一些资料,最先介绍熊猫的是1929年周建人摘录威尔逊《华西的博物学者》内容写成而发表在他主编的《自然界》杂志上的《西康四川的鸟兽》一文(具名慨士,后来收入商务版《百科小丛书·中国西部动物志》,1939年刊行)。周氏把小熊猫叫做"猫熊",大熊猫叫做"羆"。他

虽然首次使用"猫熊"的名称,但所指是小熊猫而不是大熊猫。这篇文章没有使用熊猫、小熊猫和大熊猫的名称。"熊猫"一名最初见于旧《辞海》(1936年),"小熊猫"待考,"大熊猫"则是建国以后才有的。

1946年,因为要送给美国一头熊猫,特地在四川汶川县设法捕捉。5月初打死一头母兽,捕得一头出生才4个月的幼小熊猫。10月中旬运到上海,原定18日飞往美国,但17日晚上它死去了。这事当时各种报刊都有报道,特别是《新闻报》,有长篇通讯。使用的名称都是"熊猫",而不是"猫熊"。有些杂志也讲到熊猫,也都没有使用猫熊的名称。所以建国以前,可以说对于大熊猫都叫它熊猫,并不叫作猫熊。而且也不使用大熊猫或大猫熊的名称。

熊猫的名称,一直比较通行,并不是因为横写而错认的缘故。北碚博物馆写成猫熊,在当时是违背业已通行的熊猫这个称呼的。

猫熊或大猫熊的名称,只有个别学者使用,例如1955年,《生物学通报》有两篇文章都使用大猫熊的名称。但一般人到动物园参观时,都只叫熊猫,不叫大熊猫,更不叫有点别扭的猫熊或大猫熊。

《人民日报》海外版今年9月18日又有《从"panda"想起的》一文,说《牛津高级英语辞典》把panda解释为"产于西藏一带"是错误的,"我们一般都知道,熊猫的产地是川西一带,怎么能是西藏呢?"作者写信给辞典编辑部,并且得到回信,说"感谢您来信对熊猫的定义提出质疑。我们将在重新修订这本辞典时,考虑你的意见。"

panda虽然译称"熊猫",但原意是指"小熊猫"。我国把"大熊猫"叫作"熊猫",在英语则是giant panda,而不是panda。大熊猫分布区域狭,限于四川、甘肃两省的接壤处。小熊猫分布区域较广,原种产在喜马拉雅山南部,云南、四川所产的体色较淡,被认为是一个变种。解释作"产于西藏一带",一带就包括云南、四川等地。所以说panda"产于西藏一带",并不错误。

附带一笔,猫熊一名是由英语Catbear直译而来的。《四角号码新词典》"熊猫"条说熊猫学名猫熊,"猫熊"条说猫熊,熊猫的学名,这是误解学名意义的不科学的提法,似应改正为宜。

(原载1987年10月26日《科技日报》)

白猴婚配议

过去几个月,各种报刊曾经报道,台湾省于1977年11月在中央山脉捕得一头白色的雌性台湾猴,取名为"美迪"。1980年7月5日,台湾报纸公开为美迪向全世界征求配偶,以便它能够产生白色的后代。

很凑巧,1979年6月,云南省永胜县杨正明等八位彝族农民,在海拔两千多米的高山上捕得一头白色的雄性猕猴,后来赠给中国科学院昆明动物研究所;取名为"南南"。1980年10月25日,昆明动物研究所去函台湾为南南向美迪求婚,这象征台湾回归祖国、完成祖国统一的神圣大业,是深有意义的。

从科学研究的观点来说,美迪是台湾猴,南南是猕猴,两者间的亲缘关系,仅仅是同"属"却不是同"种"。跟"虎"与"豹"一样,它们能否配合而产生后代?这还是应该通过科学实验加以证实的。

既然美迪和南南一时还未能成为佳偶,也可以暂时让它们分别繁殖后代,那倒是有科学根据的切实可靠的方法。

畜牧学上的育种学,所有农业院校都在讲授;所有畜牧场和全国广大农村都在应用它的原理和方法来改良各种家禽家畜品种。这种常识性的育种学原理和方法,对于南南或美迪也完全适用。

如果南南已经达到生育年龄,而且不受圈养的影响,生育性能依然正常的话,便可让它跟一般褐色猕猴交配,生产小猴。如果一年能够繁殖三五头小猴,那末,三四年之后,便是小小的一群了。

所有这些小猕猴,当然并非白猴,而全部跟母猴一样,是褐色的。因为南南所以呈现白色,是由于它具有一对从褐色基因突变来的白色基因。白色基因是隐性,褐色基因则是显性。隐性基因必须成对时才能呈现出它的性状来;显性基因则不论自行成对或与隐性基因成对,都能呈现出它的性状来。

我们把小写c作为南南的白色隐性基因，大写C作为母猴的褐色显性基因，那末，它们交配的结果，是如下所示：

亲南南cc（白色）×母猴CC（褐色）

↓

子1小猕Cc（褐色）

小猕猴是从南南获得一个隐性的白色基因，从母猴获得一个显性的褐色基因，相配成一对。一隐一显同在一起，它就呈现褐色，而不是白色。（决定一个性状，也可能需要由几对基因共同起作用，这里是假定南南的白化是由一对隐性基因决定的。）

等小猕猴达到生育年龄，就可以让南南与小猴交配，这在遗传学上，叫做"回交"。回交结果，便可以得到小小白猴：

南南cc×小褐猴Cc

↓

小小白猴Cc(1/2)小小褐猴Cc（1/2）

就是说，小猕猴生下来的小小猕猴，白色和褐色的机会是一半对一半。如果凑巧，一次回交，便可以获得一头小小白猴。

如果不用回交的方法，而让小猕猴互相交配，也可以产出小小白猴：

子1小猴Cc×小猴Cc

↓

子2褐色Cc（1/4）褐色Cc（2/4）白色cc（1/4）

其中1/4纯显性褐色小小猕猴，已经返回到祖母的性状，不再含有白色的基因。

2/4即1/2的隐性褐色小小猕猴，跟子1代相同，含有一个显性基因C，也有一个隐性基因c，将来如果相互交配，生下来的小小小猕猴（子3代），褐猴和白猴的比例，跟这一代（子2代）相同。

问题是子2代的褐猴，显性的和隐性的外形完全相同，无法区别。因而要它们继续繁殖下去，产生小小小白猴，少有把握。

只有那1/4纯隐性小小白猴，跟回交所得的1/2的小小白猴一样，已经返回到祖父的性状，不再含有褐色的基因，已成为真正的白猴。

在自然界中，白猴少，褐猴多。又不容易凑巧让白猴与子1代回交，也不容易让白猴的子1代或子2代的隐性个体（Cc）互相交配，因此出现一头白猴，要它留下跟它一样的白色后裔，机缘极少。有的说白猴体质弱，所以不易繁殖后代，那是不了解遗传规律的推测之词。

美迪，如果单纯寻找千里因缘，也不是切实的科学办法。而且美迪是母猴，每年只能生产一头小猴，要生产出小小白猴更是比较困难。但现在已有胚胎移植的新方法，这对于美迪的生产小小白猴，应大有帮助。

不论白色的猕猴或是白色的台湾猴，的确都是极为稀少，但台湾报纸说"10万年才会出现一只"，未免言过其辞，缺少科学根据。手头有一本《台湾哺乳动物图说》，是1932年台湾博物学会出版的，里面就有一幅"台湾白猴"图。虽然只说"见于台湾博物馆"，没有明确记录是什么时候、在什么地方捕获的。就假定它是20年代吧，那末到70年代又捕得了美迪，这说明50年间至少已有两头白色台湾猴了。至于白色猕猴，不知有谁能给它提供一些历史资料吗？

（原载1981年第5期《科学与文化》）